古典诗词中的百科世界

孙汉洲 主编

江苏凤凰文艺出版社

图书在版编目（CIP）数据

古典诗词中的百科世界 / 孙汉洲主编. — 南京：江苏凤凰文艺出版社，2018.6
ISBN 978-7-5594-1845-6

Ⅰ. ①古… Ⅱ. ①孙… Ⅲ. ①古典诗歌－诗词研究－中国－文集 Ⅳ. ①I207.2-53

中国版本图书馆 CIP 数据核字(2018)第 067348 号

书　　　名	古典诗词中的百科世界
主　　编	孙汉洲
责 任 编 辑	傅一岑
出 版 发 行	江苏凤凰文艺出版社
出版社地址	南京市中央路 165 号，邮编：210009
出版社网址	http://www.jswenyi.com
印　　　刷	南京捷迅印务有限公司
开　　　本	718×1000 毫米　1/16
印　　　张	16
字　　　数	229 千字
版　　　次	2018 年 6 月第 1 版　2018 年 6 月第 1 次印刷
标 准 书 号	ISBN 978-7-5594-1845-6
定　　　价	39.00 元

（江苏文艺版图书凡印刷、装订错误可随时向承印厂调换）

前 言

《古典诗词中的百科世界》是江苏省教育厅教学改革前瞻性项目"中国古典诗歌融通教育"的研究成果之一,作为校本教材,先后在南京市鼓楼实验中学等学校使用,深受师生欢迎。

中国古典诗词,取材广泛,涵盖科学与生活的方方面面,可谓大千世界,无所不包。

本书选取了中国古典诗词与六十余个科学或生活板块,探幽发微,充分彰显二者之间的联系,从而拓展了诗词教学的领域,开阔了学生的知识视野,有利于学生融通能力的培养。每个板块独立成篇,又相互联系,构建了中国古典诗词与大千世界的联系图谱,在诗词研究领域独辟蹊径,难能可贵。

目 录

第一章 诗词与学科 / 001

　　诗词与历史 / 002

　　诗词与心理 / 005

　　诗词与政治 / 008

　　诗词与广告 / 011

　　诗词与法律 / 012

　　诗词与地理 / 015

　　诗词（对联）与数字 / 018

　　诗词与物理 / 021

　　诗词与化学 / 025

　　诗词与教育 / 029

　　诗词与天文 / 032

　　诗词与医学 / 038

　　诗词与气象学 / 041

　　诗词与体育 / 044

　　诗词与经济学 / 046

第二章　**诗词与行业** / 049
　　诗词与农业 / 050
　　诗词与飞行 / 055
　　诗词与水利 / 058
　　诗词与建筑 / 061
　　诗词与商业 / 064
　　诗词与旅游 / 066
　　诗词与美食 / 069
　　诗词与工业 / 071
　　诗词与服务业 / 074

第三章　**诗词与民俗** / 077
　　诗词与节气 / 078
　　诗词与丧事 / 082
　　诗词与婚姻 / 090

第四章　**诗词与艺术** / 097
　　诗词与音乐 / 098
　　诗词与美学 / 101
　　诗词与书法 / 105
　　诗词与绘画 / 107
　　诗词与戏曲 / 110
　　诗词与小说 / 112
　　诗词与散文 / 114

第五章　诗词与社交 / 117
　　诗词与社会交际 / 118
　　诗词与口才 / 126
　　诗词与宣传 / 129
　　诗词与外交 / 132

第六章　诗词与自然 / 139
　　诗词与禽类 / 140
　　诗词与动物学 / 142
　　诗词与花草 / 145
　　诗词与草木 / 154
　　诗词和树木 / 156

第七章　诗词与情感 / 163
　　诗词与爱情和月亮 / 164
　　诗词与友情 / 168
　　诗词与亲情 / 174
　　诗词与乡情 / 177

第八章　诗词与哲思 / 183
　　诗词与思维 / 184
　　诗词与智慧 / 188
　　诗词与幽默 / 193
　　诗词与哲理 / 196

第九章　诗词与其他 / 199
　　诗词与水和女人 / 200
　　诗词与男人 / 208
　　诗词与道德 / 211
　　诗词与比喻 / 214
　　诗词与胸襟 / 216
　　诗词与科学 / 219
　　诗词与情操 / 222
　　诗词与战争 / 225
　　诗词与改革 / 229
　　诗词与生命 / 232
　　诗词与命运 / 235
　　诗词与死亡 / 240
　　诗词与宗教 / 244

第一章
诗词与学科

断竹,续竹,飞土,逐肉。
露从今夜白,月是故乡明。
仰天大笑出门去,我辈岂是蓬蒿人。
谁知苍翠容,尽作官家税。
南朝四百八十寺,多少楼台烟雨中。
我见青山多妩媚,料青山见我应如是。
连翘首,惊过半夏,凉透薄荷裳。
七月流火,九月授衣。
氓之蚩蚩,抱布贸丝。
……

诗词与历史

诗歌,是一种人们通过有节奏、韵律的语言来抒情言志的文学样式。它一直是中国文学的主流,它在时间的江河中汹涌澎湃,浪花拍打着历史的堤岸,留下了深深浅浅的印记。有些人,用诗歌来反映历史;有些人,用诗歌来推动历史。历史,因诗歌而壮色生威;诗歌,因历史而绚丽多彩。我们不妨沿着历史的长河,寻觅有关的诗歌履痕。

一、诗歌伴和着历史的节拍

相传黄帝时期,人们用竹子作为武器,追捕野兽,因而流传下来反映当时狩猎的《弹歌》:"断竹,续竹,飞土,逐肉。"到了《诗经》时代,人们的婚姻、劳动、行役、亲情,无不在《诗经》中反映出来:"坎坎伐檀兮,置之河之干兮",这是先民劳而无获的怨艾;"三岁贯汝,莫我肯顾",这是先民们对"硕鼠"们的声讨;"昔我往矣,杨柳依依;今我来思,雨雪霏霏",这是落寞者的咏叹;"岂曰无衣,与子同仇",这是战士同仇敌忾的宣言;"爱而不见,搔首踟蹰(chí chú)",这是爱情的喜剧……

秦汉以降,项羽的《垓下歌》,浸透着末路英雄的忧伤;刘邦的《大风歌》,也透露出胜利者的寂寞彷徨。今天读来,"虞兮虞兮奈若何"与"安得猛士兮守四方"中的无奈没有什么两样。至于汉末,天下大乱,建安七子的诗歌,一如摄像机摄下的流离景象,那流落胡地的蔡家女的《胡笳十八拍》令人荡气回肠。

唐诗宋词,纵然有开元盛世的写真,更有安史之乱的画像。《三吏》《三别》比史家的叙述更形象,那急应河阳役的老妇,那无家可归的老翁,至今仍在诗中呻吟。"元白"的"新乐府"中充斥着民间疾苦声。"地不知寒人要暖,少夺人衣作地衣"的告诫,今天更值得我们重视。宋词中南渡的血泪与清江水共流,报国无门的忧愁百酒难浇。陆游、辛弃疾、杨万里、张孝祥、文天祥一路走来,带着一腔热血,以及壮志难酬的浩气。"却将万字平戎策,换得东家种树书",英雄有泪,岂是红巾拭得?

明清以降,于谦的《石灰吟》成了身世命运的谶(chèn)语;戚继光在积弱的明朝发出了雄武的呐喊;十七岁的夏完淳长流"无限山河泪";吴伟业"冲冠一怒为红颜"的感叹,奈何无补于事,无补于世。

林则徐烧毁了鸦片也烧毁了自己的前程,只好"戏与山妻谈故事,试吟断送老头皮"。康有为在日本听说意大利使者求租三门湾,三艘战舰进逼浙江,也只好隔洋兴叹:"绝好江山谁看取?涛声怒断浙江潮。"至于谭嗣(sì)同的"天涯何处是神州"的凄楚呼号,确实令"四万万人齐下泪"。"有心杀贼,无力回天,死得其所,快哉快哉!"谭嗣同就义时的口占诗气壮山河,使人感觉到中国人的骨气犹在,希望犹在!反清女侠秋瑾"拼将十万头颅血,须把乾坤力挽回"的誓言,不让古今须眉,烛亮了中国的半边天。

有人感叹说:随着帝制在中国的消失,中国古典诗歌也就"涅槃"了。然而,我们说:这不是和尚涅槃,而是"凤凰涅槃"。"五四"运动中,新诗的凤凰从火中飞出,翱翔在文学的天宇。

二、诗歌推动着历史的车轮

"诗言志",诗人的胸襟、理念、悲喜等都会通过诗歌表现出来,因而,诗歌可以自勉,也可以激励他人。甚至,一首"特殊"的诗歌,可以左右着历史车轮的方向。

《诗经》中的《鄘(yōng)风·载驰》是上古女诗人许穆夫人爱国赤心的表白,从某种意义上说,这首诗歌挽回了卫国灭亡的命运。

许穆夫人是卫懿(yì)公的妹妹,远嫁小国许国国君为妻。卫懿公是个昏君,酷爱养鹤,鹤的待遇居然高到乘车的级别,军民人等对此愤愤不平。后来,狄人伐卫,将士们说:"国君优待鹤,那就让鹤去御敌吧!"尽管卫懿公尽力说服将士抗敌,然而军无斗志,大败而归,卫懿公最终身死国亡。许穆夫人听到不幸的消息,决意要回国,帮助家族复国。当时礼制规定,诸侯之女出嫁,除非夫方国破家亡,或本人被废,否则不准回娘家,许穆夫人因此受到阻拦。许穆夫人也因此作了这首表达自己决心的诗歌,并毅然踏上了回国之路。听听看这首歌词吧,几千年后的今天,我们还可以感觉到她爱心跳动的脉搏。

许穆夫人的诗歌感人至深,终于感动了"上帝"。这个上帝就是齐国国君。齐国国君派遣公子无亏,率领兵车百辆、将士三千人援救卫国,终于使卫国亡而复兴,卫国的历史得以延续。

民谣是诗歌的本源,是国情民意的载体,许多民谣本身就是对历史事件的预测。也有智者利用民谣为自己的政治团体服务,从而赢得民心,影响历史的。夏桀无道,人民悲愤,民谣曰"时日曷丧,予及汝偕亡"。结果,夏的国运不久就衰微,商朝取而代之。黄巾军,就是用民谣动员人们起义的。黄巾军的歌谣是:"苍天已死,黄天当立,岁在甲子,天下大吉。"这首歌谣短小精悍,生动形象,琅琅上口,通俗易懂,具有强烈的煽动性,很快在贫苦百姓中流传开来。"开了城门迎闯王,闯王来时不纳粮。"这首明末民谣石破天惊,对缺衣少食的农民诱惑力极大。李闯王之所以能把明王朝掀翻在地,这首民谣的力量不容忽视。

黄巢是一个以诗言志者,他为人们热爱的菊咏诗,震撼人心:

待到秋来九月八,我花开后百花杀。
冲天香阵透长安,满城尽带黄金甲。

这首诗,充分显露了黄巢的宏图大志,也可以视为黄巢的奋斗宣言。黄巢日后起义,席卷唐朝势力,差一点留下一个朝代!

再说当代诗吧,重庆谈判不久,国共分裂,内战重开。共产党深得民心,战事节节胜利;国民党由优势转为劣势,士气低落。这时,有人提出"划江而治"的主张,连苏共的领袖斯大林都赞成,并要求中国共产党及早同意。然而,以毛泽东为首的中国共产党却选择将革命进行到底、解放全中国的道路。毛泽东在《七律·人民解放军占领南京》一诗中表明了共产党人的主张:

宜将剩勇追穷寇,不可沽名学霸王。
天若有情天亦老,人间正道是沧桑。

这几句诗掷地有声,从历史的角度回绝了"划江而治"的主张,同时也鼓舞了广大共产党人以及军队的士气,使中国避免了又一次"南北朝"割据的灾难。可以毫不夸张地说,毛泽东的一首诗,影响了中国历史发展的进程。

万物如昙花,然而诗歌却长存!人生易老,然而诗歌却永远年轻。历史中有诗歌的点点印记,有孤烟落日、帆影鸥歌,有春花秋月、崇山险川,有金裘美酒、春闺夜梦……诗歌永远活在历史里——昨天的历史,明天的历史……

(孙汉洲)

诗词与心理

古代诗歌,是我国文化艺术宝库中的璀璨明珠。古代诗歌中的心理描写内容,在古代文学中弥足珍贵。诚然,我国的古代文学(包括诗歌、小说等)不以心理描写见长;不过,间或有之,其功力却并不肤浅。我们这里对古代诗歌中的心理描写略加分析,以飨(xiǎng)读者。

古代诗歌中的心理描写大致有四种类型:

一、心理常规的描写

① 桑之未落,其叶沃若。于嗟鸠兮!无食桑葚。于嗟女兮!无与士耽。士之耽兮,犹可说也。女之耽兮,不可说也。(《诗经·卫风·氓》)

② 语已多,情未了,回首犹重道:记得绿罗裙,处处怜芳草。(牛希济《生查子》)

③ 感时花溅泪,恨别鸟惊心。(杜甫《春望》)

④ 去远即相忘,归近不可忍。(陈师道《示三子》)

例①反映了一种普遍的心理现象:对爱情,女子尤为执着。男子陷入情网,有时还能摆脱;女子陷入情网,简直无法摆脱。例②反映的是心理上的"移情"现象,即成语中所说的"爱屋及乌"现象。由于恋人的罗裙与芳草同色,因而,见了芳草也觉得可爱。例③中鲜花盛开,赏心悦目,鸟鸣婉转,悦耳动听,但这只是常规。一个身罹(lí)苦难的人见了,非但引不起常规的感觉,反而会"心惊骨折",泪雨滂沱。这也是一种常见的心理现象。例④所说具有普遍意义,我们现代人也有体会:一个人离家千万里,虽然想家,但明知无法归去,相对而言,心情也许并不太迫切;但是,一旦登上回归的飞机或列车,离家越来越近时,便急不可耐了,恨不得插翅而飞。

二、心理偏差描写

① 露从今夜白,月是故乡明。(杜甫《月夜忆舍弟》)
② 情人眼里出西施。(民间谚语)
③ 自牧归荑(tí),洵美且异。匪女之为美,美人之贻。(《诗经·邶风·静女》)

例①中月光普照九州,九州之内所见的月亮发出的光应该是一样明亮的。但是,由于作者乡情浓郁,思乡情切,心理产生偏差,认为家乡的月亮比外地的要更亮。例②反映的是一种普遍的心理偏差现象:一个人对某人某物情有独钟,就会忽略其缺点,看重其优点。热恋的情人的眼中所见,尽是对方的优美之处,这就是所谓出"西施"了。有人说:"不是因为美而可爱,而是因为可爱才变得美。"此话反映的也就是这种心理。例③中的一束茅草(荑),本不出奇,但是,由于它是美丽的姑娘所赠,所以小伙子产生偏差心理,认为它美得出奇。

三、故作"痴迷"的心理

① 不喜秦淮水,生憎江上船。载儿夫婿去,经岁又经年。(刘采春《罗唝(gòng)曲》)
② 江南二月试罗衣,春尽燕山雪尚飞。应是子规啼不到,故乡虽好不思归。(周在《闺怨》)
③ 雁来音信无凭,路遥归梦难成。离恨恰如春草,更行更远还生。(李璟《清平乐》)

例①中,为了稻粱之谋,夫婿外出经年不归。责任在谁?妻子心里明白。但是,此时却故作痴迷,放着丈夫不责怪,迁怒于水和船!例②中,江南二月,少妇试衣,自然念及塞北的丈夫,诗中写女主人猜想良人不归是子规啼不到的缘故。事实上,思乡何需子规啼?少妇又何尝不知?少妇宁愿怨恨子规,也舍不得怨恨丈夫。例③写"归梦难成",从逻辑角度看是大谬不然的。但是,这种故作痴迷的说法则充分反映了内心的痛苦。

四、矛盾心理的描写

① 江南岸,柳枝;江北岸,柳枝;折送行人无尽时,恨分离,柳枝。酒一杯,柳枝;泪双垂,柳枝;君到长安百事违,几时归?柳枝。(朱敦儒《柳枝》)

② 君家何处住,妾住在横塘。停船暂借问,或恐是同乡。(崔颢《长干行》)

③ 恨君不似江楼月,南北东西。南北东西,只有相随无别离。恨君却似江楼月,暂满还亏。暂满还亏,待得团圆是几时?(吕本中《采桑子》)

例①中,丈夫外出博取功名,这是妻子所愿的;但是,游子富贵忘乡,富贵易妻,几成定格,这又是妻子所惧的。词中的妻子折柳送别丈夫,心中的矛盾难以解决,最后竟希望丈夫到长安后百事不顺。例②的船家女情窦初开,对邻船的小伙子一见钟情,禁不住自报家门。话出口又觉得唐突,马上找理由掩饰。但是,欲盖弥彰,进一步把自己的矛盾心理暴露给了对方。例③先"恨君不似江楼月",接着又"恨君却似江楼月"。总而言之,心情矛盾,左右不是,饱含着对"离多会少,难得团圆"的遗憾。

(孙汉洲)

诗词与政治

中国抒情文学传统源远流长,诗歌这一文学体裁则是占据了主要地位。而在过去两千多年的封建统治下,文学与政治两者相互影响,紧密联系,在诗歌方面更是蔚为大观。

"诗可以兴,可以观,可以群,可以怨。"这是孔子对《诗经》社会作用的高度概括和深刻认识。其中"观"是指观风俗之盛衰。朱熹有注曰"考见得失",就是说诗歌是反映社会现实生活的,通过诗歌,我们能够了解当时风俗的盛衰和政治的得失。

作为我国最早的诗歌总集,在先秦时期,《诗经》充分反映了当时的政治生活。"十五国风"中的许多讽刺诗就揭露了统治者的丑行。《南山》斥责了齐襄公与其妹私通的禽兽之行,《新台》和《墙有茨》更是讥刺了卫国宫廷的丑事。"二雅"中也收录了大量反映统治阶级内部矛盾的讽刺诗。西周传至厉王幽王,暴虐无道,任用巫祝控制人民言论,残酷地剥削百姓,致使社会矛盾尖锐。《节南山》和《何人斯》反映了政治的黑暗与矛盾,《桑柔》则反映了争夺政权的乱象。"四牡骙骙(kuí),旟旐(yú zhào)有翩。乱生不夷,靡国不泯。"其景其状之混乱浑噩俨然于眼前。这些讽刺诗都较为真实地反映了当时社会的政治面貌,合在一起就是一幅绝妙的西周政治百丑图。当然,还有部分作品也反映了积极的一面,雅诗中有些许叙述周朝人民开国以及宣王征伐四夷而中兴的"史诗",如《生民》《公刘》《皇矣》等,还有颂诗中一些歌功颂德之作,这些都是后人了解当时政治的宝贵资料。

后来,由汉魏六朝开始,反映边疆战争艰苦和征人思妇相思之情的边塞诗兴起,以陈琳《饮马长城窟行》、鲍照《代出自蓟(jì)北门行》、蔡琰《胡笳十八拍》《悲愤诗》等为代表。到了唐朝,边塞诗的创作达到顶峰,涌现出一大批如王昌龄、高适、岑参等优秀的边塞诗人,他们多从戍边战士的角度写战争之惨烈。因此,在他们的笔下,处处呈现着当时国家的政治军事状况。

唐朝时期的中国，一方面由于强大的边防和高度自信的时代风貌，另一方面由于建功立业的壮志和"入幕制度"的刺激，文人普遍投笔从戎，渴望沙场报国。除了这类典型的边塞诗歌，还有李白的"仰天大笑出门去，我辈岂是蓬蒿人"、祖咏的"少小虽非投笔吏，论功还欲请长缨"等诗句，这些不仅仅展现了当时国家政治开明，国富兵强，更反映了那时文人们积极昂扬的政治情怀。而正当唐诗发展到顶峰，唐朝却开始由盛转衰。从杜甫的"诗史"——"剑外忽传收蓟北，初闻涕泪满衣裳"——开始，一直到唐朝中晚期以白居易、李商隐和杜牧为代表的诗人，他们的诗歌中，更多地表现了忧国忧民的情感。例如"东征日调万黄金，几竭中原买斗心""商女不知亡国恨，隔江犹唱后庭花"，以及广为流传的《长恨歌》等，都生动且深刻地反映了唐朝那个复杂、动荡的历史时代。

诗歌与政治的关系，除了在诗歌的题材和内容上体现、影射政治，诗歌也会影响政治，甚至是改变政治。

北宋时期"凡有井水处，即能歌柳词"的著名词人柳永，有一首流传甚广的词作，那便是《望海潮》："东南形胜，三吴都会，钱塘自古繁华。烟柳画桥，风帘翠幕，参差十万人家……"传说到了南宋，金国的第四个皇帝完颜亮读至词中"有三秋桂子，十里荷花"一句时，不禁拍案叫绝，为其中所描写的江南风光深深地吸引，因此有了投鞭江南的想法，对南宋发起了掠夺。这可谓是一首诗歌引发的一场战争了。虽然其事件真实与否无确切史料记载，但这也说明了在古代，绝妙的诗歌作品所带来的政治影响甚至能够波及整个国家。

以上所列的是我们所知道的关于诗歌反映或影响政治生活的典型例子。此外，政治在一定程度上也影响了诗歌的创作与发展。

"盖文章，经国之大业，不朽之盛事。"这句话出自曹丕《典论·论文》，表达了他对文学价值和功用的看重。在一个国家，上层统治阶级对文化的态度可以改变其民族的文化发展走向。曹丕其人文学造诣很高，与其父曹操、其弟曹植被后人并称"三曹"，他注重个人的情感抒发，善用文人化艺术表现手法，其长篇杂言歌行《大墙上蒿行》被王夫之誉为"长句长篇，斯为开山第一祖"。另外，曹丕除了个人创作，还常与文士们相聚宴游，诗酒竞豪，这继承了汉初吴王刘濞、梁孝王刘武召集文人雅集唱和的优良传统，并将其发扬光大，这在一定程度上也促进了建安时期文学的发展。曹丕把文学的价值提高到可与传统经典比肩的地位，这对中国后世的文学发展都起到了非常积极而深远的影响。

　　说到重视文学创作的古代君主,绝对少不了南唐后主李煜。李煜多才多艺,能诗擅词,工书善画,尤其在词方面贡献极大。其词作意境优美,感情纯真,语言自然精炼而富有表现力。南唐亡国后,李煜被俘入宋,所作词中更是直悟人生苦难无常,写出了亡国破家的凄凉和悔恨,如:"问君能有几多愁?恰似一江春水向东流。""独自莫凭栏,无限江山,别时容易见时难。""胭脂泪,留人醉,几时重?自是人生长恨水长东。"这些饱含血泪的句子,将自身所经历的惨痛遭遇泛化,获得一种更为广泛的形态意义,通向了对于宇宙人生悲剧性的体验与审视。

　　在李煜之前,词以艳情为主,这由晚唐以温庭筠、韦庄为代表的"花间词"便可知。而李煜词中多数作品直抒胸臆,倾吐身世家国之感,情真语挚,使词摆脱了长期在花间樽前慢声吟唱中所形成的传统风格,成为诗人们可以多方面言怀述志的新诗体,艺术手法上对后来的豪放派词也有影响。王国维在《人间词话》中写道:"词至李后主,而眼界始大,感慨遂深,遂变伶工之词而为士大夫之词。"李煜生于深宫之中,长于妇人之手,不失其赤子之心,而后遭遇亡国之痛,其诗词创作水平则更臻(zhēn)于炉火纯青。这种"穷而愈工"的情况在李煜身上体现得淋漓尽致,可见政治时局对诗人创作的影响之大。

　　如果说这两个例子是政治对文学的促进作用,那么明清时期的政治状况则阻碍了诗歌的发展繁荣。元清两朝,少数民族入主中原,对中原文化也产生了一定的冲击。再加上元曲、元杂剧、明清小说的兴盛,诗歌创作相对唐宋已是强弩之末,之后大兴的"文字狱"愈加严重地阻碍了诗歌的发展繁荣。雍正时期有一位进士,因写下"明月有情还顾我,清风无意不留人"而被认定有反清复明的倾向,从而被砍头。纵使明清时期诗歌流派众多,涌现出"性灵派""格调派"等杰出的诗歌流派,但由于国家时局的动荡、朝政内部的纷争,以及各种政策的出台,导致这段时间的诗歌创作水平普遍逊色于唐宋两朝。

　　有人说,文学应当为政治服务,但我个人认为,文学作为真善美的统一,应当是相对独立的,不应被强制附上其他色彩,而且政治和文化同属于上层建筑,只有互相包容扶持,才能有助于国家民族复兴、发展、繁荣。

(石慧斌)

诗词与广告

中国,是诗的国度。在中国文学的长河中,诗歌一直是主流。唐诗、宋词、元曲的辉煌,是中华子孙永远的骄傲。孔子对诗歌推崇备至,他教育弟子学习《诗经》时说:"小子何莫学夫诗?诗可以兴,可以观,可以群,可以怨。迩之事父,远之事君,多识于鸟兽草木之名。"惜乎,孔子生于上古,那时商品经济不发达,否则,他老人家应该加一句话:"可以商。"是的,诗歌是可以用于商业活动的,人们以诗作广告,能够收到良好的经济效果。

用诗作广告,实际上是让文学与经济联姻。以诗作广告,古已有之。唐宋八大家之一的苏轼,就写过广告诗。当年他谪居海南儋(dān)州,曾为卖馓子的邻居写过一首广告诗。诗云:

纤手搓来玉色匀,碧油煎出嫩黄深。
夜来春睡知轻重,压扁佳人缠臂金。

这首诗言简意赅,形象生动,寥寥数语,就把馓子的制作过程及形、色、质描写得淋漓尽致。邻人把这首诗装裱后高挂店堂,从此顾客盈门,生意兴隆。

现代商家看中广告,有人就借用古诗作广告。唐朝大诗人李白曾写过《客中行》诗一首,山东兰陵酒业集团就曾借用来作为广告,印在商标上。诗云:

兰陵美酒郁金香,玉碗盛来琥珀光。
但使主人能醉客,不知何处是他乡。

诗中对兰陵酒大加赞赏,读者仿佛感觉得出其色、香、味来。虽然,如今的兰陵酒不是李白当年的兰陵酒。然而,商家利用人们羡慕名人而忽视时空的心理,打开了产品的销路。

也有些商家,直接请当代的名人写诗作为广告。著名诗人闻捷就为上海灯泡厂写过广告诗:

> 向太阳里取来的熔岩,
> 从碧空中摘来的星星;
> 耐得住千度高温,
> 负得起延长白昼的使命;
> 把五彩缤纷的晚霞,
> 焊接上金光灿烂的晓云。

这首精彩的广告诗,被厂家写在巨幅广告上,起到了很好的促销作用。
作家刘绍棠,为山西杏花村汾酒厂写过这样一首广告诗:

> 宝泉佳酿天下闻,车似流水人如云。
> 古今谁家酒最好?众望所归杏花村。
> 红杏枝头春意闹,清明时节柳色新。
> 返老还童须一醉,牛背短笛唱乡音。

这首诗被编入了汾酒厂主编的外文画报,把宣传工作做到了国外。
我们江苏地杰人灵,又有好的产品,我们也不妨让产品与诗歌联姻,让产品伴随诗歌广告,销往五湖四海、七洲四洋……

(孙汉洲)

诗词与法律

有人认为,法制是现代人类文明社会的基本特征之一,是现代社会的产物。其实在遥远的古代,法律和法制业已出现。《周礼·秋官·司刑》注:

"夏刑大辟二百,膑(bìn)辟三百,宫辟五百,劓(yì)墨各千。"刑罚的出现,标志着夏代法律制度(中国古代的"刑"与"法"含义相同)已经产生。从夏商周到明清,中国古代法律和法制不断向前发展。它们不仅仅出现在历朝历代官方编订的法律典籍如《九章律》《宋刑统》《大清律例》等之中,在中国古典诗歌之中也浸润着深厚的法律观念和法律文化。

中国古代社会非常重视运用法律来管理国家和社会,重视法律、崇尚法律往往成为朝野的共识。

奉天竭诚敬,临民思惠养。纳善察忠谏,明科慎刑赏。

(李世民《帝京篇》)

法律存,道德在。

(佚名《唐受命谶》)

石以砥(dǐ)焉,化钝为利。法以砥焉,化愚为智。

(刘禹锡《砥石赋》)

《帝京篇》中的这四句诗可以说是唐太宗李世民的施政纲领,除了敬天保民、察纳雅言,他还将法律提升到治国安邦的高度加以重视,提出了宽刑的观点。在《唐受命谶》中,作者将法律和道德的关系进行了厘清:在他看来,法律是基础,社会失去法律的管理制约,道德也就成了空中楼阁。刘禹锡《砥石赋》中的"化愚为智"更从修身的层面指出了法律的重要意义。

封建王朝对法律的重视还体现在法律成为科举考试的重要内容,唐代和宋代科举中的"明法科"都以法律为考察对象。在此影响下,读书人的法律意识和法律素养不断提高。

读书万卷不读律,致君尧舜知无术。

(苏轼《戏子由》)

胶西前辈郑康成,千载遗风及后生。旧学诗书儒术富,兼通法律吏能精。

(苏辙《送傅宏著作归觐待观城阙》)

我爱仙居好,公余日在房。忧民极反覆,责己未周详。法律行随手,诗书坐满箱。老来须向学,多病喜平康。

(陈襄《和郑闳中仙居十一首》)

苏轼在《戏子由》中认为，读书人只有熟读、精通法律才能辅佐皇帝治理国家。"郑康成"即东汉经学大师郑玄，苏辙对郑玄"兼通"法律的赞颂也体现出宋代士人对法律知识的重视。北宋理学家陈襄对自己日常生活的记叙，反映出研读法律在宋代士人日常生活中的重要地位。

纵观中国古代法制史，"慎刑"是主流思想。这种思想在中国古典诗歌中也有体现。

秦时任商鞅，法令如牛毛。

（杜甫《述古三首》）

吾闻聪明主，治国用轻刑。销兵铸农器，今古岁方宁。

（杜甫《奉酬薛十二丈判官见赠》）

持法不须张密网，恩波自解惜枯鳞。

（刘长卿《狱中闻收东京有赦》）

秦国兴盛于商鞅变法，也亡于苛刑厉法，这对于后世之人是最好的警示。杜甫和刘长卿的这三首诗体现了"轻刑"思想的深入人心。

在统治者和士大夫官员的努力下，封建社会的法制不断健全。梅尧臣在《长歌行》中写道："富贵拘法律，贫贱畏笞榜。"从中可以看出，在当时，无论富贵贫贱，都要受到法律的约束，可见当时社会法律的严密。随着法律的深入人心，百姓也会用法律来维护自己的利益。陆游在《秋怀》中写道："讼氓满庭闹如市，吏牍围坐高于城。""讼氓"指前来打官司的百姓。官府的"闹如市"和堆积成山的"牍"（也就是诉讼文书）体现出百姓法律意识的高涨。

封建社会的法律从根本上说还是统治阶级维护自身统治的工具。封建王朝的本质决定了法律并不能真正维护百姓的利益。在王朝末期，由于统治阶级的腐化堕落，苛政恶法往往给百姓带来了深重的灾难。

国家定两税，本意在忧人。厥（jué）初防其淫，明敕内外臣：税外加一物，皆以枉法论。奈何岁月久，贪吏得因循。浚我以求宠，敛索无冬春。织绢未成匹，缲（sāo）丝未盈斤。

（白居易《秦中吟十首》）

谁知苍翠容,尽作官家税。

(温庭筠《烧歌》)

公元780年,唐政府颁布"两税法",本意是减轻农民的负担。可是随着唐政府的腐化和吏治的败坏,两税法偏离了初衷,成为横征暴敛的依据。白居易的《秦中吟十首》忠实地记录下了苛政恶法下百姓的苦难。到了晚唐,情况更加恶化:温庭筠《烧歌》中的"苍翠容"指的是农民收获的农作物,这些辛苦所得,已经"尽"被官府以"税"的名义征收,百姓已无活路可言。

诗人们对苛政恶法带来的悲惨景象的记录,就是想提醒后来法律的制定者:法律伦理和法律的执行,比法律本身更加重要。

(华　伟)

诗词与地理

中国是一个诗歌的国度,许多诗作不仅以其精湛的文学艺术价值而千古流传、脍炙人口,而且,其中一些诗句由于诗作者对自然景物的细致观察而包含着丰富的自然科学知识,反映出典型的地理事物和地理现象的特征及其变化规律,也反映了人对自然事物和现象的主观认识和深刻思考。

一、诗句与气候

"羌笛何须怨杨柳,春风不度玉门关。"(唐·王之涣)这里的"春风"其实就是我们现在所说的夏季风。夏季风从我国东南沿海吹来,由于路途遥远,便不能到达我国腹地大西北。"城市尚余三伏热,秋光先到野人家"(宋·陆游)形象地说明城市热岛效应现象。"东边日出西边雨,道是无晴却有晴"(唐·刘禹锡)是四种降雨类型中对流雨的极好写照。从诗句中日常生活的感受,我们体会出对流雨的特点是降水强度大、范围小、历时短等。"人间四月芳菲尽,山寺桃花始盛开"(唐·白居易)可反映物候的垂直分布,其原因是水热状况随山体高度而变化,这种变化规律属于自然带的垂直地带性。又如,"南枝向暖北枝寒,一样春风有两般"(唐·刘元载妻),说明了山坡两侧向阳坡与背阳坡的光照及热量的差异。"罗浮山下四时春,卢橘杨梅次第新"(宋·苏轼),反映我国南方热量丰富,四季如春,鲜果不断。"谁挥鞭策驱四运,万物兴歇皆自然"(唐·李白),可借以说明地球绕日公转所产生的四季变化,一个"谁"字很有深意。"天时人事日相催,冬至阳生春又来"(唐·杜甫),这个纯科学的结论用诗的形式表现非常适宜。

二、诗句与地貌

我国地域辽阔,地貌类型多样,其成因各自不同,有风化、侵蚀、搬运、沉积等外力作用和地壳运动等内力作用。如"两岸青山相对出,孤帆一片日边来"(唐·李白),就可理解为是对流水侵蚀地貌的描绘,即在地壳抬升的情况下流水深切河谷,使得"青山相对出"。而在对喀斯特地貌的描写中,唐代著名诗人卢纶的"巴路绿云出,蛮乡入洞深"是贵州高原极好的写照。"蜀道难,难于上青天""尔来四万八千岁,不与秦塞通人烟"(唐·李白),说明蜀道崎岖、自古闭塞的四川盆地地貌。"横看成岭侧成峰,远近高低各不同"(宋·苏轼)是描写典型的山地地形的佳句,反映出庐山的雄奇秀丽。"三山半落青天外,二水中分白鹭洲。"(唐·李白)"滩头细草接疏林,浪恶罾(zēng)船半欲沉。宿鹭眠洲非旧浦,去年沙嘴是江心。"(唐·皇甫松)可说明河流冲积形成的河心洲沉积地貌。"天苍苍,野茫茫,风吹草低见牛羊"(北朝民歌)展现出我国内蒙古高原辽阔壮丽的草原地貌,形象逼真地描绘了草原水草肥美、牛羊成群与和平宁静的牧区图景。"黄河之水天上来,奔流到海不复回"(唐·李白)既说明我国地势西高东低和黄河流向,也揭示了海陆间水循环的规律。陆地径流入海,而海水只能从空中通过大气输送到陆地上空,暗含水循环使陆地上的水资源得以再生和补充。

三、诗句与水能

水能资源形成的最基本的条件有三:河道峡谷、落差和水量。而描写这方面情形的诗句亦不少。

1. 李白的"日照香炉生紫烟,遥看瀑布挂前川。飞流直下三千尺,疑是银河落九天"是说庐山瀑布之壮美,是对庐山瀑布的描绘。

2."朝辞白帝彩云间,千里江陵一日还。两岸猿声啼不住,轻舟已过万重山"展示了奔腾不息的长江流经三峡时水流湍急、一泻千里、气势磅礴的壮观景象。

3."海潮随月生,江水应春生""八月十八潮,壮观天下无"既展示了钱塘潮汹涌澎湃席卷而来的磅礴气势,也说明了潮汐最壮观的时间(农历八月十八)及潮汐形成的天文因素(月球的引力)。

4."天门中断楚江开,碧水东流至此回"是说长江的天门山一段水流湍急。

5."湘江北去,橘子洲头"说明湘江的流向是从南向北流的。

6."浙江八月何如此?涛似连山喷雪来。"浙江即钱塘江,农历八月是是钱塘潮最壮观的时节。

7."清溪清我心,水色异诸水。借问新安江,见底何如此?"是说当时新安江江水十分清澈,含沙量极小。

四、诗句与地球自转

地球自转是地球运动的最基本的形式之一。自转产生的视运动自然是地物向东,天物向西。"夕阳无限好,只是近黄昏"(唐·李商隐)、"白日依山尽,黄河入海流"(唐·王之涣)、"刚被太阳收拾去,却教明月送将来"(南宋·谢枋得)等,能恰如其分地用来说明地球自转的视运动及昏线来临的万千景象。

我国古代诗歌,折射出我国历史沉淀了几千年的思想文化,其底蕴深厚、数量众多,我们学习不尽,赏析不完。而表现以上气候、地形、水能、人文或其他地理知识的诗句亦非常之多。如果我们能将古诗词与地理知识融通起来,既复习了古诗词知识,又加深了对地理知识的理解,还提高了自己的古诗词鉴赏能力,一举多得,岂不美哉!

(孙　璐)

诗词（对联）与数字

数字入诗入联，显得"情趣横溢，诗意盎然"。数字入诗入联，别具韵味，闪烁着迷人的光芒，给人以美的享受，让人耳目一新。

一、数字描写景物

一去二三里，烟村四五家，
亭台六七座，八九十枝花。

这是宋代邵雍描写一路景物的诗，共二十个字，把十个数字全用上了。这首诗巧妙地用数字反映远近、村落、亭台和花，通俗自然，脍炙人口。

一片两片三四片，五六七八九十片。
千片万片无数片，飞入梅中总不见。

这是清代郑板桥写的一首咏雪诗，全诗用了大量表示雪花片数的数量词，读后就好像身临雪境，飘飞的雪片由少到多，飞入梅林，就难分是雪花还是梅花了。

清代女诗人何佩玉擅长作数字诗，她曾写过一首诗：

一花一枝一矶(jī)石，一抹斜阳一鸟飞。
一山一水一寺中，一林黄叶一僧归。

诗中连用十个"一"字却不使人感到重复，而是意境悠远，妙趣横生。

二、数字表达爱情

古人将数词入诗,成为佳话,而将数词用在书信中表达爱情,其表情达意又另有一番韵味。

汉代有一个经典的故事,说的是几经周折,司马相如与卓文君终成眷属,回到成都。不久,汉武帝下诏召见司马相如,司马相如告别妻子,离开成都去长安求取功名,但一去五年,不写家书,心有休妻之念。于是写了一封难为卓文君的信,送往成都。卓文君接到信后,拆开一看,只见写着"一二三四五六七八九十百千万"十三个数字。聪颖过人的卓文君当然明白丈夫的意思,家书中数字无"亿",表示丈夫已对她"无意"了,只不过没有直说罢了。才思敏捷的卓文君,灵机一动,按司马相如指定的数目字,立即回写了一首如诉如泣的抒情诗:

> 一别之后,两地相悬,只说是三四月,又谁知五六年。七弦琴无心弹,八行书无可传。九连环从中折断。十里长亭望眼欲穿,百思想,千系念,万般无奈把郎怨。
>
> 万语千言道不完,百无聊赖十凭栏。重九登高看孤雁,八月中秋月圆人不圆。七月半,烧香秉烛问苍天。六伏天,人人摇扇我心寒。五月里,榴花如火偏遇阵阵冷雨浇。四月间,枇杷未黄我欲对镜心意乱。急匆匆,三月桃花随水流。孤零零,二月风筝线儿断。噫!郎呀郎,巴不得下一世你为女来我为男。

在卓文君的回信里,由一写到万,又由万回到一,写得明白如话,声泪俱下,悲愤之情跃然纸上,司马相如对这首数字连成的诗一连看了多少遍,深受感动,越看越感到惭愧,越觉得对不起一片痴情的妻子,于是亲自回四川把卓文君接到长安,夫妻和好。

三、数字暗示境遇

相传郑板桥做县令时,常微服私访,一年春节,他看到一家门上贴着一副稀奇古怪的对联:

二三四五

六七八九

横批：南北

郑板桥看后微微一笑，马上派人取来白米和衣物送去，主人叩头谢恩。有人问他其中原由，郑板桥笑着说道："这家人缺一(衣)少十(食)，没有东西(只有南北)过年啊！"众人听了都哈哈大笑，原来是这么回事。对联的主人巧妙地用数字给人们描述出他家过年时的贫困境况。

四、数字隐括生平

淮阴侯韩信墓前祠庙门上有一副对联是："生死一知己，存亡两妇人。"这副对联用到了两个数词且对仗工整，巧妙地隐括了韩信生平的两个重要环节。

秦末农民战争时期，满腹韬略的韩信，先在项羽部下从军，但未受重用，后来投刘邦麾下，仍未受重用，因此愤而出走，却被萧何连夜追回。在萧何的极力保荐下，刘邦终于拜韩信为大将，遂建功立业，先封为韩王，后改封淮阴侯。汉朝建立后，韩信备受猜忌，替吕后设计诱捕他的恰恰又是萧何！后人谓之"成也萧何，败也萧何"，这正是上联"生死一知己"的由来。

当初，韩信家贫，食不果腹，一位在河边漂絮的老妇人曾供养他十多天。韩信被萧何诱捕后，把他斩于长乐宫的是吕后。所以对联的下联叹道："存亡两妇人。"在此作者仅用含有两个数词的一幅对联就将韩信的坎坷人生描述出来。

五、数字展示智慧

少年时代的鲁迅在上私塾时，先生就教他们对对子。一次，塾师寿镜吾老先生出了上联"独角兽"，要求学生对出下联，一时引得学生们活跃起来了。有的孩子对出"九头鸟"，有的孩子对出"三脚蟾"，有的孩子对出"百足蟹"等等，唯独周樟寿(鲁迅原名)一语不发，等课堂上平静下来后，他站起对出"比目鱼"。课堂立时悄然无声，没有再应对的了。寿老先生在一一评论了其他人的之后，最后称赞周樟寿对得最好。因为"独"非数字却有"一"的意思，而"比"也非数字，却相当于"二"，两者虽俱无数字却都有数的含义，真是恰到好处。

1953年，中国科学院组织出国考察团，由著名科学家钱三强任团长，团员有华罗庚、赵九章等人。途中闲暇无事，总是谈天说地。有一天，华罗庚触景生情，吟出上联：三强韩赵魏。说的是战国时期的韩国、赵国和魏国三强国，却又隐喻着代表团的团长钱三强的名字。这就要求下联不仅要解决数字难对的困难，而且也要嵌入另一个人名。这就使在座的同行大费踌躇，很难应对下联，过了一会儿，还是华罗庚不慌不忙地说出了下联：九章勾股弦。

《九章算术》是首次记载我国数学家发现勾股定理的数学名著，而且这里的"九章"又恰好是代表团的团员——大气物理学家赵九章的名字，与上联"三强"的名字正好相对，极为工整，真是天衣无缝。华老这则妙对，使在座的科学家无不叹服。

诗与对联，是文学的精品样式，而数字是数学的精髓，数字像一根纽带联系起了数学与文学，构成了一道别致的文化风景。

（孙汉洲）

诗词与物理

人们常认为诗歌是纯文学性的创作，与理科有着天壤之别，实则谬矣。诗歌内容包罗万象，孔子曾说："诗可以兴，可以观，可以群，可以怨。迩之事父，远之事君，多识于鸟兽草木之名。"在一些诗歌中，甚至蕴藏着丰富的物理知识。从物理视角来赏读诗歌，你会看到另一个神奇世界。

一、运动学方面

描述物体运动是相对的，我们说物体运动或静止，是相对于参考系而言的，参考系这一概念在运动学中举足轻重。这一理论在诗歌中常常见到。例如，李白的《早发白帝城》和《望天门山》中，都表现了相对地面的观察者看到的景象：

> 朝辞白帝彩云间,千里江陵一日还。
> 两岸猿声啼不住,轻舟已过万重山。
>
> 《早发白帝城》
>
> 天门中断楚江开,碧水东流至此回。
> 两岸青山相对出,孤帆一片日边来。
>
> 《望天门山》

而诗句"满眼风光多闪烁,看山恰似走来迎。仔细看山山不动,是船行","月在云中穿梭,云从月旁掠过",以及"小小竹排江中游,巍巍青山两岸走",则表现了对同一个现象,由于观察者选取的参照物不同而会看到两种不同的景象。"人在桥上过,桥流水不流"用运动着的水为参照物来观察桥,则出现了水静桥动的奇妙现象。

二、光学方面

几何光学中有直线传播、反射、折射三个定律,在一些诗歌中也能体现相应的物理知识。谚语"一叶障目,不见泰山""立竿见影"揭示了光在同种介质中沿直线传播的规律;"湖水映彩霞""池水映明月""水中捞月一场空",这些诗句说明水面与平面镜反射成像相似,成虚像,揭示了光的反射现象,宋代一个和尚的偈语更是生动体现了光的反射:

> 千山同一月,万户尽皆春。
> 千江有水千江月,万里无云万里天。

光的折射现象在诗歌中也有体现,例如下面这首小诗:

> 垂钓绿湾春,春深杏花乱。
> 潭清疑水浅,荷动知鱼散。
> 日暮待情人,维舟绿杨岸。
>
> (储光羲《钓鱼湾》)

其中的"潭清疑水浅"就是光的折射现象的体现。

三、声学方面

人类生存与声音密切相关,不能听音、不能说话是非常痛苦的。在一些诗歌中也蕴含着声学知识。唐代诗人王维《鹿柴》一诗中"空山不见人,但闻人语响"的这个"响"是指回声。谚语"只闻其声,不见其人"揭示声波的衍射现象。沈括在《梦溪笔谈》中记载,行军宿营,士兵枕着牛皮制的箭筒睡在地上能及时听到夜袭的敌人的马蹄声,之所以出现这个现象,是因为声音在大地中的传播速度比空气中的传播速度大。

四、热学方面

热学中的凝华、熔化、放热、吸热、比热、扩散等是比较抽象、难理解、容易混淆的概念,但是这些概念在谚语和诗句中也有迹可循。俗语"霜前冷,雪后寒"和"下雪不冷,化雪冷",前者是指凝华放热,后者是指融化吸热。我国新疆沙漠地区的谚语"早穿棉袄午披纱,围着火炉吃西瓜",这是由于沙石比热小,吸热放热都非常迅速的缘故。唐代黄巢的《菊花》则将分子的运动表现得淋漓尽致:

> 待到秋来九月八,我花开后百花杀。
> 冲天香阵透长安,满城尽带黄金甲。

在石头与石头、铁与铁等物质的撞击或摩擦过程中,常常会出现火星。李白《秋浦歌》的其中一首就有关于冶铁场面的描述:

> 炉火照天地,红星乱紫烟。
> 赧郎明月夜,歌曲动寒川。

之所以出现火星,是因为表面上看是大块物体的相互作用,但事实上它们之间的接触面积很小,这时,有大量的动能在这一接触点转化为热量,那些带着巨大热能的细小碎屑飞溅出来,则会以发光的形式释放能量,也就是我们看到的火花了。

五、机械能方面

机械能原理可以引用唐代王之涣《出塞》诗中的"黄河远上白云间",《登鹳雀楼》诗中的"白日依山尽,黄河入海流",杜甫《登高》诗中的"不尽长江滚滚来",李白《送孟浩然之广陵》诗中的"孤帆远影碧空尽,唯见长江天际流",这些动人的诗句,生动形象地反映了这两条大河蕴藏了大量的动能和势能。

六、浮力方面

浮力是物理的一个难点,浮沉条件是难点之难点。但《死海不死》中的语句"奴隶们被投入死海,并没有沉到水里淹死,却被波浪送回岸边",分析起来就能妙解其中原委。解释一:海水的咸度很高,人被扔进海里就自然浮起来,沉不下去;解释二:海水的密度大于人体的密度,人被扔进海里后处于漂浮状态;解释三:人被扔进海里漂浮在海面时,浮力大于人体的重力,沉不下去;解释四:人被扔进海里漂浮在海面时,浮力等于人体的重力,沉不下去。最终,可以得出正确结论是第三条。在分析此句的过程中,我们逐渐了解了浮力原理,也牢记了浮沉条件。在耳熟能详的诗歌《咏鹅》中也有浮力原理的体现:

鹅鹅鹅,曲项向天歌。
白毛浮绿水,红掌拨清波。

鹅能不断地分泌出脂肪,然后把这些脂肪涂在羽毛上,避免羽毛被水浸湿,这样也就起到排水的作用,就像船的外壳,这时水的浮力等于鹅的自身重,鹅就能浮到水面上。如果用这首诗来讲解浮力原理,相信枯燥的物理知识也能瞬间变得趣味盎然。

中国古代和近代的知识分子,在发现了一些物理现象之后,多会把它们融入诗文之中。在融通世界里,你会发现物理知识的掌握可以从读诗开始。

(田志平)

诗词与化学

化学是严谨的,诗是浪漫的,两者似乎格格不入。然而人类历史上,将严谨的化学融入浪漫的诗歌中的现象却屡见不鲜。古人以独特的视角给我们留下了极其珍贵的笔墨,他们对化学现象、化学反应的悉心观察与独特的文学审美,以及对化学在社会生活中应用的精彩描述,成就了无数优美的诗篇。

一、用化学现象巧解诗中美景

在日常生活中,我们往往把"烟""雾"混为一谈,实际上固体小颗粒飘浮在空气中称为烟,而小液滴分散于空气中则称为雾。硝烟、炊烟、尘烟均为名副其实的烟,白磷燃烧时产生的浓厚白烟也是名副其实的烟,它是五氧化二磷固体小颗粒分散在空气中形成的。清晨的蒙蒙白雾、水烧开后冒出的白气其实都是雾;打开浓盐酸、浓硝酸的试剂瓶塞时产生的现象也是雾。陶渊明《归园田居》"暧暧远人村,依依墟里烟"中的"烟"是指农家的炊烟;王维《使至塞上》"大漠孤烟直"的"孤烟"则是浩瀚空旷的沙漠中挺拔而起的传递战争信息的烽烟;杜牧《江南春》"南朝四百八十寺,多少楼台烟雨中"与《泊秦淮》中的"烟笼寒水月笼沙,夜泊秦淮近酒家"中的"烟"是指江南的雨雾。

唐代诗人刘禹锡在《浪淘沙九首·日照澄州江雾开》中写道:"日照澄州江雾开,淘金女伴满江隈。美人首饰侯王印,尽是沙中浪底来。"记述了古代淘金的情况。意思是说:清晨,烟雾笼罩大江,不一会儿太阳出来了,雾散天开,金色的阳光照耀着澄澈的江水中的小洲。淘金妇女结伴而来,挤满了江边的水湾。美人头上的首饰和王侯手中的印玺,所用的金子都是这些妇女辛辛苦苦从沙中浪底淘洗出来的。刘禹锡《浪淘沙九首·莫道谗言如浪深》中也有类似内容:"千淘万漉虽辛苦,吹尽狂沙始到金。"两首诗中对淘金过程的描写反映了金的化学性质的稳定性:常温下不易氧化,不与其他物质发生化学反应,即天然本色。淘金要千遍万遍地过滤,虽然辛苦,但只要淘尽了泥沙,就会露出闪亮的黄金,不需要冶炼还原。

王安石《梅花》:"墙角数枝梅,凌寒独自开。遥知不是雪,为有暗香来。"诗人在远处就能闻到淡淡的梅花香味,为什么呢?因为一切寒梅的分子在寒风中不断运动,飘散到四周,远远就能嗅到香味。

二、用矿物特质妙析诗中事理

中国是世界上最早使用煤的国家。煤,古称石炭,唐代诗僧贯休《寄怀楚和尚二首》中有"铁盂汤雪早,石炭煮茶迟",意思是说:铁锅化雪快,煤炭煮茶慢。因为金属铁传热快,而石炭在火盆中不能充分燃烧且大量热散失、利用率低下,便造成如此现象。到了宋朝,苏轼有诗《石炭》专门描写煤的燃烧性能和使用前景:"岂料山中有遗宝,磊落如磐(yī)万车炭。流膏迸液无人知,阵阵腥风自吹散。根苗一发浩无际,万人鼓舞千人看。投泥泼水愈光明,烁玉流金见精悍。南山栗林渐可息,北山顽矿何劳锻。为君铸作百炼刀,要斩长鲸为万段。"这是一千多年前苏轼对煤炭燃烧的精彩记录。

"投泥泼水愈光明",因为炽热的煤加水后会产生水煤气($C+H_2O=$高温$=CO+H_2$),水煤气的主要成份是 CO 和 H_2,而 CO 和 H_2 都是易燃气体,所以泼水愈光明。"烁玉流金见精悍"是说煤燃烧放出的热量高。煤的燃烧值(3.2×10^7 焦/千克)是干木柴燃烧值(1.2×10^7 焦/千克)的 2.7 倍,可用于矿物的冶炼。

明代诗人于谦《咏煤炭》云:"凿开混沌得乌金,藏蓄阳和意最深。爝(jué)火燃回春浩浩,洪炉照破夜沉沉。鼎彝元赖生成力,铁石犹存死后心。但愿苍生俱饱暖,不辞辛苦出山林。"诗的意思是:深深的土层凿开了才能挖到煤炭,黑黑的煤炭中储存着巨大的热量;燃烧起来像火一样的小小的煤块,能让人感受到春日阳光般的温暖,如春回大地,沉沉的黑夜竟被那炉中的煤焰照得很明亮;鼎彝这类器具,本来是依靠煤炭的热力才能熔铸成的,那些经煤炭冶炼过的铁石,本质上依然保留着煤炭的品质;只希望普天下的百姓都能得到温饱,所以煤炭不辞辛苦,不惜燃烧了自己走出山林。这首《咏煤炭》把煤炭的形成(深埋地下千年万年方可形成)、特征(黑色块状固体)、性质(可燃且散热多)和主要用途(冶炼、取暖)用寥寥数言就形象地概括表现了出来。

宋代科学家沈括曾在《延州诗》中写道:"二郎山下雪纷纷,旋卓穹庐学塞人。化尽素衣冬未老,石烟多似洛阳尘。"诗中的石烟就是指石油,主要是各种烷烃(wán tīng)、环烷烃、芳香烃的混合物。它是古代海洋或湖泊中的生物经过漫长的演化而形成的混合物,与煤一样属于化石燃料。《延州诗》描写了石油燃烧产生大量浓烟的场景:焚烧原油产生的烟雾和化学物质将白衣服全都染黑了,寒冬还未过去,石油烟末多得像洛阳的灰尘。这充分说明在通常情况下,石油在空气中不能完全燃烧,对环境的污染相当严重。

三、用化学变化明辨诗中趣象

从某种意义讲,化学变化是发生化学奇妙现象的基础,"百炼成钢""酿酒醇香"等说法就形象地描述了化学变化的奇妙之美。白居易《赋得古原草送别》"野火烧不尽,春风吹又生",蕴含着草木燃烧的氧化反应,生成的草木灰可作为万物生长的肥料,使得野草于来年春风吹来时,再次获得生长良机,更加茂盛。李商隐《无题》"春蚕到死丝方尽,蜡炬成灰泪始干",使人读后顿觉悲凉凄婉,我们不得不承认自然规律的"真"(人生一世,草木一春)和化学变化的"真"是如此完美地统一相像——蜡烛贡献了自己的光和热后,消失得无影无踪了,也就是说蜡烛燃烧生成的水和二氧化碳散逸到空气中,化有形为无形。

又如王安石《元日》中有"爆竹声中一岁除,春风送暖入屠苏"。爆竹,本意是指在火中燃烧竹子,竹子爆裂发声,这属于物理变化。《通俗编排优》记载:"古时爆竹,皆以真竹着火爆之,故唐人诗亦称爆竿。后人卷纸为之,称曰'爆竹'"。明清两代,爆竹的种类更加繁多,燃放爆竹的时间已不限于大年初一清晨,除夕夜即开始,子夜时达到高潮,俗称迎神。《荆楚岁时记》载:"正月一日,鸡鸣而起,先于庭前爆竹,以避山臊(sāo)恶鬼。"现代爆竹的主要成分是黑火药,当烟花爆竹点燃时,木炭粉、硫磺粉、金属粉末等在氧化剂的作用下,发生化学反应,迅速燃烧,产生二氧化碳、一氧化碳、二氧化硫、一氧化氮、二氧化氮等气体及金属氧化物的粉尘,瞬时产生的大量气体,伴随着大量光和热,冲破炮纸的包裹,引起爆炸。爆炸产生的二氧化碳、一氧化碳、二氧化硫、一氧化氮、二氧化氮都是有害气体。所以,有些城市禁止燃放烟花爆竹是有道理的。

诗人李白在《秋浦歌》中曾描写煤炭的燃烧反应:"炉火照天地,红星乱紫烟。赧郎明月夜,歌曲动寒川。"其中"红星乱紫烟"的紫烟从何而来呢?原来煤炭在不完全燃烧时,会生成一氧化碳,一氧化碳燃烧时的火焰是蓝色的,蓝色火焰与浓烟混和在一起看起来就像紫色的烟。我国金属冶炼的历史悠久,一曲出口,古代金属冶炼场景历历在目。

明代著名诗人于谦的《石灰吟》是大家熟知的一首诗:

千锤万凿出深山,烈火焚烧若等闲。
粉骨碎身全不怕,要留清白在人间。

诗的字面意思是:(石灰石)经过千百次的锤打才能从深山中开凿出来,经烈火焚烧也十分平常;身体骨头即使变成粉末也无所畏惧,是因为想要把清白的声誉留在人间。全诗包含的化学物质丰富多彩:石灰石、生石灰、熟石灰、碳酸钙等及其变化过程:

"千锤万凿出深山"——原料来源;

"烈火焚烧若等闲"——石灰石(主要成分是碳酸钙)经过千锤万凿被敲碎,然后在石灰窑里烧制成白色的生石灰(氧化钙),即 $CaCO_3$ 分解;

"粉身碎骨浑不怕"——氧化钙与水反应生成白色的熟石灰,$CaO+H_2O=Ca(OH)_2$;

"要留清白在人间"——氢氧化钙与空气中的二氧化碳反应生成白色的碳酸钙,$Ca(OH)_2+CO_2=CaCO_3\downarrow+H_2O$。

于谦的这首诗不仅抒发了诗人不畏艰难、不怕牺牲、刚正不阿的崇高情操,也体现了人作用于自然环境,自然环境陶冶了人的美好情操的人文精神。

四、从化学视角看炼丹诗歌

炼丹术来自神仙思想与不死药的传说。神仙与不死药的传说在古代中国由来已久,《山海经》与《战国策》中便有神仙和不死药的记载。长生、升仙的确诱人,尤其大权在握的统治者更是迷恋。自战国,诸王便开始了大规模的求仙问药,秦始皇统一六国之后,一次就遣发方士徐巿率童男童女数千人入东海寻仙人。炼丹术确是荒诞无稽之谈,但无形中却推动了化学的发展,也算是功劳一件。水银(Hg)是炼丹术中最为重要的物质,一般是从丹砂中炼出。早在古代,炼丹家对水银的物理特质就有足够的认识;丹砂(HgS)也是主要的炼丹物质,经过长时间的实验观察,炼丹家对它的性质已有了比较明确的认识;铅同样是炼丹术中的重要物质,在长期的炼丹实践中,炼丹家们也积累了一些有关铅的化学知识;砷(As)也是炼丹的重要元素之一,许多药物尤其是雄黄、雌黄等都含有它,魏晋时期所风行的"寒石散"

中便含有它,六朝时,炼丹者们积累了不少对它及其化合物的认识。

由于炼丹术的盛行,炼丹诗也相应产生。随着神仙方术的逐渐发展,开始有文体杂糅(róu)的炼丹表述出现,主要著作有被丹鼎派称为"万古丹经王"的《参同契》,全书采取诗歌、辞赋等多种体裁并用的形式。到了魏晋,炼丹诗成为道教比较成熟的文体样式,影响最大的炼丹诗首推《黄庭经》,以七言诗的形式写成,其意象的运用颇为隐晦,但比喻和象征手法增加了作品的生动性。道家宝典《正统道藏》中有《太清金液神丹经》一部,该书卷上载有一篇五百零四字的歌谣,其中有诗云:

六一合和相须成,黄金鲜光入华池。
名曰金液生羽衣,千变万化无不宜。

因此,从化学视角看待炼丹和炼丹诗,定能大有收益。

古诗中对化学知识的分析欣赏,反映了人与化学世界的和谐关系,当学生以愉悦的心情在古诗中发现一个新的世界时,会感到无比兴奋。面对这样诗意化的化学知识,谁还会觉得枯燥艰深呢?

(田志平)

诗词与教育

中国古典诗歌从古至今一直发挥着重要的教育作用。作为一种凝练的语言文字形式,诗是实现跨时空对话的重要媒介。中国古代诗学理论向来强调诗的功用,认为诗应当体现教育内容,正是在此基础上,诗发挥了道德教化的作用。孔子最早明确提出诗歌具有政教功用。在灿若繁星的古诗词中,名言警句比比皆是。很多诗句不仅深刻揭示了人生哲理,如果善于举一反三,对我们的教育方法也有着重要的启示作用。下面结合具体诗句,谈谈诗歌与教育的关系。

其一:

> 好雨知时节,当春乃发生。
> 随风潜入夜,润物细无声。
>
> （杜甫《春夜喜雨》）

"润物无声"几乎是每一个教师所熟悉的育人经典。杜甫的诗歌告诉我们,教育应选择恰当时机,潜移默化地用爱与真情滋润学生的心灵和情感世界,做到动之以情,晓之以理。常言说:浇花要浇根,育人要育心。教育切忌疾风暴雨当头泼,简单粗暴任我行。只有雨露春风勤护持,才会桃芳李艳满园春。

其二:

> 春日春风有时好,春日春风有时恶。
> 不得春风花不开,花开又被风吹落。
>
> （王安石《春风》）

教育不仅需要热情和爱心,还要有耐心。教育者要善于控制自己的情绪,保持良好的心态,乐观地、热情地、始终如一地对待学生和工作,经常使自己像一杯恒温的热水。不能随着心态和情绪的变化而忽冷忽热,忽好忽坏,翻手为云,覆手为雨,喜怒无常,随心所欲。这样不仅会使学生不知所措,惶恐不安,还会使满怀热情、积极向上的孩子顷刻间变成一个消极怠惰、心灰意冷的人,结果使刚刚绽放的花朵凋谢于暴风骤雨之中。如诗中所言,春风既能让花开,也能让花败,把握好教育的尺度尤为重要。

其三:

> 若言琴上有琴声,放在匣中何不鸣?
> 若言声在指头上,何不于君指上听?
>
> （苏轼《琴诗》）

苏轼的这首诗,充满着哲理。构成事物的各方面是相互依存,相互影响,相互作用,缺一不可的。如同诗中琴与手指的关系,欲求营造和谐的教育氛围,师生之间就要建立鱼和水、琴和指一般的关系。"师生关系就是教育质量",只有师生心心相印,配合默契,才能弹奏出和谐美好的声音,才能创造出最佳教学效果。

其四:

> 我见青山多妩媚,料青山见我应如是。
>
> (辛弃疾《贺新郎》)

教育的基础是尊重学生,热爱学生。"爱人者,人恒爱之",这是教育中经常提到的话。教育者首先应该身体力行,你若视学生如草芥,学生就会视你如敝履;你给学生以关爱,学生就会报你以真诚。魏书生说:"把学生看作天使,自己就觉得生活在天堂一样;把学生视为魔鬼,自己则生活在地狱一样难受。"师生之间的关系,乃至所有人与人之间的关系,就是这么微妙。

其五:

> 别有幽愁暗恨生,此时无声胜有声。
>
> (白居易《琵琶行》)

教育需要宽容。面对学生的缺点与过失,教师要有一颗包容心。在平时的教育教学工作中,要能够敏于事而慎于言,不要听见风就是雨,看见骆驼就说马肿背。教育有时需要用言语以外的东西去影响、暗示、震慑、启发学生,这样也许会起到事半功倍的效果。说给他听,不如做给他看。身教重于言教,自有奇效。

中国古典诗歌中包含的教育观对于今天的教育实践很有启发。古诗中的教育观源于中国传统文化中对教育的理解。诗中广泛运用了想象、艺术、情感等教育方法,有力促进了诗的教育作用的发挥。诗歌以其生气勃勃的精神,在涵养品性、滋润生命、达成教化等诸多方面为教育的发展提供了一个精神视野,提供了积极、可靠、真实的精神资源和发展路径。

因此,古诗中的教育观对于促进现代教育的发展具有积极的作用。首先,它为教育提供了一种新的价值枢纽,对于促进道德教育自身的和谐与进步具有重要意义。其次,诗意为教育提供了一种新的精神联系,使教育成为人的诗意存在的最直接最自觉的精神阐释和价值守护。可见,在古诗教育观的启迪下,现代的教育不是满足于现状踯躅(zhí zhú)不前,而是面向未来勇于探索,因而具有更为丰富的可能性与更为持久的实效性。

(丁 骎)

诗词与天文

天文指的是天体在宇宙间的分布、运行等现象。生活在华夏大地上的先民们很早就对头顶上的浩瀚世界产生了兴趣。早在殷商时代,甲骨卜辞中就有相当一部分内容涉及天文方面,其中经常可以发现对星辰以及日食、月食等天文现象的记载。司马迁的《史记》中特辟"天官书",班固的《汉书》中特辟"天文志",中国古代对于天文的重视可见一斑。

日月星辰的起起落落,伴随着古人的生活,自然也成为他们吟咏的对象。以日月星辰等天文现象入诗,中国古已有之。中国人的诗性情怀使天文与诗歌联姻,诞生了许许多多奇美瑰丽的诗章。在这里,让我们简单梳理一番。

一、诗人们凭借瑰丽奇幻的日月星辰神话,构思出动人的篇章

群星之中,织女星是天琴座的主星,居银河北,与牵牛星遥遥相对。《诗经·小雅·大东》中已经将织女星与牵牛星并列。到汉末三国时期织女和牵牛的故事已经定型。牵牛织女的爱情故事让诗人们感动不已,于是出现了《古诗十九首》中的动人篇章:

迢迢牵牛星,皎皎河汉女。纤纤擢(zhuó)素手,扎扎弄机杼。终日不成章,泣涕零如雨。河汉清且浅,相去复几许?盈盈一水间,脉脉不得语。

牛郎织女的故事至宋代又有所丰富,秦观翻唱新曲,一阕《鹊桥仙》,可谓言情词的千古绝唱:

  纤云弄巧,飞星传恨,银河迢迢暗渡。金风玉露一相逢,便胜却人间无数。柔情似水,佳期如梦,忍顾鹊桥归路。两情若是久长时,又岂在朝朝暮暮。

  两首诗词异曲同工,借牛郎织女的动人传说,赞美歌颂了他们坚贞不屈的爱情。

  诗人们的眼光不仅仅落在天上的银河之中,那一轮圆月也引起了他们的联翩浮想。据专家研究,嫦娥奔月的故事于夏代就已出现。月亮与嫦娥,也就出现在诗歌之中,如:

  青天有月来几时?我今停杯一问之!人攀明月不可得,月行却与人相随。皎如飞镜临丹阙,绿烟灭尽清辉发。但见宵从海上来,宁知晓向云间没?白兔捣药秋复春,嫦娥孤栖与谁邻?今人不见古时月,今月曾经照古人。古人今人若流水,共看明月皆如此。唯愿当歌对酒时,月光常照金樽里。

(李白《把酒问月》)

  云母屏风烛影深,长河渐落晓星沈。嫦娥应悔偷灵药,碧海青天夜夜心。

(李商隐《嫦娥》)

  这两首诗通篇吟月,均引嫦娥神话入诗,情景交融,格调逸妙,令人心神摇曳。

二、气象万千的日月星辰,带给诗人们无穷的审美体验

  抬头仰望,日月星辰一天之中往来不息,这纷繁变幻的一切,又给诗人们留下难以忘怀的悸动,出现在流传千古的诗句之中。请看:

  白日正中时,天下共明光。

(鲍照《学刘公干体诗·其五》)

  日出江花红胜火,春来江水绿如蓝。

(白居易《忆江南》)

风暖鸟声碎,日高花影重。

(杜荀鹤《春宫怨》)

窈窕(yǎo tiǎo)夕阳佳,丰茸春色好。

(孟浩然《襄阳公宅饮》)

村舍外,古城旁,杖藜徐步转斜阳。

(苏轼《鹧鸪天·林断山明竹隐墙》)

太阳的光辉普照大地,给人灿烂辉煌之感。太阳的温暖哺育了美丽而参差多态的自然万物,哪怕是即将告别世间的夕阳,也给天地抹上一层宁静和优美。

可怜九月初三夜,露似真珠月似弓。

(白居易《暮江吟》)

山光忽西落,池月渐东上。

(孟浩然《夏日南亭怀辛大》)

暗尘随马去 明月逐人来。

(苏味道《正月十五夜》)

月亮是清冷的,也是多姿的,她在无边的夜空中给人以多变的审美感受。圆月固然美满,似弓的弯月同样美丽皎洁。夕阳西下,素月东升,带走一天的燥热,带来爽人的清凉。马蹄飞扬,明月当头,月也似有情之人,在喧闹的元宵之夜如影随形。

更深月色半人家,北斗阑干南斗斜。

(刘方平《夜月》)

五更鼓角声悲壮,三峡星河影动摇。

(杜甫《阁夜》)

天上,北斗星和南斗星都已横斜。两颗星星把读者的视野由"人家"引向寥廓的天宇,让人感到那碧海青天之中有一番更深沉的寂静。雨后的银河显得格外澄澈,群星不语,投影峡江,在湍急的江流中摇曳不定。三峡深夜的美景让杜甫沉醉。

三、诗人们借日月星辰,或抒发志向,或浇心中之块垒

古代的诗人们常常借日月星辰,以托物言志或借物咏怀的方式表明自己的心志,宣泄内心的悲愤。

会挽雕弓如满月,西北望、射天狼!

(苏轼《江城子·密州出猎》)

庉阵横北荒,胡星曜(yào)精芒。羽书速惊电,烽火昼连光。虎竹救边急,戎车森已行。明主不安席,按剑心飞扬。

(李白《出自蓟(jì)北门行》)

洞庭青草,近中秋,更无一点风色。玉鉴琼田三万顷,著我扁舟一叶。素月分辉,明河共影,表里俱澄澈。

(张孝祥《念奴娇·过洞庭》)

"天狼"与"胡星"指的都是天狼星。《晋书·天文志》云:"狼一星在东井南,为野将,主侵掠。"因而天狼星在古诗中代指入侵者。李白和苏轼通过"天狼"这一典故,表达自己赶走侵略者、报效国家的豪迈气概。张孝祥被贬谪之后泛舟洞庭,见月光朗朗,遂即景抒怀,借皎洁明亮的月光表明自己内心的澄澈清明,寄托高洁的情怀。

解通银汉应须曲,才出昆仑便不清。

(罗隐《黄河》)

兔寒蟾冷桂花白,此夜姮娥应断肠。

(李商隐《月夕》)

在古代,"银汉"常代指朝廷。想要任职做官报效朝廷却必须使用"曲"的手段,罗隐借此暗讽朝廷的腐败,表达了自己郁郁不得志的愤恨心情。李商隐置身于月光下,遥想广寒宫中失意的嫦娥,反观自身,自然有了宦海浮沉、仕途坎坷、人生失意的感慨。

四、日月星辰寄托了诗人们对聚散离合的深深感喟

"人有悲欢离合,月有阴晴圆缺,此事古难全。"当此之时,默默不语的日

月星辰成了他们情感的寄托。

  月出皎兮,佼人僚兮;舒窈纠兮,劳心悄兮!
(《诗经·陈风·月出》)

  思君如满月,夜夜减清辉。
(张九龄《赋得自君之出矣》)

  多情只有春庭月,犹为离人照落花。
(张泌《寄人》)

  相思如一江春水,不可断绝,离人们天涯共明月时的万般心曲,碧海青天般坚贞的爱,因寄托于永恒的明月而得以升华。

  人生不相见,动如参与商。今夕复何夕,共此灯烛光。少壮能几时?鬓发各已苍!
(杜甫《赠卫八处士》)

  我寄愁心与明月,随君直到夜郎西。
(李白《闻王昌龄左迁龙标遥有此寄》)

  日月星辰也是朋友之间深厚情谊的见证。参星在西,商星在东。此出彼没,永不相见。杜甫以参商为喻,抒发了朋友相隔两地、无法相见的痛苦与思念。友人远隔千山万水,相望却难相见,只能共望一轮明月,李白只好托愁思于明月。

  共看明月应垂泪,一夜乡心五处同。
(白居易《望月有感》)

  露从今夜白,月是故乡明。
(杜甫《月夜忆舍弟》)

  日暮乡关何处是,烟波江上使人愁。
(崔颢《登黄鹤楼》)

  夕阳西下,断肠人在天涯。
(马致远《天净沙·秋思》)

  月儿圆满,光耀千里,而人却欢聚少,离别多,难得团圆。那些久不得归的游子，在羁旅行役中总会情不自禁地"举头望明月，低头思故乡"。夕阳西下，就要去往自己的归宿，此时又正是外出觅食的各种生物归巢之时，在外劳作的人们也正返回自己的家。因此，夕阳意象触动离愁以之寄托相思的诗句在古代诗词中比比皆是。

五、日月星辰的起落盈亏，引发了诗人们的无常之感，也引起了他们的哲思

皎皎云间月，灼灼叶中华。岂无一时好，不久当如何？

（陶渊明《拟古九首·其七》）

闲愁最苦，休去倚危栏，斜阳正在，烟柳断肠处。

（辛弃疾《摸鱼儿》）

落日心犹壮，秋风病欲疏。

（杜甫《江汉》）

相对于人生的短暂来说，月亮是永恒的，但同时，月亮自身又有周期性的圆缺变幻，这种圆缺变幻恰与人生的悲欢离合相暗合，给人以世事无常之感。月光与花儿交相辉映，相得益彰，但月亮总会落下，美好的事物终究转瞬即逝，人的生命也不会长存，让人想到不禁悲从中来。夕阳西下，意味着又一个白天就要过去了，时光如白驹过隙，倏忽急逝。面对夕阳，低落消沉伤感的情绪"才下眉头，却上心头"。

江畔何人初见月？江月何年初照人？人生代代无穷已，江月年年只相似。不知江月待何人，但见长江送流水。

（张若虚《春江花月夜》）

月亮盈亏轮回，周而复始，历经亘古依然如故。诗人们由月亮意识到宇宙的无穷，月亮让他们对自己的生命有了更多的思考，也帮助他们实现了心灵向世界向宇宙的飞翔。

（华　伟）

诗词与医学

诗歌和医学,前者发自诗人的肺腑,后者源于医者的仁心,前者治心,后者安身。在"不为良相救国,便作良医救民"这种经世济民的思维体系的影响之下,诗人和医者的身份有时候会在同一个人身上交汇融合。而千余年来,人们将对于医学的感悟融入诗歌之中,形成了诗歌与医学有机融合的风格,共同成为厚重的传统文化和积极的民族精神中重要的组成部分。

我们现在将传统医学称为中医,这是为了与西方医学进行区分,在以前,"中医"常有着这样一些代称:"岐黄""青囊""杏林""悬壶""橘井""郎中""大夫"。不同于西医给人留下的精确数字和白纸黑字的冰冷印象,中医以阴阳五行为理论基础,在"望、闻、问、切"之后,使用中药、针灸、推拿、按摩、拔罐、气功、食疗等多种治疗手段,使人体达到阴阳调和而康复。这有时候是很难说得清的,就像西餐与中餐,"胡椒两克"和"盐少许"的差异,也代表着两种文化之间的差异。

最早的医生,应该就是神农了。宋朝刘克庄《杂咏一百首·神农》中表达了对于神农的赞美:"尽识葠(shēn)无毒,明知堇有灾。安知尝试者,百死百生来。"说的就是大家都知道"葠"没有毒性而"堇"有危害,却不知道当初试吃的人,历经了九死一生。我们可以想象,在荒寂无人的山岭之间,神农摘下那片并未见过的叶子,细细辨识,慢慢咀嚼,而后一阵带着腥苦的味道袭来,心脏急剧跳动,意识渐渐模糊,直至月满苍山,山岚凉凉,才哆嗦着手指,慢慢地站起身,伴着一路夜色和若即若离的狼嚎,回往部落。这样的情怀,应该是每个医生都有的执着。

与中医结缘的诗歌中,关系最密切的是以养生为题材或者将草药作为主要描写对象的作品。这类作品有的介绍医药的功效,有的讲述医家的事迹,有的阐释养生之道,可以算作对于《神农本草经》《黄帝内经》《难经》《伤寒杂病论》等医家经典著作的补充,或是便于普及医药知识的"便利贴"。唐代医学家孙思邈作的《孙真人卫生歌》中有首诗道:"心若太费费则竭,形若太劳劳则怯。神若太伤伤则虚,气弱太损损则绝。"用心过度心力耗尽,劳累过度形体虚弱,用神过度伤神气虚,动气过度精气耗绝,这是教人适度。清朝赵瑾叔《本草诗》有对于姜黄的功效介绍:"积瘕(jiǎ)可破经前阻,败血能消产后汗。手臂不愁风痹痛,初生疥癣亦堪敷。"

医方著作《汤头歌》,清代汪昂撰,刊于1694年。书中选录中医常用方剂三百余方,分为补益、发表、攻里、涌吐等二十类,以七言歌诀的形式加以归纳和概括,并于每方附有简要注释,便于初学习诵,是一部流传较广的方剂学著作。如《小柴胡汤》云:"小柴胡汤和解功,半夏人参甘草从;更加黄芩生姜枣,少阳为病此方宗。"

这样的一些诗歌,注重的是道理的宣讲和知识的介绍,从某种意义上来说,这些作品本身的文学性并不是很强,在文学的长河之中,也往往是处在水底深处,不容易引起读者的注意。与医学有关的另外一类诗歌,常常是以中医药比兴,将其作为情感载体,借以抒情言志说理,这部分诗歌在文人墨客的笔下,绽放出别样的光彩。

清代文学家龚自珍在和林则徐一起赴任广东时,屡次建议朝廷应当加强防备,巩固海防,却不被采纳,写下了一首《远志》:"九边烂熟等雕虫,远志真看小草同。枉说健儿身在手,青灯夜雪阻山东。"远志为草本植物,根为远志,茎为小草,诗人在这里借中药远志生动形象地表达了自己的理想和抱负,同时也抒发了一个拳拳忠心的臣子被冷落的愤懑(mèn)。

词坛飞将辛弃疾,能文能武。据传,他在新婚之后,便赴前线抗金杀敌,疆场夜静闲余,便用药名给妻子写了一首《满庭芳·静夜思》,来表达自己的思念之情:"云母屏开,珍珠帘闭,防风吹散沉香。离情抑郁,金缕织硫黄。柏影桂枝交映,从容起,弄水银塘。连翘首,惊过半夏,凉透薄荷裳。一钩藤上月,寻常山夜,梦宿沙场。早已轻粉黛,独活空房。欲续断弦未得,乌头白,最苦参商。当归也,茱萸熟,地老菊花黄。"词中虽嵌含了云母、珍珠、防风、沉香、郁金、硫磺、桂枝、苁蓉、水银、连翘、半夏、薄荷、钩藤、常山、轻粉、独活、续断、乌头、苦参、当归、茱萸、熟地、菊花等二十三味中药名,但是运用在诗作中却能将人物的情态心境表现得淋漓尽致,别有一番情味,着实巧妙。当归啊,独活啊,这些草药只是读过,便有一番"独倚高楼、望尽天涯路"的闺阁之愁苦,那女子的心头和那些药入喉时的味道一样,甘辛掺杂,渐至麻木。

这些草药,能治得了身上的伤,却止不了心里的殇(shāng)。

救死扶伤和起死回生,其实不是一回事,两者之间隔了一条难以逾越的鸿沟。古人对于神医的顶礼膜拜,实际上是对于生的强烈向往。再进一步说，古人寻访名山大川，探寻仙缘，为的是长生。而医家，如东晋的葛洪，在山中炼丹，也是为了长生。对于生的执念，对于仙的渴慕，也为魏晋时期游仙诗的盛行打下了坚实的基础。比如曹丕的《折杨柳行》："西山一何高，高高殊无极。上有两仙僮，不饮亦不食。与我一丸药，光耀有五色。服药四五日，身体生羽翼。轻举乘浮云，倏忽行万亿……"写的就是一场机缘之下得以飞升的场景。

甚至有时候，文人的诗歌也能起到医病疗伤的奇效。

杜甫是唐代著名的大诗人，字子美，诗中尝自称"少陵野老"。他的许多优秀诗篇，翔实记录了我国唐代的社会生活，反映了人民的疾苦，被誉为"诗史"，后人尊称他为"诗圣"。杜甫的一生，颠沛流离，体弱多病。"骑驴十三载，旅食京华春"，四十四岁时才谋得一个右卫率府胄曹参军的小官职。他笔下的诗歌里，有大量记述自己贫病交加的生活的诗句。"卖药都市，寄食友朋"，那些向朋友乞食求施的句子，读来令人心酸落泪。正因为生活所需和同病魔作抗争，杜甫与医药学结下不解之缘。他与诗、书、画被唐玄宗称为"三绝"的广文馆博士，写出《胡本草》的药学家郑虔交情甚厚。剑南节度使严武在给杜甫的诗中也说："腹中书籍幽时晒，肘后医方静处看。"诗人采药、种药、制药、卖药，不仅以药物来祛病，还将其作为居家生活的经济来源，"种药抗衰病，吟诗解叹嗟。"他还常常为诗朋文友开方治病，"省郎忧病士，书信有柴胡。饮子频通汗，怀君想报珠"，便是杜甫亦文亦医生活的另一侧面。

当然，药能救人，也能杀人。据野史所传，宋太宗赵光义在李煜写下《虞美人》之后，便赐下"牵机"药毒，了却了一代词帝的性命。今人考证，"牵机"即中药马钱子，马钱子中含有生物碱，可通筋活络，治疗跌打损伤，也可在瞬息之间取人性命。

这大概就是中药、中医的奇特之处了。中医说：寒者热之，热者寒之，致中和。一剂药，配比因人而异，讲究比例恰当，用药效果在于使人体阴阳平衡，保持中正的状态。和诗歌一样，一首好的诗歌，追求意境调和，音韵和谐，情理相当，欲说还休。诗歌与医学，两者像两位君子，自身有着和谐的韵律，彼此呼应，虽然"和而不同"，却为传统文化演绎了一场极美的琴箫合奏。

(张　剑)

诗词与气象学

开篇先讲一个小故事：

西汉宣帝时期，丞相丙吉十分关心百姓的疾苦，经常外出考察民情。一次外出，他见一群人在斗殴，没有去制止，而看到一头牛在吃力地拉车，他却停下叫人去询问。下属说他只重畜不重人，他解释说牛影响农事，直接影响到了国计民生。他能够从牛喘气不顺这一点看出气候变化，进而思考国家农事，足见气候对国家发展的重要影响。也正因如此，我国古人尤其重视气候变化，也善于用诗歌来记录、总结气候变化的规律。

用通俗的话来说，气象是指发生在天空中的风、云、雨、雪、霜、露、虹、晕、闪电、打雷等一切大气的物理现象。科学的发展是一个渐进的过程，在对于气象的研究中，如果不用严苛的目光来看待那时候的人们，我们便能够看到万千气象背后所隐藏的古人的智慧。

有一天孔子出门，让子路准备雨具，出门后果然遭遇大雨。子路问孔子怎么知道今天将会下雨，孔子说："古书上说，'月离于毕，俾（bǐ）滂沱矣。'我昨夜观星象，见月亮没有停在毕星附近，故知要下雨了。"

过了几天，子路在晚上看到月亮和毕星又被乌云连在一起了，第二天孔子正好要出门，于是子路便准备雨具，孔子却说不需要，而这天果然没有下雨。子路感到困惑，请教孔子。孔子回答："那一天，毕星是在月亮的阴（南）侧，所以第二天会有雨。而昨夜，毕星是在月亮的阳（北）侧，所以虽然也有乌云，却不会下雨。"

再来看看这些诗句吧：

> 沾衣欲湿杏花雨，吹面不寒杨柳风。
>
> （志南《绝句》）

瀚海阑干百丈冰,愁云惨淡万里凝。

(岑参《白雪歌送武判官归京》)

白雪却嫌春色晚,故穿庭树作飞花。

(韩愈《春雪》)

半卷红旗临易水,霜重鼓寒声不起。

(李贺《雁门太守行》)

露从今夜白,月是故乡明。

(杜甫《月夜忆舍弟》)

坡上人呼霹雳惊,竿头彩挂虹蜺(ní)晕。

(张建封《竞渡歌》)

　　除了对于常规自然气象的描写,对于一些特定的自然气象,古人也有着较为详细的记载。这里略举几例:岑参的"忽如一夜春风来,千树万树梨花开"反映了冷锋过境时先刮风后降雪的天气变化特征,白居易的"人间四月芳菲尽,山寺桃花始盛开"反映了气温垂直分布的特点,刘禹锡的"东边日出西边雨,道是无晴却有晴"是对流雨的极好写照,赵师秀的"黄梅时节家家雨,青草池塘处处蛙"描写了我国江淮地区的梅雨天气……

　　古代,气象学并不作为一门专门的科学而存在,也没有现在专门设立的气象局,它常常和天文、气候、物候、卜卦等联系在一起。

　　从夏商时代开始,人们就开始了农耕生活,靠天吃饭的需求以及对于气象了解的相对匮乏使得人们对于天地鬼神充满了敬意,将天地之间的气象变化对应到上天诸神的喜怒哀乐。《西游记》中因为凤仙郡郡主打翻了玉帝的供桌,玉帝一怒之下让凤仙郡干旱三年,滴雨未下,这一情节可以代表古时候大多数人对于气象的认知。所以,当某地干旱时,一般大伙儿都会聚集起来祭祀河伯或者龙王,诚心祈求天降甘霖。明朝于谦有诗:"械(hán)香百里叩龙祠,乞得灵泉浸柳枝。酌水献花罗父老,吹箫击鼓走童儿。神风静默云生石,和气薰蒸雨应时。顷刻寰(huán)区生意足,从知天地本无私。"这首《新城请水祈雨有应》就反映了古时人们对于天气的关注。

　　对于气象的经验总结,也给了古人极为重要的生活启示,与之相关的就是入选世界非物质文化遗产的二十四节气。这里不妨多做一些了解:立春、雨水、惊蛰、春分、清明、谷雨、立夏、小满、芒种、夏至、小暑、大暑、立秋、处暑、白露、秋分、寒露、霜降、立冬、小雪、大雪、冬至、小寒、大寒。一年四季，一季六节气，每一个词读上去都像是汁水丰足的瓜果，唇齿之间满溢出季节的味道来。此外，还有《二十四节气歌》或是《二十四农事歌》都是古人智慧的结晶。

古人对于气象的观察记录为后世对气象进行科学系统的分析做了重要的铺垫作用，形象地说，我们借由古人的眼睛看清了风云雨雪内部演变的轨迹。

多说一下"清明"吧，跳出杜牧笔下那个冷雨纷纷、行人断魂的凄迷景象，这应该有草木萌动、天朗气清、春和景明的可能。清明兼具了寒食节与上巳节，所以在清明节气里，人们除了祭扫逝者，还有着骑马斗鸡斗草的热闹踏青生活。有关"清明"的故事，还可以再说一个，说是当年降清的明朝大臣洪承畴在谷雨当天与人对弈，兴致颇高，对了个上联"一局妙棋今日几乎忘谷雨"，对方对了个下联"两朝领袖他年何以别清明"，一语双关，暗含讽刺。天地之间的清朗与人内心的清白，悠悠然地勾连起来，那些气象，是自然界呈现出的风貌，也是对于天地有着更为敏感知觉的人内心的勾勒。

对芸芸众生来说，气象的千变万化最重要的还是与收成的关系。而对另一部分人来说，一丝一毫的气象变动往往会拨动他们不轻易被唤醒的神经。望气而能卜卦，帝王对于方士的话往往深信不疑，所谓气运加身，帝王们也常常将胜利归功于上天的青睐，这是上天的选择——天子。就像刘邦，尽管范增有所察觉——"吾令人望其气，皆为龙虎，成五彩，此天子气也。急击勿失！"——布下了鸿门宴，但种种机缘之下，最终还是刘邦笑到了最后，威加四海。据说，隋炀帝杨广出生时"有红光竟天，宫中甚惊，是时牛马皆鸣"；唐太宗李世民出生时"有二龙戏于馆门之外，三日而去"；宋太祖赵匡胤出生时"赤光绕室，异香经宿不散，体有金色，三日不变"。这样带有神话色彩的传说，西汉的董仲舒将其总结为"天人感应"，即"天"有着自我意识，明察世间一切：假如君王无道，则天降灾异；如果君王有德，那么上天将会降下祥瑞以示褒奖。天有异象时，或进或退，或行或止，每一个君王都会小心翼翼地去等候着玉器龟甲的吉兆，那一定是一颗定心丸。

从本质上说，关注气象的目的，于家或者国是相差无异的，着眼点都是自己。还有一部分人，他们的眼眸投向头顶的那片天空时，是怀抱着对于天地宇宙的大胆想象，也是对于自己存在的世界的无尽探索。屈原的《天问》

中有好多问题都和气象有关,例如:"何所冬暖?何所夏寒?"(什么地方冬日长暖?什么地方夏日长寒?)"蓱(píng)号起雨,何以兴之?"(雨师屏翳(yì)号呼下雨,他怎样使雨势兴盛?)……

东汉的张衡《定情歌》中有"大火流兮草虫鸣,繁霜降兮草木零"这两句诗,写的是秋这一季节。"大火流兮","大火流兮",读着读着,就仿佛回到了先秦的那个时候:豳(bīn)地的百姓看着头上的那个亮闪闪的星星西行,预见到了即将转凉的天气,"七月流火,九月授衣","七月流火,九月授衣",奔走相告,回声百转,转到了我们耳边。

(张　剑)

诗词与体育

古代体育的起源,众说纷纭,概有如下几种:劳动起源说、军事起源说、宗教起源说、游戏起源说等。无论哪一种起源说,呈现在古诗词中的体育运动(姑且称"古游戏")着实向后人提供了不仅仅是对体育游戏的简单认知,更为重要的是呈现了凝聚在体育游戏中古人的民俗风情、民俗精神及思想境界。

在浩如烟海的古代诗歌中,体育诗就像是一朵鲜艳的奇葩,盛开在诗歌的百花园中。

击壤是汉族民间一项古老的投掷游艺运动,相传远在帝尧时代就已经流行。晋皇甫谧(mì)《高士传》卷上:"壤父者,尧时人也。帝尧之世,天下太和,百姓无事。壤父年八十余而击壤于道中,观者曰:'大哉!帝之德也。'壤父曰:'吾日出而作,日入而息,凿井而饮,耕田而食,帝何德与我哉!'"壤父虽不能直接体悟到皇治太平的幸福必然,但这的确是一幅恬静闲适的游艺运动画面。

击壤这项游戏运动,到唐代,流行甚广。唐李峤在《晚秋喜雨》中说:"野洽如坻咏,途喧击壤讴。"后一句是说道路中响彻击壤的歌声。唐代张说在

《季春下旬诏宴薛王山池序》里写道:"河清难得,人代几何?击壤之欢,良有以也。"就说明人们对击壤这种体育游戏的喜爱。

宋代的诗歌中也有不少关于击壤的记载。如司马光《皇帝合春帖子词》(四首之一):"盛德方迎木,柔风渐布和。省耕将效驾,击壤已闻歌。"范成大《插秧》诗:"谁知细细青青草,中有丰年击壤声。"当时,人们或许为了庆贺丰年,竟采取了击壤这种运动方式。

其他体育运动项目也在古诗词中闪亮登场。

清溪一道穿桃李,演漾绿蒲涵白芷。
溪上人家凡几家,落花半落东流水。
蹴(cù)鞠屡过飞鸟上,秋千竞出垂杨里。
少年分日作遨游,不用清明兼上巳。

(王维《寒食城东即事》)

这首诗描绘了盛唐时期青少年男女享受春天大好景光的习俗盛况,蹴鞠运动中夹杂着青春朝气的蓬勃力量和家常安宁的闲适气息,也流露出作者"及时行乐"的生活思想。

唐代著名诗人王建还写了一首七言诗,形象地描述了当时宫女进行"足球比赛"的场景。诗曰:"宿妆残粉未明天,总立昭阳花树边。寒食内人长白打,库中先散与金钱。"当时人们把不设球门的单人或几个人踢的"蹴鞠运动游戏"称为"白打"。

宋代大诗人陆游曾在他的《晚春感事》(之四)一诗中,写了他少年时在咸阳观看足球(蹴鞠)比赛的情景。诗曰:"少年骑马入咸阳,鹘似身轻蝶似狂。蹴鞠场边万人看,秋千旗下一春忙。风光流转浑如昨,志气低摧只自伤。日永东斋淡无事,闭门扫雪只焚香。"

宋代杨万里在观看了朝廷为提高士兵的武艺而举行的"角抵"(即现在的摔跤运动)比赛后,曾写一首七言"角抵诗"。诗曰:"广场妙戏斗程材,未得天颜一笑开。角抵罢时还摆宴,卷班出殿戴花回。"

水球运动在宋代称"抛水",宋徽宗赵佶曾亲手为这种水中运动写过一首七言诗。诗曰:"苑西廊畔碧沟长,修竹森森绿影凉。掷球戏水争远近,流星一点耀波光。"

宋代的理学家程颢曾写过一首以象棋为内容的诗。诗曰："大都博弈皆戏剧,象戏翻能学用兵。车马尚存周战法,偏裨(pí)兼备汉官名。中军八面将军重,河外尖斜步卒轻。却凭纹楸聊自笑,雄如刘项亦闲争。"诗中的"偏""裨"即为后来的"士""象"。

明代翰林院修撰(史官)钱福曾写了一首题为《蹴鞠》的诗,写的是女子足球比赛的场面。诗曰:"蹴鞠当场二月天,仙风吹下两婵娟。汗沾粉面花含露,尘扑蛾眉柳带烟。翠袖低垂笼玉笋,红裙斜曳露金莲。几回蹴罢娇无力,恨杀长安美少年。"这是一首难得写古代女子运动的诗篇!

古典诗歌中呈现的体育运动项目丰富,参与运动的人数多,涉及不同职业、身份人员的面也较广泛。这也充分说明了古人早已深知:体育竞技可以加深彼此了解,增进感情,促进团结,增强凝聚力;还能引导人们用高尚、健康、积极的体育、娱乐和消遣活动充实业余生活;也使人们在娱乐、放松的过程中锻炼了身体,增强了体质,消除了疲劳,调节了精神,陶冶了性情,何乐而不为呢?

(任义兵)

诗词与经济学

现代意义上的经济学,作为一门独立学科,运用数学方法和计算机技术,进行经济数量关系的分析,研究与人的生产、交换、分配、消费以及与其相关的活动,得出经济的运行规律。相比于现代的经济学,古代的"经济学",一方面虽然对当时的一些经济现象和经济问题有所研究并形成了某种经济思想,但是并没有形成完整的框架系统。另一方面,中国古代的"经济学",包含着经世济民之意,除了致富的心愿,还包含着治国的宏图。

贝是我国最早的货币,计量单位为"朋",在《诗经》中就有"菁(jīng)菁者莪(é),在彼中陵。既见君子,锡我百朋"的诗句。随着货币交换的发展,自然的海贝,渐渐被铜币取代。到了战国时期,各个国家的货币形式各异,重量悬殊,比如赵国的铲币、齐国的刀币、秦国的圆形方孔钱、楚国的蚁鼻钱……直至秦国一统天下,秦国的货币在全国范围内流通,天下的货币形式才得以统一,一直沿用了两千余年。统一的货币往往意味着统一的天下,诗词中出现的货币往往也成为了某个朝代的代称,北周庾信的《马射赋》云"水衡之钱山积,织室之锦霞开","水衡"指的就是汉武帝统一全国后铸造的"水衡钱"。北宋时期出现的"交子",算是货币史上的一次革命了。货币的出现使得商品的交易不再受到物物交换的局限,降低了交换成本,提高了交易的效率。

而在白居易生活的唐朝,他在《卖炭翁》里却记下了一幅让人痛心愤怒的画面:"……卖炭得钱何所营?身上衣裳口中食。可怜身上衣正单,心忧炭贱愿天寒。……一车炭,千余斤,宫使驱将惜不得。半匹红绡一丈绫,系向牛头充炭直。"冬天的时候,卖炭翁希望能靠着辛苦烧制的一车炭换一些钱挣一个温饱的生活,朝廷的人呢,却用一些在冬天完全用不到的丝织品硬把一车炭换走了。这样一个不等价不平等的交换,把当时上层阶级对于劳苦大众的欺凌,揭露得彻彻底底。

阶级如同一道坚固的屏障,牢牢地把社会财富锁在了上层阶级的手中,享尽了所有的甘肥滋味。松江鲈鱼,肉嫩而肥,鲜而无腥,极其鲜美,人人都爱,正如范仲淹所说的那样"江上往来人,但爱鲈鱼美",可是临水悠然、自在观景的人哟,会看到在风波中飘摇不定的那叶小舟吗?那个手上被渔网拉扯出老茧的渔人,回去之后,家中不会有那盘色彩明丽的君王清蒸鲈鱼,有的只是面面相觑(qù)的墙壁。

门阀阶级的森严壁垒、严苛的赋税制度,使得人与人之间的生活天差地别。杜甫愤然:"朱门酒肉臭,路有冻死骨。"柳宗元为捕蛇者不平:"孰知赋敛之毒有甚是蛇者乎!"白居易的笔下有一丛"灼灼百朵红,戋戋五束素"为人追捧、痴迷的牡丹,只有一个老者有所发现:"有一田舍翁,偶来买花处。低头独长叹,此叹无人喻。一丛深色花,十户中人赋。"一丛花抵得上十户中等人家的赋税,不管是花贵还是税重,这样的经济现象多少暴露出了一个社会潜藏的危机。

富国,富的是国库还是天下,历代的文人各有争执。某种意义上来说,二者并不矛盾,个人的财富积累和国家的财力强盛其实是互相成就的。不过历史上有些富可敌国的富豪,因为"怀璧其罪",最终一步步被算计到穷途末路。"日暮东风怨啼鸟,落花犹似坠楼人",石崇身死,绿珠坠亡,这一切都让在金谷园中逗留的杜牧留下无尽的慨叹。

历朝历代,君王诸侯豪强积累财富的方式都是相近的,蚂蟥一样吸着底层劳动人民的鲜血——田里、水里、山里总能藏着什么,长点什么,他们总能呈上点什么来。

古代的经济以农业为基础,某种意义上来说,农人也属于一个容易管理的人群,重视农业打压商业的现象存在了很久,在明清之前商人的地位都不高。古人按次序排了"士农工商","弟走从军阿姨死,暮去朝来颜色故。门前冷落鞍马稀,老大嫁作商人妇。"《琵琶行》中的歌女最终无奈嫁给了商人,侧面也写出了商人低下的地位。宋朝商人地位得以好转,到了清朝出现了所谓的"红顶商人",典型的代表就是胡雪岩。商业的发展,某种程度上也加强了国与国之间的交流,宋代泉州太守王十朋《提舶生日》一诗中提到的"北风航海南风回,远物来输商贾乐"写的就是商人出海交易商品的事情。

"九天阊阖(chāng hé)开宫殿,万国衣冠拜冕旒(liú)。"王维的笔下,是一个万国朝拜、气势庄严的国度,这个国度被称之为盛唐。盛唐的背后是农业、手工业、商业的长足发展,而盛唐这个名字在后世文人的梦中一次又一次被唤起。

沿袭了千百年文人习性的诗人们,没有一个不希望自己的国家富强,就像杜甫在《忆昔》中所思慕的那样:"忆昔开元全盛日,小邑犹藏万家室。稻米流脂粟米白,公私仓廪俱丰实",希望经历了"安史之乱"的国家能够重回"开元盛世"。同时,也有着"但愿苍生俱饱暖,不辞辛苦出山林"的热血,甚至"捐躯赴国难,视死忽如归"那般的果决。不过有意思的是,在个人的生活方面,诗人们深受孔子"不义而富且贵,于我如浮云"的义正词严的教诲,在诗词中极少表现出对于金钱的崇拜,更是跳脱开去,批判俗世的拜金主义。司马迁说:"天下熙熙皆为利来,天下攘攘皆为利往。"唐朝的张谓有首七绝:"世人结交须黄金,黄金不多交不深。纵令然诺暂相许,终是悠悠行路心。"更是将炎凉世态一笔勾勒。

李白的"五花马,千金裘,呼儿将出换美酒",杜甫的"朝回日日典春衣,每日江头尽醉归",辛弃疾的"晚岁躬耕不怨贫,只鸡斗酒聚比邻"……写下这些诗文的诗人们都不在意财富的多少,可恰恰也是这样一种"义大于利"的思想,让他们在古代的"经济学"中,交出了一份令人拍案的答卷。

(张　剑)

第二章
诗词与行业

夜来南风起,小麦覆陇黄。
风浩荡,欲飞举。
应是天教开汴水,一千余里地无山。
三山半落青天外,二水中分白鹭洲。
今日好南风,商旅相催发。
池塘生春草,园柳变鸣禽。
休说鲈鱼堪脍,尽西风,季鹰归未。
炉火照天地,红星乱紫烟。
……

诗词与农业

贯通古今的"忧与爱"

农业是文明孕育和发展的基础,中国是历史悠久的农业大国和诗的国度,很大程度上,悠悠农耕文明成为皇皇中华文化的根基和源泉。农耕文明长河中泛起的诗歌浪花飞溅欢腾,滋养着中华民族诗意栖居的大地。诗歌与大地、农业、农民等天然地融合在一起。

一、直书农事、重视农耕的诗作源远流长,滔滔不绝

农业与诗歌自古结缘,大量的诗歌以农业劳动、农人生活甚至农产资料等为题材。中国最早的诗歌总集《诗经》中已有不少这样的农事诗。如《诗经·国风·周南》中的《芣苢(fú yǐ)》:"采采芣苢,薄言采之。采采芣苢,薄言有之……"这写的就是古代女子采摘芣苢(一种叫车前子的野菜)的劳动情形;《豳(bīn)风·七月》是典型的农村生活诗,逐月叙述了农人们一年的农桑稼穑(jià sè)生活。《载芟》《生民》《良耜》等篇中还涉及农具使用、农业技术、种植品种等丰富的农业内容。

值得一提的是,自《诗经》以降的这类农事诗歌,还形象有力地反映了农民、农业甚至社会的状况及其发展变化。我们单以稍显冷门的涉及土地和农业肥料的诗歌为例。良田沃土是农人很倚重的农事基础,农人对沃土的追求是普遍而强烈的:

文章甘世薄,耕种喜山肥。

(杜荀鹤《乱后山中作》)

耕者求沃土,汲者求深源。

(王建《送于丹移家洺州》)

那么，除了自然因素，人工如何提高土壤肥力呢？东汉王充《论衡》中有清楚阐述："深耕细锄，厚加粪壤"。可能文人不屑以"粪壤"入诗吧，早期少见此类诗作；到诗歌盛朝唐代，王季友《代贺若令誉赠沈千运》中则有了"涧中磊磊十里石，河上淤泥种桑麦"的诗句。但这是人们开拓农田的方式，还是意味着人们已用肥沃的淤泥肥田了呢？两者皆有可能吧。而到南宋，在毛珝《吴门田家十咏》中就明确提到利用河泥肥田的事情了：

竹罾两两夹河泥，近郭沟渠此最肥。
载得满船归插种，胜如贾贩岭南归。

因而，由诗中所写小小农业肥料的变化，亦可见农业的发展变迁。至于农事诗中写及谷物、牛马、水利建设等方面内容的就更浩如烟海了，在此略去不提了。

当然，在农业劳动、农人生活方面，也必然伴随着生活的酸甜苦辣。因而，从《诗经》以来的农事诗，既有歌咏农业劳动或丰收场景的诗篇，也有不少体现劳作艰辛、农事艰苦的诗作。

劳动是大地最美的色彩，勤劳乐观的华夏先民常常沉浸在劳动的欢愉、丰收的喜悦中，弥漫着"稻花香里说丰年，听取蛙声一片"的怡然自足。"桑"在男耕女织的传统农业社会中有很高的地位，就拿以"桑"入诗的农业诗为例吧。如《诗经·魏风·十亩之间》：

十亩之间兮，桑者闲闲兮。行与子还兮。
十亩之外兮，桑者泄泄兮。行与子逝兮。

这里的"闲闲""泄泄"分别是悠闲、和乐的意思。想象一下，暮色欲上，炊烟渐起，斜晖铺洒在碧油油的桑田，不时传来采桑女们呼朋引伴相约归家的声音，她们唱着笑着，心悠悠、乐融融，相伴在清新恬淡的田园里。这种欢快的声音袅袅不绝，继续在南北朝民歌《采桑度》里回旋：

蚕生春三月，春桑正含绿。
女儿采春桑，歌吹当春曲。

这种欢乐也浸润在宋代晏殊的《破阵子·春景》里：

> 巧笑东邻女伴，采桑径里逢迎。疑怪昨宵春梦好，元是今朝斗草赢，笑从双脸生。

到了范成大写《四时田园杂兴》，则用清新自然的笔调，描写了农忙时节紧张而生动的劳动氛围和富有生趣的乡村生活：

> 昼出耘田夜绩麻，村庄儿女各当家。
> 童孙未解供耕织，也傍桑阴学种瓜。

真是热闹生动的劳动画面！最可爱的就是那些不会种田和织布的小孩子，也不甘闲寂，认真学着大人的样子在桑树荫旁种起瓜来。

劳动又是辛苦的付出，需要汗水的浇灌。在许多诗歌中，我们都能品尝到农事的苦涩和艰辛。最家喻户晓的就是这首唐人李绅的《悯农》了：

> 锄禾日当午，汗滴禾下土。
> 谁知盘中餐，粒粒皆辛苦。

谷物粒粒皆是烈日炎炎下农人的汗水滴滴，读来令人唏嘘不已，怎能对艰辛劳作换来的粮食不珍惜呢？农忙时更是紧张艰苦，白居易的《观刈麦》如实写出了农夫劳作场景：

> 夜来南风起，小麦覆陇黄。
> 妇姑荷箪食，童稚携壶浆。
> 相随饷田去，丁壮在南冈。
> 足蒸暑土气，背灼炎天光。
> 力尽不知热，但惜夏日长。

农忙农忙，农民最忙。麦熟时节，妇人小孩忙着送水供食，忙个不停；男子们割麦,太阳晒大地蒸,汗流浃背,精疲力竭,但农人们还是珍惜夏天昼长,能够多干点活!

二、借农事诗言志抒怀,往往寄寓深广,烛照人生,反映时代,蔚为大观

诗歌大都有所寄寓,言志抒情,农事诗自然也是如此。但华夏农耕文明的独特意蕴和农业的特殊地位决定了农事诗言志抒怀的独特性。它内蕴的情感和心志更多地烛照人生、反映时代,寄寓深广。

1. 不少农事诗的言志抒怀中往往流露醉心山水田园、恬淡自适、静心自由的人生意趣。华夏农耕文明是几千年来持续发展、从未中断的文明,它不同于西方游牧、狩猎传统中对资源的掠夺和破坏,因此最突出的特点是长期的稳定性以及人与自然的和谐性("天地人"三者合一)。"凿井而饮,耕田而食。日出而作,日落而息"的稳定生活和恬静清丽的田园风光在诗人那里成了放松畅游、长歌咏叹的对象,更成为心的方向,成为让精神驻足的地方。乡野村落、农事田家一度成为人生的出发点和归宿地。得意者于此游目骋怀,自得其乐;失意者在此远离喧嚣,抚慰灵魂。

东晋陶渊明是最杰出的代表。在他的《归园田居(其三)》中写道:

晨兴理荒秽,带月荷锄归。道狭草木长,夕露沾我衣。

这里表面写劳作,实则写归隐田园的人生意趣。可以说,他"采菊东篱下,悠然见南山"的潇洒身影镌刻在中国文人的脑海里,仿佛从未消失过。中国文人的这种对田园、对自然、对人生的情感也代代相传。略举几例:

白鸟群飞山半晴,渚田相接有泉声。

(卢纶《春日题杜叟山下别业》)

故人具鸡黍,邀我至田家。
绿树村边合,青山郭外斜。
开轩面场圃,把酒话桑麻。
待到重阳日,还来就菊花。

(孟浩然《过故人庄》)

明月别枝惊鹊,清风半夜鸣蝉。稻花香里说丰年,听取蛙声一片。

七八个星天外,两三点雨山前。旧时茅店社林边,路转溪头忽见。

(辛弃疾《西江月》)

2.许多农事诗扎根民生,针刺时弊,烛照时代,洞悉国运。"民以食为天",农业与人民生活息息相关,也与时代、国运兴衰相连。统治者的穷奢极欲、繁重的徭役赋税、连年不绝的战争都是农业社会比天灾更可怕的毒瘤,对百姓民生、国家社会的影响极大。因此这类农业诗的寄托之情常常不是个人情绪的抒发,更多的是心系苍生的大众情怀、心忧社稷的爱国情志。

读读杜甫这首著名的《兵车行》中的诗句吧。

>……
>边庭流血成海水,武皇开边意未已。
>君不闻汉家山东二百州,千村万落生荆杞。
>纵有健妇把锄犁,禾生陇亩无东西。
>况复秦兵耐苦战,被驱不异犬与鸡。
>长者虽有问,役夫敢伸恨?
>且如今年冬,未休关西卒。
>县官急索租,租税从何出?
>信知生男恶,反是生女好。
>生女犹得嫁比邻,生男埋没随百草。
>君不见青海头,古来白骨无人收。
>新鬼烦冤旧鬼哭,天阴雨湿声啾啾!

一首诗写尽了穷兵黩(dú)武、苛捐杂税、农业凋敝、农人悲苦!这样的诗作还有很多。难怪国学大师钱穆认为,大诗人杜甫被尊为"诗圣",其诗被称为"诗史",最主要的原因就在于他用自己的一生乃至生命一直关切着以农为天的黎民百姓的饥寒冷暖,一直书写着风雨飘摇的国家和时代!元代王冕《悲苦行》中"布衣磨尽草衣折,一冬幸喜无霜雪。今年老小不成群,赋税未知何所出"的诗句与老杜"心有戚戚焉",忧国忧民之心,天地共鉴!

延续前文的"蚕桑"诗文,再看一首张俞的《蚕妇》:

> 昨日入城市,归来泪满巾。
> 遍身罗绮者,不是养蚕人。

北宋时期,国家内忧外患,虚假繁荣。我们的女主人公入城卖丝,没有享受自己劳动成果的快乐,归来却泪满衣巾,为什么呢?原是内心不平,暗自悲辛!全诗朴素之至,无一言评论,无半字控诉,读来却全是血泪和愤懑,寄寓着对底层民众的深切同情,揭露统治者不劳而获的不合理现实,充满了对当时社会的讽刺和批判!这里的蚕妇和唐人白居易笔下的"可怜身上衣正单,心忧炭贱愿天寒"的"卖炭翁"何其相似!同是底层苦命人,未曾相逢意相通!

所以,在诗中,我们感受到农人的苦乐哀愁,看到一个个悲天悯人、忧国虑民的大爱情怀。可以说,没有关注土地、农业、农民等的眼光与情怀,一定程度上也会削减或荒芜家国情怀!对于当下离土地越来越远的我们来说,浩瀚灿烂的农业诗更具有启示意义和无上价值!

(石慧斌)

诗词与飞行

中国人在远古时代就向往着飞行。古老神话传说中乘龙入天的黄帝、升天奔月的嫦娥,都寄寓着人们对于飞天的渴望。当然,飞行对于古人来说是遥不可及、无法实现的,但这并不能阻止诗人们的飞天梦想。他们或寄情于物,或直接付诸幻想,冲破现实的阻碍,飞上无际的天空。

在古代,天空属于各种各样的飞鸟。自由自在的鸟儿们振翅翱翔,自然让地上的人们艳羡不已。天空宽广辽远,神秘诱人,犹如人们心中的梦想。于是诗人们化身飞鸟,展翅于辽阔的天空。

> 忆我少壮时,无乐自欣豫。猛志逸四海,骞(qiān)翮(hé)思远翥(zhù)。
>
> （陶渊明《杂诗十二首·其五》）
>
> 化成大鹏,质凝胚浑。脱鬐鬣(qí liè)于海岛,张羽毛于天门。刷渤澥之春流,晞扶桑之朝暾(tūn)。燀(chǎn)赫乎宇宙,凭陵乎昆仑。一鼓一舞,烟朦沙昏。五岳为之震荡,百川为之崩奔。
>
> 乃蹶厚地,揭太清。亘层霄,突重溟。激三千以崛起,向九万而迅征。背嶪(yè)太山之崔嵬,翼举长云之纵横。左回右旋,倏阴忽明。历汗漫以夭矫,羾(gòng)阊阖(chāng hé)之峥嵘。簸鸿蒙,扇雷霆。斗转而天动,山摇而海倾。
>
> （李白《大鹏赋》）

"少年不识愁滋味",一个人的青少年时期,心中的理想最为炽热。陶渊明年少时满腹才华,心中的"猛志"也就是壮志甚至充盈四海。他在自己的诗作中自然化身为飞鸟,振翅起飞,去寻求自己的梦。"北冥有鱼,其名为鲲。鲲之大,不知其几千里也。化而为鸟,其名为鹏。鹏之背,不知其几千里也。怒而飞,其翼若垂天之云。"李白自由狂傲,只有横绝万里的大鹏才能与他相配。化身飞翔于九天之上的大鹏不仅是瑰丽的想象,更是他的自我期许;高于太阳,翱翔宇宙,越过昆仑,正是他心中梦想的极致;五岳为他震荡,百川为他崩奔,正是他人生目标的形象表现。变为大鹏,神游八极,李白更彰显着大唐盛世蓬勃昂扬、锐意进取的时代精神。

翱翔于天空离不开风的助力,化身为鸟可以帮助诗人们摆脱大地与现实,直接借助于风同样能让人扶摇而上,飞行于天空。

> 十年一梦扬州路。倚高寒、愁生故国,气吞骄虏。要斩楼兰三尺剑,遗恨琵琶旧语。谩暗涩、铜华尘土。唤取谪仙平章看,过苕溪、尚许垂纶否？风浩荡,欲飞举。
>
> （张元干《贺新郎·寄李伯纪丞相》）

张元干是宋朝著名爱国英雄李纲的幕僚,随李纲因主战几经贬斥,但是诗人心中的理想并未熄灭。"风浩荡,欲飞举"说的是诗人要凭浩荡长风,飞行于九天,抒发了自己不愿消沉、气冲云霄的壮志雄心。

人们在心中理想勃发之时,内心的慷慨激昂让他们飞行于天空。当诗人们内心忧愁不堪之时,也会想要摆脱现实的束缚,飞上没有羁绊的天空。

夜梦上河汉,星辰布其傍。位次稍能辩,罗列争光芒。自箕(jī)历牛女,与斗直相当。

(梅尧臣《梦登河汉》)

天接云涛连晓雾,星河欲转千帆舞。仿佛梦魂归帝所。闻天语,殷勤问我归何处。我报路长嗟日暮,学诗谩有惊人句。九万里风鹏正举。风休住,蓬舟吹取三山去!

(李清照《渔家傲·记梦》)

天台邻四明,华顶高百越。门标赤城霞,楼栖沧岛月。凭高登远览,直下见溟渤。云垂大鹏翻,波动巨鳌没。风潮争汹涌,神怪何翕忽?观奇迹无倪,好道心不歇。攀条摘朱实,服药炼金骨。安得生羽毛?千春卧蓬阙。

(李白《天台晓望》)

1045年(北宋庆历五年),范仲淹领导的改革最终失败,忧国忧民的梅尧臣极度苦闷。现实的压抑失望让他将目光转向无尽的星空。诗人飞上天空,眼前是灿烂的银河、闪烁的星星。徜徉于银河之中的诗人与牵牛、织女和北斗七星在天上相遇。《渔家傲·记梦》写于李清照南渡之后,晚年的李清照孤苦无依,此时她的生活就像一艘航行在迷雾之中的航船,船摇帆舞,星河无尽,无所归依。苦闷的李清照在梦中飞升天空,竟然见到了天帝,诉说了内心流离无依的孤凄与空有满腹才华却遭遇不幸的悲凉。一番倾诉之后,李清照不想回归大地,而是呼唤清风,希望将她带到没有忧愁的仙境中去。李白被赐金放还之后,去往四明山镜湖看望老朋友贺知章,到后才发现贺知章已经去世。理想的破灭,知交的零落让孤傲的李白心生疲惫。天台附近的景色依旧美丽,可李白此时所想的却是能够生出羽翼,飞上天空,飞到没有忧愁凄苦的仙境中去,离开不堪的尘世。

飞行寄托了古代诗人太多的情思。昂扬时他们飞上九霄,宣泄淋漓快意,忧困时他们衣襟飘飞,徜徉无尽星空。千载之后,他们飘逸的身影,依旧镌刻在后人的心中。

(华 伟)

诗词与水利

水利包含两个方面:一是对水利资源的开发,二是防止水灾。中国自古是农业大国,对水的需求尤其迫切。对于百姓来说,无论日常生活还是农业劳作,都需依靠水利生存发展。对于国家来说,疏浚河道、开通水路、防治水灾,都是关乎江山社稷的头等大事。由此可见,水利与国计民生息息相关。从水利角度去研究诗歌,会给研究带来一个全新的视角。

一、以水利工程为诗歌内容

中国古代诗人大都是心系百姓社稷的朝中重臣、爱国志士,他们关心民间疾苦,关注水利问题,并将其写入诗中。白居易就是其中之一。白居易是唐朝最伟大的现实主义诗人,他性格耿直,憎恶贪腐,常常直言上谏,还写了许多讽喻诗,得罪了朝廷许多官员,所以一生仕途坎坷,多次被贬外放。为官期间,白居易非常关注水利问题。八二二年,白居易被任命为杭州刺史。到了杭州以后,他从百姓口中了解到,原来西湖常引发旱涝,是害人之湖。白居易发动民工加高湖堤,修筑堤坝水闸,重整西湖,还作《钱塘湖石记》,将治理湖水的政策、方式与注意事项,刻石置于湖边,供后人知晓,对后来杭州的湖水治理有很大的影响。现摘录如下:

今年修筑湖堤,高加数尺,水亦随加,即不窘足矣。脱或水不足,即更决临平湖,添注官河,又有余矣。虽非浇田时,若官河干浅,但放湖水添注,可以立通舟船。俗云:决放湖水,不利钱唐县官。县官多假他辞以惑刺史。或云鱼龙无所托,或云菱茭(líng jiāo)失其利。且鱼龙与生民之命孰急？菱茭与稻粱之利孰多？断可知矣。

公元841年,年满七十的白居易写下了《寄题余杭郡楼兼呈裴使君》：

> 官历二十政,宦游三十秋。
> 江山与风月,最忆是杭州。
> 北郭沙堤尾,西湖石岸头。
> 绿觞(shāng)春送客,红烛夜回舟。
> 不敢言遗爱,空知念旧游。
> 凭君吟此句,题向望涛楼。

诗中"江山与风月,最忆是杭州。北郭沙堤尾,西湖石岸头",不仅记载了白居易在杭州的生活,也交代了治理西湖的全部事实,包括工程所在地、范围以及《钱塘湖石记》的石碑所在。当你了解了白居易的这段治水经历,就更能深刻体会他诗中倾注的对杭州的追忆和不舍之情。

林则徐也是关注水利的诗人之一。林则徐是福建人,是清朝时期的政治家、诗人,两次受命钦差大臣。我们对他最为了解的是他主张严禁鸦片,被誉为"民族英雄"。实际上林则徐不仅是禁烟英雄,也是治水英雄。他为官期间非常重视水利。道光八年(1828年),林则徐在家乡为父守制期间关注到西湖存在问题,于是重新疏浚西湖,完工后,林则徐在岸边种上千株梅树。西湖的治理让林则徐倍感欣慰,他曾写过一首诗记录此事：

风物蛮乡也足夸,枫亭丹荔幔亭茶。

新潮拍岸添瓜蔓(自注：端午前后积雨经旬,又值大潮,敝居门前河水漫溢),小艇穿桥宿藕花(自注：近于西湖作大小二舟,小者可入城桥。)

愧比逋(bū)仙亭畔鹤(自注：陆莱臧诗以逋仙比余,心甚愧之),枉谈庄叟井中蛙。

琴尊待践湖西约,一棹临流刺浅沙。

(《和冯云伯〈登府〉〈志局即事〉原韵》之一)

二、以水利风景为歌咏对象

水利不仅是利国利民的开发工程,还是独具韵味的风景名胜。它将名山大川与人工建构进行巧妙融合,或磅礴大气,或精妙绝伦,充分体现了人类与自然的和谐共存。自古以来,著名的水利风景作为旅游景点,都是文人雅士乐赴欣赏的场所,也因此留下了许多诗歌。例如赞颂中国古代著名水利工程都江堰的诗歌有:

岷江遥从天际来,神功凿破古离堆。
恩波浩渺连三楚,惠泽膏流润九垓。
劈斧岩前飞瀑雨,伏龙潭底响轻雷。
筑堤不敢辞劳苦,竹石经营取次栽。

(黄俞《都江堰》)

赞颂中国古代另一著名水利工程大运河的古诗有:

其一
万艘龙舸绿丝间,载到扬州尽不还。
应是天教开汴水,一千余里地无山。

其二
尽道隋亡为此河,至今千里赖通波。
若无水殿龙舟事,共禹论功不较多。

(皮日休《汴河怀古二首》)

在诗人眼中,水利风景不仅有令人叹为观止的宏伟景观,更承载着历史遗梦,是旧朝繁华的痕迹。世事变迁,沧海桑田,换了帝王,改了都城,而水利工程却留在那里,倾诉着曾经的雄心壮志。

三、诗歌对水利事业的影响

诗歌不仅可以作为描述水利的文学载体,还能影响水利事业的发展。

长江三峡西起四川奉节白帝城,东至湖北宜昌南津关,全长192公里,蕴藏着十分丰富的水能资源,同时又是长江防洪的关键所在。早在民国时期,孙中山就提出拦江筑坝的设想。新中国成立后这一设想被长江水利委员会重新提及,受到毛泽东、周恩来等领导人的大力支持。1956年毛泽东巡视南方,视察了武汉长江大桥的施工。同年6月,毛泽东在武汉三次畅游长江,写下了《水调歌头·游泳》,以特有的方式表达了他对三峡建坝的憧憬和决心:

才饮长沙水,又食武昌鱼。万里长江横渡,极目楚天舒。不管风吹浪打,胜似闲庭信步,今日得宽余。子在川上曰:逝者如斯夫!

风樯动,龟蛇静,起宏图。一桥飞架南北,天堑变通途。更立西江石壁,截断巫山云雨,高峡出平湖。神女应无恙,当惊世界殊。

诗歌不仅写出眼前所见之辽阔江景,而且设想了三峡大坝横跨两岸以及大坝竣工后出现的"高峡平湖"的雄伟景象,想象奇特,出神入化,是三峡水利工程建设的最佳蓝图。后来三峡建成,昔日湍急的水流被清波荡漾的湖面所代替,果然出现了"高峡平湖"的壮丽景观,更令人感叹毛主席的远见卓识。

(田志平)

诗词与建筑

意象,是中国古代文论中的一个重要概念,是中国古典诗词艺术的精灵,是诗歌中熔铸了作者主观感情的客观物象。在我国古典诗歌漫长的历程中,形成了很多传统的意象,其中,建筑意象之美就值得我们细细鉴赏。

一、古典诗歌中的亭、台建筑

在中国古典诗词当中有丰富多彩的艺术意象,我们首先来分析这些古典诗词中的建筑意象。在这些建筑意象中,古代的亭台楼阁又显得格外引人注目。下面就着重分析这些建筑意象中的亭、台,看看亭、台这两个艺术意象,在中国古典诗词中扮演了怎样的艺术角色,在建筑艺术中又做出了哪些美的贡献。

亭子这种意象在古典诗词之中更多的是代表着离别。"亭"本身就和"停"音近。在古代,人们要是遇到离别或者远行,亲朋好友都会自发来到郊外的长亭为他送行。我们追溯历史可以发现,早在秦汉初期,凡是有古驿道的地方都设有供人们歇息和送别的亭子。南北朝北周时期,庾子山(信)写过《哀江南赋》,里面这样写道:"十里五里,长亭短亭。"作为古典诗词中的亭,这个建筑艺术的意象,早就成为了离别送亲的符号。诗仙李白也唱过:"何处是归程?长亭更短亭。""天下伤心处,劳劳送客亭。"杜牧也吟过:"不用凭栏苦回首,故乡七十五长亭。"这些亭已不再是亭本身,在它们身上更多的是惜别的信息。"寒蝉凄切,对长亭晚,骤雨初歇。"这是柳永的心声。"又是离歌,一阕长亭暮。王孙去,萋萋无数。南北东西路。"这是林逋的哀叹。"时光只解催人老,不信多情,长恨离亭,泪滴春衫酒易醒。"这是晏殊的无奈。

说到台,就必须说到唐代大诗人李白。后人知道凤凰台,大多是因为熟读了李白的《登金陵凤凰台》。李白一生数次来金陵,他登金陵凤凰台,想当年登临武昌黄鹤楼时的诗情犹在,乃作《登金陵凤凰台》诗,用的是崔颢的《黄鹤楼》诗原韵,不仅开首句法模仿前诗,而且将武昌的鹦鹉洲与金陵的白鹭洲呼应,成为千古流传的名篇:"凤凰台上凤凰游,凤去台空江自流。吴宫花草埋幽径,晋代衣冠成古丘。三山半落青天外,二水中分白鹭洲。总为浮云能蔽日,长安不见使人愁。"作者登临凤凰台,面对唐都长安现实,借台暗示皇帝被奸邪包围,抒发自身报国无门的沉痛之情。

李白还在《金陵凤凰台置酒》中这样抒怀:"置酒延落景,金陵凤凰台。长波泻万古,心与云俱开。借问往昔时,凤凰为谁来?凤凰去已久,正当今日回。"

后来也有不少文人也书写了有关台的诗歌,如陈子昂的《登幽州台歌》:

"前不见古人,后不见来者。念天地之悠悠,独怆(chuàng)然而涕下!"深刻地表现了诗人怀才不遇、寂寞无聊的情绪,语言苍劲奔放,富有感染力,成为历来传诵的名篇。诗的上两句俯仰古今,写出时间绵长;第三句登楼眺望,写出空间辽阔;于广阔无垠的背景下,第四句诗就脚下特殊的幽州台(黄金台)抒发了孤单寂寞、悲哀苦闷的情绪,台与情两相映照,分外动人。

综上可知,在古典诗词的建筑意象中,亭、台是非常具有代表性的特殊意象,具有高度的艺术象征意义。

二、古典诗词中的楼、房建筑

在浩如烟海的中国古典诗词艺术中,除了亭、台,描写古典建筑的名篇佳作也数不胜数。在这些建筑艺术意象当中,房屋成为了一个特别受关注的意象形态。我们翻阅中国诗歌的源头《诗经》,里面所记载的大都是一些普通的民间歌赋,也不妨碍我们透过这些历史信息去感受和领略远在几千年之前的时代建筑特色和房屋风采。在一首叫做《閟宫》的诗中,掸去历史的尘埃,我们透过"閟(bì)宫有侐(xù),实实枚枚"看到的是远古时期高大的殿堂和雄伟的气势。到了春秋战国时期,伟大爱国诗人屈原在《楚辞》中为我们留下了那个时代的楚国宫殿的华美与大气。尤其是到了长篇大赋的出现和流行,描写房屋的著作可谓达到了第一个高潮。《两都赋》里满是对古代殿堂等高大的房屋华美大气的描写,同时也是那个时代的放大记载,并且导致当时整个城市为此而一纸难求。《二京赋》超越了之前的《两都赋》,将古代描写特殊房屋的笔法发扬到了极致。接下来的《甘泉赋》和《灵光赋》一改之前的大气磅礴,转到了清新别致的角度,继续为我们描绘着历史中的房屋样貌。文人骚客们记录着他们的时代和他们钟爱的建筑。这也正好印证了"诗人之兴,感物而作"这句话。《阿房宫赋》中"蜀山兀,阿房出,覆压三百余里,隔离天日",器宇轩昂地道出了阿房宫这类特殊房屋的难以想象。《黄鹤楼送孟浩然之广陵》"故人西辞黄鹤楼"的离别使得此时的黄鹤楼凄楚难耐。《登鹳雀楼》"欲穷千里目,更上一层楼",毫无保留地揭示了王之涣登上高楼后的感慨和深情。在这些古代建筑当中,楼房被赋予了更多的价值和意义。

综上所述,在中国古典诗词的表现形式当中,意象发挥了独特的功能,做出了不可代替的贡献。在众多古典诗词的意象当中,建筑艺术形象的出现又格外引人注目。而其中,亭、台意象所具有的艺术意义又是最为丰富而特别的,作为中国古典诗词意象中非常普通而又意义重大的亭台,产生了在本身的艺术文化价值之外更大的历史价值。当然,在浩瀚的中国古典诗词之中,也有楼房这个大的意象。作为建筑物,亭台楼房本身就是人们的寄生之所,而能被诗人词者引入古典诗词当中,它们的艺术魅力就更不必说了。因此,对于古典诗词中建筑意象的艺术意义的探寻,就变得更富有挑战意义。

(任义兵)

诗词与商业

中国古典诗歌在其发展历史中,以其独特的艺术性融于商业中,可谓别具一格。传说苏东坡贬居海南儋州时,曾为卖馓子的女邻居写过一首诗:"纤手搓来玉色匀,碧油煎出嫩黄深。夜来春睡知轻重,压匾佳人缠臂金。"寥寥数笔,道出了馓子精美、色艳和酥脆的特点,读来令人垂涎。"刀店传名本姓王,两边更有'万'同'汪'。诸公拭目分明认,头上三横看莫慌。"这首诗是王麻子剪刀老店提醒消费者"谨防假冒"的,使人看了一目了然。脑筋活络的当代商人也从未忽视对古诗的开发利用,使之成为生财之道。

曾有报道称,一批内地葡萄酒经香港转口销往法国时,港方要求按洋酒300%的税率征税,而国产酒的税率仅为80%。面对如此局面,负责经销的四川农学院李华博士吟出一句唐诗"葡萄美酒夜光杯",并解释说,这说明中国在距今一千多年前的唐朝就能生产葡萄酒了,恐怕比欧洲还要早几个世纪呢!驳得对方哑口无言,只好按国产酒征税。一句唐诗,减税万金。

先秦可以说是中国商业的奠基期,中国商人的正式出现,应该就是在这个时期。先秦也可以说是中国文学的奠基期,在先秦时期的文学中,已经偶尔出现表现商人生活的诗歌。比如《诗经》中的《卫风·氓》一篇:"氓之蚩蚩,抱布贸丝。匪来贸丝,来即我谋……"

这首诗的男主角应该是个"抱布贸丝"的商人,但这唯一一首与商人有关的诗歌却是以"始乱终弃"的商人为主人公的,是以表现商人对女人的"始乱终弃"为主题的。

到了汉代的民间乐府,出现了以第一人称反映商人心声的诗歌。在汉代的乐府古辞《孤儿行》里写道:"父母已去,兄嫂令我行贾。南到九江,东到齐与鲁。腊月来归,不敢自言苦。头多虮虱,面目多尘土……"《孤儿行》的主人公以第一人称的口吻叙述其行商历程中的艰辛苦楚。这首乐府诗歌,也许是中国文学史上第一次用商人口吻写的诗歌,也是初次用诗歌这种文学形式正面表现商人的辛苦。

虽然乐府歌词对于商业和商人的表现有了长足的进步,但魏晋南北朝时期的诗人大体上与前代诗人一样不大注意商人。中国诗歌表现商业和商人的历史,到了唐代文学的时候,才算是正式揭开了帷幕;前代文学中那些萌芽式的东西,也只有到了唐代文学中,才开始生根开花。

唐代的很多诗人都涉足商业题材领域,著名诗人如李白、杜甫、白居易、刘禹锡等都写有为数不少的商业诗,间接或直接地表现了当时商人的生活,并借以表达自己的商业观。据《全唐诗》电子检索系统发现,在商业题材诗歌中,对于商人生活的表现是相当丰富的,输入"商人""商贾""贾人""估客"等关键词共检索到六十多首。

这其中,有些是对商人的批判,如元稹的《估客乐》:"求名有所避,求利无不营。……所费百钱本,已得十倍赢。"批判了商人的唯利是图。有些表现了对商人的同情,如刘禹锡的《荆州歌二首》:"渚宫杨柳暗,麦城朝雉(zhì)飞。可怜踏青伴,乘暖著轻衣。今日好南风,商旅相催发。沙头樯竿上,始见春江阔。"反映了商人经商过程的艰辛。还有表现商人家属情感的作品,如李白的《江夏行》:"悔作商人妇,青春长别离。如今正好同欢乐,君去容华谁得知。"李白的《长干行》:"早晚下三巴,预将书报家。相迎不道远,直至长风沙。"……从这些诗歌中我们能深切体会到商妇们的孤独、哀怨,以及对在外经商的丈夫的担忧与思念。

到了两宋时期,随着社会商品化的程度提高,商业领域不断扩大,商业走向了空前的繁荣,商人的地位也空前提高。陆游《长干行》诗云:"裙腰绿如草,衫色石榴花。十二学弹筝,十三学琵琶。宁嫁与商人,夫妇各天涯。"同样是"重利轻别离"的商人,从"悔作商人妇"(李白《江夏行》)到"宁嫁与商人",截然不同的婚姻选择背后必然是思想观念的巨变。陆游的《记梦》中写道:"梦为估客扬州去,《水调》声中月满船。"诗人以羡慕的眼光看待商贾挣脱权贵束缚而任情恣意地逐利与享乐,流露出对商贾的艳羡之情。

如今的商界更推崇儒商的理念,儒商的重要标志就是将丰富的各类知识运用于商业领域,从古代诗歌与商业结合的发展历程来看,这也是一种趋势吧。

(丁 骆)

诗词与旅游

中国朴素的旅游地理最早见之于古代诗歌。从《诗经》开始,我国历代文人墨客面对所处不同环境,或一览众山小,或怆然而涕下,或孤山寺北贾亭西,诗与旅游景观密切地结合在一起。

古典诗歌中真正大规模涌现旅游地理山水景观的作品应该在东晋时期。

东晋时代,江南的农业有较大的发展,士族地主的物质生活条件比过去更加优裕了,园林别墅更多地建筑起来了,士族文人们在富足的物质条件下,在佳丽的江南山水环境中,过着清谈玄理和登临山水的悠闲生活。在他们的清谈中,常常出现一些赞美江南山水的名言隽语。此时的谢灵运,主要成就在于山水诗,是中国文学史上山水诗派的开创者。如他写春天,"池塘生春草,园柳变鸣禽"(《登池上楼》);写秋色,"野旷沙岸净,天高秋月明"(《初去郡》);写冬景,"明月照积雪,朔风劲且哀"(《岁暮》),等等。这些诗句从不同角度刻画自然景观,给人以美的享受。不能不说,此时的社会经济发展,已经从落后农耕时期人们对自然山水享受只能是一种奢望,而演变为闲情逸致的精神追求了。无形中,中国朴素的旅游地理文化也被开发了。此后,孟浩然、王维、李白等诗人描绘大好山川的诗歌,为呈现丽日经天的壮观局面做出了卓越贡献,也让祖国画卷般的山川特色映入读者眼帘。

一、古诗中的水景

首要是瀑布景观。它具有壮阔激昂、涤荡心胸的特征。李白的《望庐山瀑布》:"日照香炉生紫烟,遥看瀑布挂前川。飞流直下三千尺,疑是银河落九天。"远视仰观,其形、色、声、动之美感和磅礴气势令人叫绝。其次是江河回环曲线构景。它意境深远,余韵悠长。北宋秦观《泗州东城晚望》:"渺渺孤城白水环,舳舻(zhú lú)人语夕霏间。林梢一抹青如画,应是淮流转处山。"全诗清新流畅,绘声绘色,诗情画意兼备。再次是湖沼池塘低临。它婉约细腻,摇荡灵性,如南宋杨万里《小池》。最后是山水组合舟游。山有水则灵,山水组合的景观旅游,具有轻松、欢快的特点。如王维的山水诗《山居秋暝》:"空山新雨后,天气晚来秋。明月松间照,清泉石上流。竹喧归浣女,莲动下渔舟。随意春芳歇,王孙自可留。"作者把山间秋天的月夜写得那么宁静而又富有生气。松间明月,石上清泉,晚归浣女,泛舟渔人等,都将人带入诗一般的境界,都描绘得十分生动形象。清丽的语言,把秋天写得很清新迷人,一反悲秋的格调。"诗中有画,画中有诗",于诗情画意之中寄托诗人高洁的情怀和对理想境界的追求。

二、古诗中峰峦的雄伟峻秀

我国自然旅游景观以名山居多,不同的山地地貌在旅游者或诗人心中具有不同的气魂,如泰山雄伟、黄山奇特、华山险峻、武夷山秀丽、雁荡山幽深、张家界畅旷。我国古诗中,李白几乎写绝了山的峭拔险峻、雄伟磅礴,其笔下群峰可谓无险自雄。如《梦游天姥(mǔ)吟留别》对浙江新昌天姥山飘逸浪漫的歌咏,诗以梦游为由,将现实景观作极大的幻化夸张,天姥山被写得令人眼花缭乱,触目惊心,先写远观仰视的总印象,继而是观赏距离、角度不断变换带来的不同景象和观感。

三、古诗中的地貌造型

地貌造型是以山见胜的自然旅游资源中几乎不可或缺的组成部分,是山峦远眺想象的结果,须在特定的观赏点欣赏。清朝钱宾王写雁荡大龙湫景区的《剪刀峰》一诗:"百二峰形各不同,此峰变态更无穷。岂将惑乱迷人眼,直欲腾那造化工。才睹双峰开燕尾,侧看独幅挂秋风。略径转侧仍乌有,随有孤标倚碧空。"随着旅游者与景点距离的远近和角度变化,剪刀峰逐渐演化为鳄鱼峰、少女峰等十多景,其移步换景,已经到了出神入化的迷人境地。诗中"燕尾""独幅""孤标"都指剪刀峰。

四、古诗中的峡谷、洞天景观

峡谷、洞穴景观配以层岚危壑,奇岩立壁,以幽深见长。李白《峨嵋山月歌》抒写的是我国长江三峡地区因流水切割而成的著名峡谷景观。洞天景观中有溶洞地貌,也有其他成因的如火山岩岩洞、海蚀洞等。我国的著名洞穴景观多与佛教、道教建筑联系在一起。明朝卢元选在普陀山写《题潮音洞》:"灵窍何年著化工,嶙峋倒插水云中;浪花飘瀑晴飞雪,海月浮光夜现虹。石壁雨余泉出窦,旃檀(zhān tán)秋老树吟风;虔诚欲叩如来面,双鹤盘旋下碧空。"秋晚月夜海边的舟山洞穴景观被写得蔚为壮观。洞天景观常出现"一线天",真的要置身其中近观方知其妙。清朝陈光前颂雁荡山《一线天》:"漫言寸管识天机,洞口今窥一线微。细似初弦云畔月,光如半吐蚌中玑。寒来风雨穿林少,夜久星辰入目稀。策杖层峦寻绝胜,空中苍翠滴青衣。"诗明白地写出了观赏者的位置和所见到的"天机"特征。

诗歌与旅游景观密不可分。许多古诗都是诗人在不同的观赏位置、时间,抓住景观本身的特点,发挥想象、以情观景、用心体会、领悟其精神的结果。古诗题咏对旅游景观的描写,大多反映了自然旅游景观中的名山秀水、奇峰异洞、流泉飞瀑、阳光海滩等气候景观、植被景观、地貌景观和人文景观,也包括文化遗址、陵园碑墓、石窟寺院、园林艺术、古代建筑、现代建筑、革命纪念地、民族风情等的和谐之美。

可以说,诗歌是传颂祖国河山最美妙的弦音,是铺展旅游地理最美华章的点睛之笔。

(任义兵)

诗词与美食

《孟子·告子上》中说道:"食色,性也",食字打头,足以见得美食在人生当中占据着多么重要的位置。五千年的华夏文明当中,无数文人墨客也不能免俗,纷纷倾倒于美食的魅力之下,将那唇齿鲜香融入瑰丽诗句,使之历经千年仍有韵味萦绕。春夏秋冬,鲈鱼竹笋,正是有了这些美丽的意象,诗歌才得以活色生香,其中种种酸甜苦辣,任凭时光流转,仍旧不改其味。

一、人间至味尽于诗

我们的老祖宗到底多么精通于美食一道,从诗句当中就可以窥得一二,也能由此勾勒出古人的生活风貌来。"食不厌精,脍不厌细",孔圣人对于饮食的追求就和他对礼制的制定如出一辙地庄重严肃,《论语·乡党》一篇中关于饮食的浓墨重彩,倒是为平日里看到的孔子增添了几分可爱。孔子之后,许许多多的诗人更是倾倒在味蕾之下。

提到诗人当中的"吃货",自然少不了苏东坡。在他的人生中,无论是高潮还是低谷,都少不了美味佳肴的陪伴。"日啖荔枝三百颗,不辞长作岭南人",被贬岭南,不见失意,反而被甜蜜的荔枝诱惑,什么功名利禄都抛之脑后,早就到九霄云外去了。"蒌蒿满地芦芽短,正是河豚欲上时",春江水暖,景色宜人,都不敌河豚的鲜美味道。《初到黄州》中他写道:"自笑平生为口忙,老来事业转荒唐。"又是被贬,这次安慰大诗人的是黄州的鲜美鲈鱼,吃饱喝足起身来,又是一个美妙的世界。

对鲈鱼的喜爱,自打唐朝始。唐人热衷莼菜鲈鱼,到宋代,诗人们似乎兴趣更浓。对张翰因思家乡美食而辞官返乡的举动,诗人们不仅理解,而且多加褒扬。辛弃疾的《水龙吟》中有名句"休说鲈鱼堪脍,尽西风,季鹰归未",苏东坡也有妙句"季鹰真得水中仙""直为鲈鱼也自贤"。不少诗人因迷恋张翰莼(chún)鲈之思的典故,来江南感受莼菜鲈鱼的美味。陈尧佐有诗言:"扁舟系岸不忍去,秋风斜日鲈鱼乡。"陆游写诗道:"今年菰菜尝新晚,正与鲈鱼一并来。"宋代朱敦儒的《好事近·渔父词》中,也有这样的描写:"失却故山云,索手指空为客。莼菜鲈鱼留我,住鸳鸯湖侧。"去江南品尝一下莼菜鲈鱼,在那时似乎成了一种文人的时尚。

  鲈鱼之外,最受中国古代文人欢迎的怕就是螃蟹了。李白就曾咏叹:"蟹螯即金液,糟丘是蓬莱。且须饮美酒,乘月醉高台。"太白的肆意风流真是如何遮盖也遮盖不住,一顿螃蟹,也能数尽风骚。当然,作为资深美食家,苏轼定然不能放过螃蟹这等人间至味:"堪笑吴中馋太守,一诗换得两尖团。"以诗换蟹,这确实是苏轼做得出来的事情。宋代诗人黄庭坚也拜倒在螃蟹的美味之下:"鼎司费万钱,玉食常罗珍。吾评扬州贡,此物真绝伦。"螃蟹之美,比起那红袖添香,更令这些才子们难以割舍。《红楼梦》是不能不提的,当中的螃蟹宴可谓热闹至极,薛宝钗一句"眼前道路无经纬,皮里春秋空黑黄",令人拍案叫绝。

二、千情万绪寄于诗

  品尝过道道珍馐,也要佐以果蔬清心爽口,荔枝在诗词歌句当中就扮演着不可忽视的角色。"一骑红尘妃子笑,无人知是荔枝来",杨贵妃的万千宠爱集于一身,唐朝的盛世繁华也在这小小荔枝身上体现得淋漓尽致。比起荔枝,橙子就显得格外亲近了。于橙子上,诗人们也格外喜爱,"江头风景日堪醉,酒美蟹肥橙橘香。"听得令人心向往之,恨不得也在秋日来上这么一桌,尽享美味年华。就算不为了满足口舌,也有"照水须眉见,搓橙指爪香",浑圆天成,留香指间,也是别有一番意趣,怪不得诗人们对它情有独钟。还有其余种种,红红绿绿甜蜜清脆都是往来诗人们的心头好。纳兰性德在《菩萨蛮》里对樱桃大力推崇,更写下"深巷卖樱桃,雨余红更娇"的绮丽诗句。杜甫也在《解闷十二首》中写下"翠瓜碧李沈玉甃(zhòu),赤梨葡萄寒露成"的句子,色泽盈然,使人不由得口中生津。

  自然,中国人的餐桌上,少不了的肯定就是美酒。喜不自胜非得豪饮两碗以纵逸兴,悲伤惆怅也要一壶以浇胸中块垒。孟浩然就曾经写过:"开轩面场圃,把酒话桑麻。"农家温馨,田园风光,就在这小小一杯盏里了。王翰一句"葡萄美酒夜光杯,欲饮琵琶马上催",写尽了豪情,也写尽了美酒。李白"举杯邀明月,对影成三人",美酒在桌,明月为伴,真是潇洒倜傥到了极致。要论含蓄,则是杜牧了,"借问酒家何处有?牧童遥指杏花村"也是脍炙人口,引得后世无数人为这个"杏花村"争破了脑袋。而说到酒中格局,曹操《短歌行》中的"何以解忧,唯有杜康",几多愁绪尽散于空中。

美食在中华文明里早已自成一派,留在千千万万的诗篇中。比之壮阔江山的风景画卷、金戈铁马的战场厮杀、百转千回的多情缱绻(qiǎn quǎn),也毫不逊色。一尾尾的肥美鲈鱼,一颗颗的甜蜜荔枝,一杯杯的醇洌佳酿,正向我们诉说着一段段美丽的、难忘的故事……

(丁 骎)

诗词与工业

工业是指采集原料,并把它们加工成产品的工作和过程。工业是社会分工发展的产物,经过手工业、机器大工业、现代工业几个发展阶段。很显然,由于受生产条件、生产技术的局限,我国的古代工业无论是麻纺织业、棉纺织业、陶瓷业、造纸业,甚至冶金业、造船业等都还只能停留在手工业的浅层次生产层级上。但,恰恰是通过古老智慧的先民双手开创的手工业,并逐步发展进步,我们民族才拥有目前雄踞世界第一的现代化工业强国地位。此艰难的发展历程,在古典诗词中真切记录了它成长的不平凡足迹。

诗歌创作对于工业发展的表现,可以追溯到上古神话:"女娲炼五色石以补苍天"。这是最早的诗事,它本身就是一句极富诗意的最简练的诗歌。"女娲炼石补天"的"炼"字原作"鍊",是"金"旁,含有冶炼的意思。五色石,应该属一种矿石。"炼五色石",或许就是最古老的冶矿工业!那时,根本没有大工业可言,女娲的冶炼算是"手工业"操作吧。即便如此,那也是一种诗性操作,是惊天地、泣鬼神的!"女娲炼石补天",它是最高的诗创造,是最古老、最壮美的工业诗篇!

先人与自然的这种亲和关系,诠释了人类对自然的征服愿望。同时也说明,诗性智慧是人类最早的一种精神形态,中国工业文化从开始就具备一种诗性智慧。此后,古诗《小雅·斯干》和《大雅·绵》等诗篇,都是写建筑工业的诗。那时候搞建筑,是纯粹的手工工业,没有现代的机械化和电气化作业成分参与其中。这两首诗,尽情地描绘和歌颂古代建筑工业,表现了古代建筑业因为满足人民生活需要而空前发展的情形。

《小雅·斯干》中,极力描摹庞大的建筑群落的美妙,以此来表现建筑群落的庭院宽广、厅堂辉煌,人们借此得以安居乐业。这首诗以溪涧流水起兴,然后写这个建筑群有房屋上百间,经过手工作业的艰苦劳动而落成,从而对建筑业作了美好的歌颂,既描写了宏大的劳动场面,又对这样一个宏伟的建筑群落加以美化,表现了房屋建筑的坚固和它对人类的好处:"风雨攸除,鸟鼠攸去,君子攸芋。""攸芋",即安居的意思。新居建成,可挡风雨,可避鸟鼠,给族人以安宁祥和。建房劳动的情景,也写得绘声绘色:"约之阁阁,椓之橐橐(tuó)。"当时建房,还没有现在的水泥砖木结构,而是"干打垒",筑的是土墙,"约"是捆扎墙板,"椓"是击打、夯土。墙板安装捆扎,发出嘎嘎响声,筑墙夯土得用大力,橐橐地敲打得紧而又紧。尤其是诗的第一节,既描摹房屋建筑的无比结实,又抒写家族和睦、事业兴盛:"如竹苞矣,如松茂矣。"以竹子的根本坚固、松树的枝叶茂盛、四季长青相比喻,来营造这座建筑坚固欣荣的景象。诗歌中所表现的古代建筑工业,就是一种兴旺、和美的文化象征。

如果说,《诗经》作为我国最早的诗歌总集,为我国以诗歌讴歌劳动建设(包括工业建设)和社会生活、表现民生疾苦的现实主义传统开了先河;那么,唐诗、宋词就更是社会实践活动的产物,其中伟大的现实主义传统成为诗的脊梁和命脉,积极的浪漫主义精神更令其精彩烂漫、神思飞扬。表现和弘扬工业劳动和建设的诗篇不断增多,诗文化也更加地灿烂壮美!李白的绝句表现出冶炼工业的伟大:

炉火照天地,红星乱紫烟。
赧(nǎn)郎明月夜,歌曲动寒川。

这是最突出的一首写冶炼工人劳动的诗篇,也是我国最为壮美的古老工业文化的体现。

"照天地"和"明月夜"写光和色,炉火把天地照亮,月夜也如同白昼。

"乱紫烟"写色彩动态——火星四处挥射，竟然分不清是冶炼淬出的金花，还是空中原有的紫色烟雾了。"动寒川"写声响，歌声伴随着冶炼声响，把冰冷的平川都震动了。这样，诗里的光亮、色彩、动态、声响，相互交织在一起，构成冶炼劳动炉火辉耀、色彩浓郁的空间景象，成就了工业劳动的文化壮观。

秋浦，在今安徽省贵池县，在唐代是银和铜的产地，官家在这里开炉冶炼。唐玄宗天宝三载，李白游历到此，写了不少诗篇。一千二百多年前，工业生产的规模较小，当然谈不上炼铁高炉。不过，即使一个手工操作的土高炉，它熔炼矿石所发出的光和热，也比渔火萤光更惊动心魄。可以说，这首诗写冶炼场面，气势恢宏，色彩绚丽。

李白这首诗，不只是写出了冶炼劳动场景的美和辉煌，也烘托出冶炼的声响和嘹亮的歌声背后冶炼工人的辛酸血泪。我们可以想见，就在那茫茫矿山上，于露天旷野建造冶炼炉，广阔天宇成为背景。诗人描写月夜冶炼的壮丽场面：朦胧星月和轻纱似的紫雾掩映，冶炼炉喷射熊熊火焰，直上天空，照彻天地之间；炉口冒出蓝色火焰和红色火星，在夜间紫雾中乱窜，形成缤纷灿烂的花朵。我们听到什么了？炉火越发欢腾，劳动越发紧张，冶炼工人的劲头越发高涨，他们抒发了工业劳动的豪情，唱起了动人的、不朽的工业赞歌。

赧郎，这是诗中出现的冶炼工人——我国古诗中最豪迈的一位冶炼工人。他在冶炼炉前操作，炉火映照他的面庞，月色下特别光泽红润，他的歌声在山谷中发出回响，雄壮的旋律使山川震动。这首诗描写了震天动地的冶炼劳动，振奋人心，不只是对劳动者、对冶炼工人的赞美，赧郎的冶炼还应该是挑战封建专制的战歌，这是另一层深刻的文化含义了。

另外，以李东阳为代表的"茶陵诗派"，主性情，尚创新，推崇李杜，不拘一格。李东阳写的《筑城怨》，强烈地反对专制暴政："筑城苦，筑城苦，城上丁夫死城下，长号一声天为怒，长城忽崩复为土！"这是一首写建筑工业的诗，以夸张的比喻创新，筑城的人长号一声，就连天地都震怒了，诗人怒火中烧，让整个长城忽然崩塌，化作了土！

康熙年间，苏州已经是仅次于京城的天下第二大城市。阊门地区更加繁荣，成为苏州商业交易的中心和重要货物集散地。早在明代，江南第一才子唐寅（唐伯虎）就曾在《阊门即事》中云："世间乐土是吴中，内有阊门又擅雄。翠袖三千楼上下，黄金百万水西东。五更市贾何曾绝，四远方言总不同。若使画师描作画,画师应道画难工。"水运如此繁忙、发达,让我们从侧面窥见当时造船工业的辉煌程度!

　　古典诗词中再现了古老民族工业的发展、壮大,有的工业项目甚至带有血泪色彩,但它着实为我国蓬勃的现代工业发展奠定了扎实的根基。

(任义兵)

诗词与服务业

　　自从古人有了商品交换的行为,为了推销商品或提供服务,借用诗词来扩大服务业的影响力,不能不说是智慧的选择。如春秋时期宋人有"酤(gū)酒者,升概甚平,遇客甚谨,为酒甚美,悬帜甚高"(《韩非子·外储说右上》)。这段精妙的文字不仅表明了他们已知道采用高挂充满诗意酒旗的手段来招揽生意,还描述了酒家讲究服务态度,用美酒待客的服务形象。

　　同样,古诗词中涉及的服务业领域可谓广矣。

　　唐代大诗人李白在他的《客中行》中云:"兰陵美酒郁金香,玉碗盛来琥珀光。但使主人能醉客,不知何处是他乡。"这也许可算我们至今能够确认的第一首描述酒店服务的诗。

　　苏东坡被贬至海南儋州,据说当地有一位孤老太太所卖的环饼(馓子)非常好吃,但因店面处在偏僻的地方,生意寡淡,连维持生计都很艰难。老太太倾慕苏轼的大名,恳请苏轼为小店题诗,以之为生意扬名。苏轼十分同情老人,为她亲笔题写了一首诗:"纤手搓来玉色匀,碧油煎出嫩黄深。夜来春睡知轻重,压匾佳人缠臂金。"诗中对原始手工饮食服务业的色、香、味、形做了生动的描画,据说,这首诗使得该店声名远播,从此生意红火。

　　苏东坡还有一首词:"黄州好猪肉,价贱如泥土。贵者不肯吃,贫者不解煮。早晨起来打两碗,饱得自家君莫管。"这是为了宣传他被贬黄州时所创的"东坡肉"所作。这首诗词通俗易懂,针对的目标受众比较大众化和平民化。它突出了"东坡肉"制作工艺的独特性,而且美味经饱的利益点呼之欲出。更重要的是,诗作开篇名义,"好吃不贵"是产品当时独特的卖点。精简的文字、明确的传播主题,完美地表达了产品的独特信息和传播目标,使得"东坡肉"在今天依然有着广泛的知名度和高度的品牌价值。

清朝道光年间,杨静亭曾撰《都门杂咏》,集诗百首。其中《水晶糕》一首为绍兴的"水晶糕"服务业做了如下的宣传:"绍兴口味制来高,江米桃仁软若膏。甘淡养脾疗胃弱,进场宜买水晶糕。"

以上有关环饼(馓子)、东坡肉、水晶糕的诗歌都呈现了相应时代尚处于手工服务业的鲜明特色。不仅如此,为了将服务行业的价值直接传递给顾客,诗歌在创作上还很有讲究呢!

宋朝柳永一首《望海潮》中描绘的"三秋桂子,十里荷花。羌管弄晴,菱歌泛夜"的景象,令金主闻之欣然向往,直欲攻下宋朝。这便是古诗词令人无法抗拒的语言之美。由此可以看出古诗词语言表现力的强势,而这样轰动的传播效果则是任何服务业宣传都无法拒绝的。当然,其他文学形式也可达到这样的效果,但那需要长时间的宣传。古诗词则是集精、简和语言优美于一体,成为强势传播的载体。

德国哲学家黑格尔说:"艺术最重要的一方面从来就是寻找引人入胜的情境,就是寻找可以显现心灵方面的深刻而重要的兴趣和真正意蕴的那种情境,文学艺术创作的重要任务就是创造情境交融的艺术境界。"

用巧妙的词语构造出深远的意境,不仅能够加深人们对事物的形象记忆,还可引起人对事物回味和深度思考。如:"月落乌啼霜满天,江枫渔火对愁眠。姑苏城外寒山寺,夜半钟声到客船",这首诗意境之深远,时隔千年都能够让人们通过对意境的理解达到心灵上的共鸣,感觉到诗中那个形象就是自己。从传播角度分析,这就是站在对方的立场上,为对方考虑,于是非常自然地就拉近了与受众的距离,这样在不经意间你就占据了受众的心智,于是"寒山寺"这一服务信众的佛教圣地自然而然地广为人知了。

谈到古典诗歌中的服务业,不可避免地要提及中国古代特有的青楼文化。特别是唐、宋、明时期,从京城到地方,从城市到乡村,青楼的大量出现不仅汇聚了一批深谙琴棋书画的才女,同时也为当时的文人墨客提供了诗词歌赋的创作素材,使青楼文化有了取之不尽、用之不竭的源泉。尤其是文人墨客与青楼歌女的相遇,更是拓展了青楼文化的崭新境界,成为了中国文学史上较为耀眼的亮点,使得每个朝代的诗词精华中都有青楼女子占一席之地。

柳永，福建崇安的浪子柳七郎。据说，当时能和柳七郎一起填词，已成了青楼歌女们的夙愿。"不愿君王召，愿得柳七叫；不愿千黄金，愿得柳七心；不愿神仙见，愿识柳七面"，正是当时青楼时尚的真实写照。柳永曾给一个叫荔枝的歌女写了一封情书，这封情书就是一首词，叫作《荔枝香》，十分经典。他在词中写道："甚处寻芳赏翠，归去晚。缓步罗袜生尘，来绕琼筵看。金缕霞衣轻褪，似觉春游倦。遥认，众里盈盈好身段。拟回首，又伫立、帘帏畔。素脸红眉，时揭盖头微见。笑整金翘，一点芳心在娇眼。王孙空恁肠断。"而《望海潮》是柳永笔下的另一种风月场面，也是宋词中彰显青楼服务文化的最高水平，词中写道："东南形胜，三吴都会，钱塘自古繁华。烟柳画桥，风帘翠幕，参差十万人家。云树绕堤沙，怒涛卷霜雪，天堑无涯。市列珠玑，户盈罗绮，竞豪奢。重湖叠𪩘清嘉。有三秋桂子，十里荷花。羌管弄晴，菱歌泛夜，嬉嬉钓叟莲娃。千骑拥高牙，乘醉听箫鼓，吟赏烟霞。异日图将好景，归去凤池夸。"

服务业在古诗词中，向顾客传播的信息是以符号为载体的，即用最少的文字表达强有力的信息和最强烈的感情，让受众从诗歌媒体传播的符号中，获得服务业的信息，也让顾客真真切切地享受诗歌中描述的服务项目，可谓一箭双雕。

（任义兵）

第三章
诗词与民俗

千门万户曈曈日,总把新桃换旧符。
惆怅东栏一株雪,人生看得几清明。
我欲从灵均,三湘隔辽海。
夏之日,冬之夜。百岁之后,归于其居!
之子于归,宜其室家。
女曰鸡鸣,士曰昧旦。
……

诗词与节气

文质彬彬的节令诗

历史悠久的华夏农耕文明孕育了独具特色的节令文化。"春雨惊春清谷天,夏满芒夏暑相连。秋处露秋寒霜降,冬雪雪冬小大寒。"相信大家都熟悉这首朗朗上口的节令诗歌。而我们现在谈及的节令不仅是指二十四节气的气候和物候,还包括与农时、农历时令等紧密联系且寓意丰富的节日。

这些节令积淀着中国古代劳动人民丰富的生产经验,渗透着先民本真的生活智慧,浸润着醇厚的风土人情,并在漫长的历史长河中不断被充实、深化。这些节令越来越具有普遍性和稳定性,具有极强的民族特质和凝聚力,被赋予了独特的生命,其精神内核影响着中国几千年来的文人骚客。反过来说,文人墨客的诗词歌赋也丰富、拓展着节令的文化意蕴和精神内核。

人有气质叫腹有诗书,而一个节令如果覆盖了美妙绝伦的诗词曲赋,那又该是怎样的文质彬彬?

第一,大量的节令诗往往直接叙写节气变化及景象或相关的农事活动等。

中华文明形成了以农耕文化为基础的、与四季和节令周期密不可分的传统生活习俗。因此根植于这种土壤的节令诗角度多元、数量杂多,涉及各个节令,而内容大多直陈其事,偶有寄托。以下仅选取几首流传甚广的诗歌,不做详细解读,仅供参考。

诗歌的四季中,好像春天最盛,诗如一川烟草满城飞絮般浩渺连绵,尤其清明、寒食这两天,又如雨后春笋般喷发,不可阻遏,年复一年。

只说其中最声名显赫的两首诗。

一首是杜牧的"清明时节雨纷纷,路上行人欲断魂",几乎妇孺皆知,好像没有几个节日的诗能到这样家喻户晓的地步。

另一首,是韩翃的"春城无处不飞花,寒食东风御柳斜",读书人几乎无人不晓,到处引用,成为对联常用句。

其他节令的诗词也浩如烟海,略举几例:

> 爆竹声中一岁除,春风送暖入屠苏。
> 千门万户曈曈日,总把新桃换旧符。
>
> (宋·王安石《元日》)
>
> 一二三四五六七,万木生芽是今日。
> 远天归雁拂云飞,近水游鱼迸冰出。
>
> (唐·罗隐《京中正月七日立春》)
>
> 殆尽冬寒柳罩烟,熏风瑞气满山川。
> 天将化雨舒清景,萌动生机待绿田。
>
> (宋·刘辰翁《七绝·雨水》)
>
> 夜莺啼绿柳,皓月醒长空。
> 最爱垄头麦,迎风笑落红。
>
> (宋·欧阳修《五绝·小满》)

第二,节令本身包含特定的文化内涵和民族心理,特别是些传统佳节或重要节气,因此不少节令诗词借写节令,别有寄托,既准确而真实地反映了诗人的精神状态和独特感受,又包含了丰富的世俗人情和超脱个人的复杂思想情感。

这主要体现在两个方面:

1. 在特殊节令,有感而发,书写个人得失荣辱或前途命运、情感心志的诗词。如:

> 昨夜斗回北,今朝岁起东。
> 我年已强仕,无禄尚忧农。
> 桑野就耕父,荷锄随牧童。
> 田家占气候,共说此年丰。
>
> (唐·孟浩然《田家元日》)

常言说,新年新打算。新年一到,人总会不自觉回首过往,展望未来。这首诗就叙写了诗人新年伊始的心绪。前四句交代时令,时光匆匆,又是新春,自己已届四十,仍未做官,不禁产生淡淡的哀伤;后四句写自己与牧童、农人一起推测气候、年成,好像结果还不错,对新一年充满憧憬,不觉又有一丝自适之情。"共说此年丰"当有双重含义:一是指农田耕种的丰收,二是企盼即将去长安赴试有一个好的结果。全诗语调平和,而意味深长,把诗人复杂微妙的新春梦想表达得淋漓尽致。

苏轼的《东栏梨花》也很典型:

梨花淡白柳深青,柳絮飞时花满城。
惆怅东栏一株雪,人生看得几清明。

清明时节,草熏风暖,梨花如雪,诗人以柳青衬梨白,可谓是一青二白,并把咏梨花与自咏结合了起来。这"一株雪"不正是诗人自己的化身吗?因为苏轼一生正道直行,清廉洁白,坦荡如砥。诗人还用了"人生看得几清明"来侧面烘托梨花之"清明",同时亦有自我期许之情。

2. 节令诗中,往往伴随亲情、友情、大众情和家国情等情感因素大量的喷涌或叠加,汇合成一道道情感洪流,滂滂沛沛,波涛滚滚,动人心魄。如上文所述,节令本身的文化特性往往反映着普遍而稳定的民族情感和心理,尤其是中国的一些传统佳节,如上元、清明、端午、七夕、中秋、重阳、除夕等。这些节令常渗透着孝悌之仁、和合之道、家国之爱等基因,成为诗词主要的思想情感内核;而反过来,这些节令诗词又会艺术地拓展、丰富节令的文化内涵和精神内核,让节令变得更具有广泛性和民族凝聚力。

除夕、中秋乃至重阳等佳节,哪一个节日不呼唤着亲人的团聚?哪一首诗歌不浸润着浓浓的思恋?家是游子的归宿,故乡是诗人眺望的方向。王维《九月九日忆山东兄弟》中"独在异乡为异客,每逢佳节倍思亲"的名句道尽了漂泊游子的孤独和思念,而"遥知兄弟登高处,遍插茱萸少一人"的落寞与无奈又多么让人心碎不已。类似的情感在白居易《邯郸冬至夜思家》中更写得真切感人:

邯郸驿里逢冬至,抱膝灯前影伴身。
想得家中夜深坐,还应说着远行人。

冬至的寒夜,诗人形影相吊,孤灯相伴,思绪飘飞,抱膝难眠,不断想象家中亲人或许也因惦念远行在外的自己而深夜坐谈的画面,说不出是欣慰还是辛酸……是啊,游子们的夜晚都是被思亲念乡的情思包裹住的。

到了东坡这里,词的境界开阔起来,情感也不局限于"小我"了。在传唱千古的《水调歌头·明月几时有》中,东坡于中秋之夜把酒问月,"兼怀子由",在"起舞弄清影"的醉态中高喊出了"人有悲欢离合,月有阴晴圆缺,此事古难全。但愿人长久,千里共婵娟"的古今至情!一语点透了中秋之于国人的特殊意蕴!

可以说,深沉的民族感情来源于优秀民族传统文化的培育,而传统节令正是培育优秀民族文化的沃土。在千年传承积累中,端午节俗丰富,内涵厚重。南宋文天祥的《端午即事》可见一斑:

> 五月五日午,赠我一枝艾。
> 故人不可见,新知万里外。
> 丹心照夙昔,鬓发日已改。
> 我欲从灵均,三湘隔辽海。

这是文天祥德祐二年(1276年)出使元军被扣,在镇江逃脱却又为谣言所诬陷时,表明心志,愤然写下的诗。国难时艰,诗人虽命途多舛,鬓发已改,颇多无奈,但恰逢端午,想到屈原(字灵均)为国奔波壮心不已的形象,内心深处仍然满怀着"丹心照夙昔"的壮志。由此可见,端午节的文化意义从某种程度上激发着文天祥融个人生命与家国情怀为一体的爱国豪情。时至今日,端午粽叶飘香,莫忘家国情怀还是端午节的精神内核之一。

总之,作为中华文化重要组成部分的节令文化和诗歌文化,互促互融,相得益彰,熠熠生辉!特别是浸润节令文化的诗篇灿烂如花,脍炙人口。有许多节令诗成为精品传世,甚至成为节日的文化代言;这是节令之幸,抑或是诗歌之幸,"此中有真意,欲辨已忘言"!

(石慧斌)

诗词与丧事

生老病死是人生之常，不可避免。在中国，亲友去世，生者一定会举办丧事祭悼逝者，于是出现了祭悼文化，相应也产生了祭悼文学。中国古代以祭悼为核心内容的作品繁若星辰，其于《诗经》《楚辞》已发端绪，绵延后世，代代不绝，不论是何朝何代、哪种体裁，均可见到。其中以诗歌形式呈现的悼亡哀祭作品最为丰富，称作悼亡诗，是祭悼文学的重要组成部分。我们仅从悼亡诗中就能一探中国古代悼亡哀祭文化。

一、悼亡诗与悼亡文学

祭悼文学是伴随人类情感和民俗文化发展而产生的，其体裁包括：诔辞、哀吊、哀辞、祭文、吊文、悼亡诗等。悼亡诗是祭悼文学的一个重要分支。祭悼文学起源于原始人类对死亡的认识。古人类相信灵魂不死，所以丧葬仪式也比较复杂，常伴有巫术仪式。巫者在葬礼中所念的咒语就是祭悼文学作品的早期胚胎。

祭悼活动既反映了人类对死亡的畏惧，也表现了生者对死者的怀念。古代文明社会中规定了一系列的丧葬制度和文化礼俗，使得原本属于个体人伦情感的活动变成了社会所共同遵守的准则。因此，悼亡活动既是一种人伦现象、情感现象，又是一种社会现象。如《礼记·杂记》谓："父有服，宫中子不与于乐；母有服，声闻焉，不举乐；妻有服，不举乐于其侧。大功将至，辟琴瑟；小功至，不绝乐。"《礼记·丧大记》称："父母之丧，……非丧事不言。"这些礼义教条都规范了人们在丧服中的言行，导致人们在表达主体情感时受到一定程度限制。悼亡文学作为祭悼活动的文学表现，其发展也受到了限制。比如人类最重要的夫妻之情，正常情况下在祭悼文学中应当占较大比重，然而传统礼教和男尊女卑的思想导致悼念夫妻的作品在祭悼文学中显得非常拘束。古代士大夫凭吊内室往往会遭来非议，甚至在服满后也会被认为是不思进取、眷恋室帷。因而,一些人虽有满腔遗恨却不敢表露出来。痛失爱人的人,在"梧桐半死清霜后"(宋·贺铸《鹧鸪天》),不敢尽情地宣泄情感,只能是"虽知不得公然泪"(唐·赵嘏《悼亡二首》)而让"悲泪空流枕"(宋·梅尧臣《梦睹》),只落得"时泣阑干恨更多"(唐·赵嘏《悼亡二首》)。就连大诗人苏轼也只好十年后才吟咏出"十年生死两茫茫"。

但情感的洪流毕竟阻挡不住。早在《诗经》中就出现了悼亡题材的作品,如《邶风·绿衣》和下面的《唐风·葛生》。

> 葛生蒙楚,蔹(liǎn)蔓于野。予美亡此,谁与？独处！
> 葛生蒙棘,蔹蔓于域。予美亡此,谁与？独息！
> 角枕粲兮,锦衾(qīn)烂兮。予美亡此,谁与？独旦！
> 夏之日,冬之夜。百岁之后,归于其居。
> 冬之夜,夏之日。百岁之后,归于其室。

虽然这两首诗是否为悼亡作品还存在争议,但大多数现当代研究者认为它们属于悼亡作品的开端。

西晋潘岳的《悼亡诗三首》,既继承了前代作品,又开创了悼亡诗新的艺术境界。他第一次在诗中如此淋漓尽致地吐露了一个丈夫对亡妻的怀悼深情,打破了礼教的设防。

到唐朝,悼亡诗有了较大的发展,如杜审言、元稹、韦应物、李商隐等诗人都有悼亡作品传世。宋时不但有悼亡诗,而且出现了悼亡词,这是悼亡作品在体裁上的重大发展,代表人物有梅尧臣、苏轼等。而元、明、清三代的悼亡文学,随着封建统治的强化,没有得到多大的发展。

二、悼亡诗中伤逝主题的不同类型

(一) 昔人已逝,睹物伤怀

唐人有诗云:"年年岁岁花相似,岁岁年年人不同。""袖中忽见三行字,拭泪相看是故人。"古代悼亡作品中普遍存在景存人亡、感物伤怀的诗作,早在《诗经》中就有表现。例如《邶风·绿衣》:

> 绿兮衣兮,绿衣黄里。心之忧矣,曷(hé)维其已！

> 绿兮衣兮,绿衣黄裳。心之忧矣,曷维其亡!
> 绿兮丝矣,女所治兮。我思古人,俾(bǐ)无訧兮!
> 绨(chī)兮绤兮,凄其以风。我思古人,实获我心!

作者目睹亡妻所织做的绿衣,睹物思人,心动神摇,感情如洪水一般滔滔而泄,孤独之感,失侣之痛充斥于胸。

但真正充分表现景存人亡、感物伤怀的应该是潘岳的《悼亡诗三首》:

其一

> 荏苒冬春谢,寒暑忽流易。
> 之子归穷泉,重壤永幽隔。
> 私怀谁克从,淹留亦何益。
> 僶俛恭朝命,回心反初役。
> 望庐思其人,入室想所历。
> 帏屏无仿佛,翰墨有余迹。
> 流芳未及歇,遗挂犹在壁。
> 怅恍如或存,回惶忡惊惕。
> 如彼翰林鸟,双栖一朝只。
> 如彼游川鱼,比目中路析。
> 春风缘隙来,晨霤承檐滴。
> 寝息何时忘,沉忧日盈积。
> 庶几有时衰,庄缶犹可击。

潘岳对亡妻故物进行铺叙状写,以表达沉痛哀悼之情,感情真挚,读罢不觉泪已湿襟。清代何焯曾指出:"安仁(潘岳,字安仁)《悼亡》,盖在终制以后,荏苒冬春,寒暑忽易,是一周已期也。古人未有丧而赋诗者。"(《义门读书记》)据《仪礼·丧服》所记,妻子殁后,丈夫应当守丧一年,除服才能恢复正常的工作和生活。潘岳之诗,正是痛定思痛之作。

其后,江淹《悼室人》"秋至捣罗纨,泪满未能开",沈约《悼亡诗》"游尘掩虚座,孤帐覆空床",薛德音《悼亡》"凤楼箫曲断,桂帐瑟弦空。……苔生履迹处,花没镜中尘",杜审言《悼亡》"二八泉扉掩,帷屏宠爱空",等等,都表现了景存人亡、感物伤怀这一伤逝主题。

悼亡诗发展到盛唐,景存人亡、感物伤怀的表达比前代更加具体细腻。唐代诗人元稹(zhěn)吊亡妻韦氏的《遣悲怀三首》就是其代表:

其一
谢公最小偏怜女,自嫁黔娄百事乖。
顾我无衣搜荩(jìn)箧(qiè),泥他沽酒拔金钗。
野蔬充膳甘长藿,落叶添薪仰古槐。
今日俸钱过十万,与君营奠复营斋。

其二
昔日戏言身后意,今朝都到眼前来。
衣裳已施行看尽,针线犹存未忍开。
尚想旧情怜婢(bì)仆,也曾因梦送钱财。
诚知此恨人人有,贫贱夫妻百事哀。

其三
闲坐悲君亦自悲,百年都是几多时。
邓攸无子寻知命,潘岳悼亡犹费词。
同穴窅冥何所望,他生缘会更难期。
惟将终夜长开眼,报答平生未展眉。

清代衡塘退士说:"古今悼亡诗充栋,无能出此范围者,忽以浅近忽之。"虽然这一说法有些过头,但可以看出元稹的三首诗是他至性至情的表现,于叙事之中融入强烈的情感。诗中写人亡物在,触目生悲,昔时的"戏言"变成"眼前"的现实;妻子的旧衣施舍于人"行看尽",将她做过的女红保存起来"未忍开",都含有无限悲意;"尚想旧情"是指第一首诗中提到的情与事,以至于看到曾经在妻子身边的婢仆也平添了一层哀怜,这是诗人思念妻子情感的嫁接,也是他伤悼之情的自然流露;尽管诗人也承认夫妻之间永别的遗恨人皆有之,但对于他与韦氏"贫贱夫妻"来说,尤其有着彻骨椎心之痛。这三首诗相对于前代的悼亡诗来说显得更为具体,描写更加细腻,表达情感更加婉转生动。

另外,有的诗人还通过今昔的对比来表现哀悼,例如韦应物的《出还》:

> 昔出喜还家,今还独伤意。
> 入室掩无光,衔哀写虚位。
> 凄凄动幽幔,寂寂惊寒吹。
> 幼女复何知,时来庭下戏。
> 咨嗟日复老,错莫身如寄。
> 家人劝我餐,对案空垂泪。

诗中通过昔日与现在出还归家的对比来表达对亡妻深深的怀念。旧室已"无光",幽幔依旧"寒吹",表现了物还在、人已去、泪空垂的凄凉之感。生活中平凡的细节,被作者用来表达厚重的情感,显得那么真切感人。

景物作为悼亡作品中被对象化、情感化的表现机制,被历代追悼者道出:

> 玉簟(diàn)失柔肤,但见蒙罗碧。……归来已不见,锦瑟长于人。(李商隐《房中曲》)
> 有在皆旧物,唯尔与此共。衣裳昔所制,箧笥(sì)忍更弄。(梅尧臣《悲书》)
> 可惜舞衣犹粉黛,不堪歌扇已埃尘。(陆佃《悼亡八首·其二》)
> 秋风萧索响空帏,酒醒更残泪满衣。(吴伟业《追悼》)
> 记绣榻闲时,并吹红雨;雕阑曲处,同倚斜阳。(纳兰性德《沁园春》)
> 病骨忧深心复松,空堂独坐思遗踪。近窗翠幕银灯暗,绕屋花砖碧藓封。(博尔都《悼亡》)

以上作品或景或物、触之生情都是用来表达对祭悼对象的哀恋。物与景本身并不能反映人类情感,一旦被主体赋予情感后,则充分地达到了追悼伤逝的目的。

(二) 人去楼空,独饮孤独

元稹在《感逝》诗云:"情知此恨人皆有,应与暮年心不同。"因此,在历代悼亡诗中也普遍表现了人去屋空、孤独凄凉之感。从《诗经·唐风·葛生》中的"独处、独息、独旦",到潘岳的"双栖一朝只""比目中路析";从江淹的

"风光肃入户,月华为谁来",到韦应物的"一旦入闺门,四屋满尘埃";从元稹的"朝从空屋里,骑马入空台。尽日推闲事,还归空屋来。月明穿暗隙,灯烬落残灰。更想咸阳道,魂车昨夜回",到梅尧臣的"窗冷孤萤入,宵长一雁过。世间无最苦,精爽此销磨";从张耒的"独立高楼对残日,秋风吹得泪千行",到博尔都的"溪禽空羡眠双翼,庭树虚教种合欢。痛饮浊醪(láo)愁不解,中宵无寐起长叹",这些诗句都表现了人去屋空、孤独凄凉之感。

古代士大夫们一心只为治国平天下,而"主内"之人一旦亡去,上有老下有小,无人照顾,如"最是伤心看稚女,一窗灯火照鸣机"(吴伟业《追悼》)就表达了妻子亡故后丈夫面对稚女幼子伤心欲绝的悲情。另外,这类诗中还经常出现"游尘掩虚席,孤帐覆空床""结眉向蛛网,沥思视青苔"的情景,都反映了诗人面对空屋悲痛欲绝、无心料理居室庭院的孤寂心境。

孤独凄凉的情感郁积于作者心中,往往产生"泪咽却无声"的伤心境地。清人的一首《金缕曲·亡妇忌日有感》道尽人间悼亡情:

此恨何时已?滴空阶、寒更雨歇,葬花天气。三载悠悠魂梦杳,是梦应久醒矣!料也觉、人间无味。不及夜台尘土隔,冷清清、一片埋愁地。钗钿(diàn)约,竟抛弃!

重泉若有双鱼寄,好知他、年来苦乐,与谁相倚?我自终宵成转侧,忍听湘弦重理?待结个、他生知己。还怕两人俱薄命,再缘悭(qiān)、剩月零风里。清泪尽,纸灰起。

这是纳兰性德在其妻亡故三周年的忌日写的一首悼亡词。词人怀念亡妻,表现了沉痛孤寂的心情,写得哀婉凄恻。这首悼亡词以决绝表情深,说妻子魂梦不回,是因她觉得"不及夜台尘土隔",想结再生之缘,却"还怕两人俱薄命",又希望死者复生"湘弦重理",或为连理枝,幽魂相守。整首词充满了孤独之感,格调低沉凄婉。

(三) 生则同室,死则同穴

在传统文化中,夫妻、恋人"生则同室、死则同穴"是最大的幸福。《孔雀东南飞》中焦仲卿与其妻生不能同室,就寄希望于死后团聚,所以会出现"枝枝相覆盖,叶叶交相通。中有双飞鸟,自名为鸳鸯。仰头相向鸣,夜夜达五更"

的浪漫主义色彩的故事情节,表现了大众对坚贞爱情和美好生活的向往。

正因为"生则同室,死则同穴"是人们对于完美爱情的共同向往,所以在悼亡诗中普遍存在。它不仅表现了作家的悲伤情感,也表现了他们对美好人生不止的追求。早在《诗经·唐风·葛生》中就有"夏之日,冬之夜。百岁之后,归于其居",表达了时光可以流逝,但痴心不改,生不能同室,死则应同穴的情感。

同穴窅(yǎo)冥何所望,他生缘会更难期。唯将终夜长开眼,报答平生未展眉。(元稹《遣悲怀三首》)

生平同此居,一旦异存亡。斯须亦何益,终复委山冈。(韦应物《送终》)

终当与同穴,未死泪涟涟。(梅尧臣《悼亡三首》)

音容想像知何处,地下相逢果是非。(王安石《一日归行》)

辛苦共尝偏早去,乱离知否得同归。(吴伟业《追悼》)

从以上历代悼亡作品可以看出古人对"生则同室,死则同穴"的情感追求矢志不渝。

古人云:"夫妻本是同命鸟"。既然"同命",就表明要生死与共。这也说明夫妻之间的爱情随着时间的推移必然转化为相互依靠、互为连理、一荣俱荣、一损俱损的依存关系,而非花前月下的简单盟誓。一旦依存的一方突然失去,剩下的时间也就变成残生了。因此,生则同室、死则同穴,既寄托了人们的愿望,又承载了厚重的情感,是悼亡主题的又一重要情感表现。

(四)朝思暮想,梦中寄情

以梦的意象来表达情感、表达追悼更显生动、真切。潘岳的《悼亡诗三首》就有梦的痕迹:"寝息何时忘,沉忧日盈积。"发展到唐朝,这种现象已普遍存在。如韦应物《感梦》:

岁月转芜漫,形影长寂寥。

仿佛觏(gòu)微梦,感叹起中宵。

绵思霭流月,惊魂飒回飙。

谁念兹夕永,坐令颜鬓凋。

另外,元稹也有《感梦》诗一首:

> 行吟坐叹知何极,影绝魂销动隔年。
> 今夜商山馆中梦,分明同在后堂前。

两首同题诗主题相同,但表达方式却各具特色,前者将悼亡与自悼相结合,表达无可挽回的情感,后者则反映了刻骨铭心的眷恋之情。

而宋时梅尧臣的《来梦》又是另一番韵味:

> 忽来梦我,于水之左,不语而坐。忽来梦余,于山之隅,不语而居。水果水乎,不见其逝。山果山乎,不见其途。尔果尔乎,不见其徂。觉而无物,泣涕涟如,是欤非欤。

全诗采用《诗经》四言成句的创作手法,表达出"美人化作秋风去,只有清魂梦里来"的强烈思念之情和哀痛之意。

词人苏轼则是"夜来幽梦忽还乡,小轩窗,正梳妆。相顾无言,唯有泪千行",又比前几首来得更加生动真切。

诗人们强烈的情感通过梦的方式得到满足,在悼亡诗中梦的意象又将这一情感淋漓尽致地传达给了读者。可以说"梦"在死者、悼亡者与读者之间起到了双重媒介的作用。因此,除了以上提到的诗作,还有韦庄的《独吟》、元稹的《梦井》、韦检的《梦后自题》、李商隐的《七月二十九日崇让宅宴作》、梅尧臣的《梦睹》、陆佃的《悼亡八首·其三》、鲍瑞骏的《梦内》、纳兰性德的《南乡子·为亡妇题照》等悼亡诗词中也都出现了梦的意象。悼亡者因思而梦、由梦达情,是这一情感模式的重要表现手段。

(田志平)

诗词与婚姻

诗歌是发乎情的文学形式。古人在生活中每有所感,即吟咏慨叹,一抒胸中意气。遇到日常生活中不常见到或不期预料的人生大事时,更须感慨一番,也就更需诗歌纾解了。人生大事当然包括婚姻大事。古往今来,结婚之喜事,必定吹拉弹唱、锣鼓喧天,亲朋相聚,热闹非凡。只不过今人唱歌,古人吟诗。

两厢情愿,喜结连理,当然是皆大欢喜的事。可是在古代封建社会,结婚是"父母之命,媒妁之言",结婚的双方甚至毫不相知,这其中也必然有委屈、惊惶。更有甚者,儿女已经有意中之人却被迫分离,嫁娶父母相中的所谓门当户对的人,这时候,外人看来是喜事,对于当事人可能是悲剧了。而这些,在诗歌当中都有所体现。

一、父母之命,媒妁之言

中国古代社会实行"父母之命、媒妁(shuò)之言"的封建婚嫁礼制,对女子提出"三从四德"的要求。"父母之命"是指古代婚姻不是建立在儿女两厢情愿的基础之上,而是双方父母达成的一致协议而已。这样的婚姻,或有终成眷属的,但大都饱含着苦涩的无奈。这一礼制在乐府诗中也多有体现。例如耳熟能详的《孔雀东南飞》中,就声泪俱下地控诉了封建婚嫁礼制的残酷无情。刘兰芝与焦仲卿本是一对恩爱夫妻,因刘兰芝未得到婆婆焦母的认可,焦母便强行让儿子停妻另娶:

阿母谓府吏:"何乃太区区!此妇无礼节,举动自专由。吾意久怀忿,汝岂得自由!东家有贤女,自名秦罗敷。可怜体无比,阿母为汝求。便可速遣之,遣去慎莫留!"

府吏长跪告:"伏惟启阿母,今若遣此妇,终老不复取!"

>阿母得闻之,槌(chuí)床便大怒:"小子无所畏,何敢助妇语!吾已失恩义,会不相从许!"

在刘兰芝被休回家之后,更是遭到兄弟嫌弃,无奈之下听从长兄之命,另配县令之子:

>新妇识马声,蹑履相逢迎。怅然遥相望,知是故人来。举手拍马鞍,嗟叹使心伤:"自君别我后,人事不可量。果不如先愿,又非君所详。我有亲父母,逼迫兼弟兄。以我应他人,君还何所望!"

可见在古代社会,父母之命是男女婚嫁的决定性因素。最终,刘兰芝与焦仲卿这对在现实生活中遭受家长阻扰不能执手偕老的夫妻心灰意冷,共赴黄泉,只留下一段遗憾,令后人怅惘不已:

>其日牛马嘶,新妇入青庐。奄奄黄昏后,寂寂人定初。"我命绝今日,魂去尸长留!"揽裙脱丝履,举身赴清池。
>府吏闻此事,心知长别离。徘徊庭树下,自挂东南枝。

而何又为媒妁之言呢?媒,就是谋合;妁,就是斟酌;媒妁,即斟酌情况,谋合两姓,使其相成。例如《孔雀东南飞》中县令派遣媒人来刘家提亲说合:

>媒人去数日,寻遣丞请还。说有兰家女,丞籍有宦官。云有第五郎,娇逸未有婚。遣丞为媒人,主簿通语言。直说太守家,有此令郎君。既欲结大义,故遣来贵门。

媒人主要起婚姻双方的中介作用。因为古代生活圈子很小,很少往来,对彼此情况都不熟悉,需要媒人加以介绍说合,这时候,媒人的介绍就有了相当重要的分量。在婚嫁方面,男女双方的情况都是通过媒人的介绍加以了解并结亲的。媒人不仅是双方认识了解的渠道,也是体面守礼的表现。没有媒人的婚姻在古代是不被社会所认可的,在《卫风·氓》中就有所体现:

氓之蚩蚩,抱布贸丝。匪来贸丝,来即我谋。送子涉淇,至于顿丘。匪我愆(qiān)期,子无良媒。将子无怒,秋以为期。

因为没有好的媒人,女子即使对男子有意也不能答应婚事。所以有谚语云:"天上无云不下雨,地上无媒不成亲。"这也就形成了一种思想,即只有通过父母之命、媒妁之言的婚姻,才是合理的婚姻,才具有社会普遍承认的合法性。

普通男女尚不能自己决定自己的婚姻,而地位更为卑贱的奴婢侍从,就更妄谈了。她们的婚姻,也许就是主人的一时兴起、一句笑谈、一个交易。《云溪友议》中记载了这样一个故事:元和年间秀才崔郊的姑母有一婢女,生得姿容秀丽,与崔郊互相爱恋,后却被卖给显贵于頔(dí)。崔郊念念不忘,思慕无已。一次寒食节,婢(bì)女偶尔外出与崔郊邂逅,崔郊百感交集,写下了诗歌《赠婢》:

公子王孙逐后尘,绿珠垂泪滴罗巾。
侯门一入深似海,从此萧郎是路人。

这首诗写的是自己所爱者被劫夺的悲哀。但由于诗人的高度概括,便使它突破了个人悲欢离合的局限,反映了封建社会里由于门第悬殊所造成的爱情悲剧。

二、喜结连理,琴瑟和鸣

古代虽然都是"父母之命,媒妁之言",但不代表没有幸福的婚姻,也有一些诗歌是幸福婚姻的写照,它们大多描写的是男女喜结连理、夫妻琴瑟和鸣的美好画面。例如《诗经》中的《国风·周南·桃夭》是一首贺新娘出嫁的诗,全诗洋溢着对女子婚姻幸福、家庭美满的祝愿和期待:

桃之夭夭,灼灼其华。之子于归,宜其室家。
桃之夭夭,有蕡(fén)其实。之子于归,宜其家室。
桃之夭夭,其叶蓁蓁(zhēn)。之子于归,宜其家人。

全诗分为三节,都是对女子婚姻的祝福,但又各不相同。第一节以鲜艳的桃花表现经过打扮后新娘的年轻娇媚。出嫁之时,女子既兴奋又羞涩,两颊绯红,不正像盛开的桃花吗?第二节则是对新娘婚后的祝愿。桃花开后,自然结果,丰硕的果实象征着新娘早生贵子,儿孙满堂。第三节以桃树枝头的累累硕果和桃树枝叶的茂密成荫,来象征新娘婚后家庭人丁兴旺、富贵祥和的情景。

《国风·郑风·女曰鸡鸣》表现了年轻夫妻和谐的家庭生活和诚笃而热烈的感情:

女曰鸡鸣,士曰昧旦。子兴视夜,明星有烂。将翱将翔,弋凫与雁。
弋言加之,与子宜之。宜言饮酒,与子偕老。琴瑟在御,莫不静好。
知子之来之,杂佩以赠之。知子之顺之,杂佩以问之。知子之好之,杂佩以报之。

诗人通过这对青年夫妇的对话,展示了三个情意绵绵的生活画面。第一个画面:鸡鸣晨催。公鸡初鸣,勤勉的妻子便起床准备开始一天的劳作,并委婉地告诉丈夫"鸡鸣"。而丈夫还想多睡一会儿,"天还没亮呢。"("士曰昧旦")丈夫回得直白,为了怕妻子连声再催,又补充说:"不信你推窗看看天上,满天明星还闪着亮光。"("子兴视夜,明星有烂")而妻子是执拗的,她想到丈夫是家庭生活的支柱,便提醒丈夫要担负起责任来:"宿巢的鸟雀将要满天飞翔了,整理好你的弓箭该去打猎了。"("将翱将翔,弋凫与雁")虽然口气坚决,话语却仍是柔顺的。第二个画面:女子祈愿。当丈夫整好装束,迎着晨光出门打猎时,妻子反而对自己的刚才的执拗产生了愧疚,便半是致歉半是慰解,发出了一连串的祈愿:一愿丈夫打猎箭箭能射中野鸭大雁;二愿日常生活天天能有美酒好菜;三愿夫妻琴瑟和鸣,家庭和睦安好。第三个画面:男子赠佩。丈夫深深感到妻子对自己的关怀("来之")、体贴("顺之")、爱恋("好之"),便解下杂佩赠之。一唱三叹,至此,夫妻深情也达到了高潮。

汉代秦嘉通过《述婚诗》二首,阐述了婚姻的过程并发表了自己的婚姻观:

其一

群祥既集，二族交欢。
敬兹新姻，六礼不愆。
羔雁总备，玉帛戋戋。
君子将事，威仪孔闲。
猗（yī）兮容兮，穆矣其言。

其二

纷彼婚姻，祸福之由。
卫女兴齐，褒姒（sì）灭周。
战战兢兢，惧德不仇。
神启其吉，果获令攸。
我之爱矣，荷天之休。

秦嘉认为，结婚是两姓交欢的大喜事，一定要庄重、敬畏。结婚过程中的六礼，即纳采、问名、纳吉、纳徵（zhǐ）、请期、亲迎，要严格履行，不可缺少，以示庄严。聘礼要丰富，嫁妆要齐备，男子要仪表威严，女子要修容打扮。婚姻是家庭祸福的重要因素。卫女嫁齐威王，戒郑卫之淫音，使齐兴旺。周幽王以褒姒为后，招致犬戎之祸，终至灭国。因此，婚姻是"家道之本"，夫妻要小心谨慎，相互扶持，修养德行，才能家业昌平。秦嘉在两千年前，已将婚姻的利害关系细致地阐明，至今仍有借鉴意义。

还有一首非常另类的描写喜事的诗，是唐代朱庆馀的《近试上张籍水部》：

洞房昨夜停红烛，待晓堂前拜舅姑。
妆罢低声问夫婿，画眉深浅入时无？

诗歌前两句渲染典型的新婚洞房环境，并描述新娘一丝不苟地梳妆打扮；后两句写新娘不知自己的打扮能否讨得公婆的欢心，担心地问丈夫她所画的眉毛是否合宜。此诗妙在虚写喜事，实写仕途。唐代应进士科举的士子有向名人行卷的风气，临到要考试了，朱庆馀怕自己的作品不一定符合主考的要求，于是以新妇自比，以新郎比张籍，以公婆比主考官，小心征求张籍的意见,这种新颖巧妙的构思给这首诗抹上了别样色彩,赢得后人一片赞誉。

三、遇人不淑,凄惨哀怨

嫁得良人是每个女子的梦想,但是在古代社会,嫁娶全从父母,婚姻幸福与否也是一件全凭运气的事。对于一些"不幸"的女子来说,结婚反而是她们痛苦的开始。

《诗经》中《国风·王风·中谷有蓷(tuī)》就是一个女子在荒乱年代被丈夫遗弃自哀自悼的怨歌:

中谷有蓷,暵(hàn)其干矣。有女仳(pǐ)离,慨其叹矣。慨其叹矣,遇人之艰难矣。

中谷有蓷,暵其修矣。有女仳离,条其啸矣。条其啸矣,遇人之不淑矣。

中谷有蓷,暵其湿矣。有女仳离,啜(chuò)其泣矣。啜其泣矣,何嗟及矣。

全诗三章,意思基本相同,主要表达了女子遇人不淑的悲痛之情。"蓷"就是益母草,是一种对女性身体有益的草药,而如今它根叶枯槁,象征着女子身心受创,饥困忧愁。诗人通过女子的口吻,抱怨了嫁到对的人是多么艰难,她如今遇人不淑,被狠心抛弃,只能流泪叹息了。这首诗拨开了古代社会中"喜事"的外衣,控诉封建婚姻制度的残酷无情。

而《诗经》中的另一首诗《氓》更是婚姻不幸的写照:

氓之蚩蚩,抱布贸丝。匪来贸丝,来即我谋。送子涉淇,至于顿丘。匪我愆期,子无良媒。将子无怒,秋以为期。

乘彼垝(guǐ)垣,以望复关。不见复关,泣涕涟涟。既见复关,载笑载言。尔卜尔筮(shì),体无咎言。以尔车来,以我贿迁。

桑之未落,其叶沃若。于嗟鸠兮!无食桑葚。于嗟女兮!无与士耽。士之耽兮,犹可说也。女之耽兮,不可说也。

桑之落矣,其黄而陨。自我徂(cú)尔,三岁食贫。淇水汤汤,渐车帷裳。女也不爽,士贰其行。士也罔极,二三其德。

　　三岁为妇,靡室劳矣;夙兴夜寐,靡有朝矣。言既遂矣,至于暴矣。兄弟不知,咥(xì)其笑矣。静言思之,躬自悼矣。

　　及尔偕老,老使我怨。淇则有岸,隰(xí)则有泮(pàn)。总角之宴,言笑晏晏。信誓旦旦,不思其反。反是不思,亦已焉哉。

　　诗歌共有六节,用一个女子的口吻,完整描述了一对夫妻从相识、相恋、结婚,到婚后男子变心,女子心灰意冷、决绝离去的过程。第一节:相恋。你千里迢迢,抱布买丝。其实我知道,你不是真的来买丝,而是借机来看我,与我商量结婚的事情。我心中欢喜,但婉拒了你,不是我延迟婚期,而是你没有好的媒人。你不要生气,我等你秋天再来。第二节:相思。你离去之后,我相思成疾,每天都站那堵断墙上,望着你来的方向。看到来的人不是你,我就忍不住泪流满面。终于看到你的身影了,我欢呼雀跃,又说又笑。双方家长卜卦,我们非常合适。于是,你赶着马车来接我,我带着嫁妆嫁到你家。第三节:生怨。望着枝叶茂盛的桑树啊,我满心忧伤。女人啊,不要和男人沉溺于爱情之中。男人沉溺之后还可以脱身,而女人沉溺之后就不能自拔了。第四节:变心。我自从嫁到你家,默默付出,任劳任怨,从来没有什么差错,对你一心一意。可你却变了,开始三心二意,喜新厌旧。第五节:婚变。婚后三年,家务繁重,我不辞劳苦,起早贪黑。你不但不体谅,还粗暴对待我。我的家人不知道真正的原因,也一味笑话我。我心中的痛楚,只有自己知道。第六:分手。当年我们曾发誓白头偕老,但现在与你生活只会让我痛苦。一切都有尽头,我们也是。当年我们欢声笑语,有说不完的誓言,没曾想到有一天你会违背誓言。既然你不念旧情,从此我也不再想那些海誓山盟的话,我们就这样结束吧。

　　也许有人认为古代儿女婚姻总是父母之命、媒妁之言,不会掺杂太多情感,不会像现代的爱情那样轰轰烈烈。可是诵读几千年前的古诗,我们会发现这婚姻中同样有甜蜜和祝福,也有不幸和哀痛;有荡气回肠,也有肝肠寸断;有女性的无奈和妥协,也有她们的洒脱和自信。

(田志平)

第四章

诗词与艺术

黄鹤一去不复返,白云千载空悠悠。
谁家玉笛暗飞声,散入东风满洛城。
野旷天低树,江清月近人。
拣尽寒枝不肯栖,寂寞沙洲冷。
明月松间照,清泉石上流。
晓来谁染霜林醉,总是离人泪。
章台柳,章台柳!昔日青青今在否?
……

诗词与音乐

闻一多先生在《神话与诗》中认为,"歌"与"诗"的合流是文学史的大事,其成果是"诗三百",即我国最早的诗歌总集《诗经》。可见,诗歌于其产生之初,便与音乐密切相关。在其后漫长的历史中,诗歌形式不断演变,出现了乐府、赋、词等丰富的形式,但始终与音乐如影随形,互相渗透。尤其是词的产生,其最初形式即诗文配上曲调,用以演唱。因此,每一首词都有一个调名,称为词牌。

一、音乐对诗情表达之承载

诗歌音乐性最突出的体现,就是对押韵和平仄规律的遵循。

所谓押韵,就是把同韵的两个或更多的字放在同一位置上。押韵之目的是为了声韵和谐,同类乐音在同一位置上重复,就构成了声音回环之美,即音乐美。如李白的《静夜思》,句尾"光、霜、乡"押韵,读来朗朗上口,一唱三叹,如乐如歌。

平仄是诗歌音乐性的又一重要元素。"一简之内,音韵尽殊;两句之间,轻重悉异。"这种节奏给人听觉以适宜感,而这种效果正是音乐的审美追求——"和"。不同的声调互相应和,使诗歌语音"声成文",也就是将诗歌的语音进行音乐化组合。如唐代王之涣《登鹳雀楼》中:"白日依山尽,黄河入海流。"上句为"仄仄平平仄",下句为"平平仄仄平",两句的平仄彼此互补、俯仰生姿,使作品在写景的同时具有音乐的律动和节奏。

除押韵和平仄之外,对仗、句读等也是诗歌音乐性的体现。尽管一般意义上,诗歌都要讲究押韵、平仄、对仗、句读等,但也并非每一句诗都严格固守这些原则。正如《红楼梦》中所言,"若是果有了奇句,连平仄虚实不对都使得的。"

而如能将押韵、平仄和对仗完美地融为一体,其所形成的音乐感必将对诗歌思想内容的表达起"点化"之功。崔颢的《黄鹤楼》之所以被誉为"唐人七言律诗第一",一个很重要的原因就是,其音乐感的把握已与情感的抒发高度融合。

> 昔人已乘黄鹤去,此地空余黄鹤楼。
> 黄鹤一去不复返,白云千载空悠悠。
> 晴川历历汉阳树,芳草萋萋鹦鹉洲。
> 日暮乡关何处是,烟波江上使人愁。

韵脚"楼、悠、洲、愁"一韵到底,有一气呵成的流畅。双声、叠韵和叠音词或词组多次运用,如"黄鹤""复返"等双声词,"此地""江上"等叠韵词组,以及"悠悠""历历""萋萋"等叠音词,使此诗声音铿锵,清朗和谐,富于音乐美。

二、音乐对诗歌题材之拓展

如果说,押韵、平仄、对仗、句读等是诗歌的外在音乐旋律;那么,音乐直接进入诗歌,成为诗歌的题材,则是二者融合的又一形式。

音乐成为诗歌的题材,表现在多个方面。

首先,乐曲本身可以成为诗歌题材。例如:

① 朝闻游子唱离歌,昨夜微风初渡河。(李颀《送魏万之京》)
② 一曲悲歌酒一尊,同年零落几人存。(白居易《同王十七庶子李六员外郑二侍御同年四人游龙门有感而作》)
③ 人去紫台秋入塞,兵残楚帐夜闻歌。(李商隐《泪》)
④ 一曲哀歌茂陵道,汉家天子葬秋风。(曹唐《句》)

例①为相送之时依依惜别的"离歌";例②为暮年慨叹青春不复的"悲歌";例③为兵败之时家国苍凉的"楚歌";例④为凭吊物是人非的"哀歌"。这千歌万曲唱出了人们的悲欢离合,也唱出了历史的沧桑,读诗如闻乐,犹在耳畔。

此外,演奏音乐的乐器也随之进入诗歌,成为内涵丰富的意象。走进古典诗歌,就像走进十八般乐器的音乐会,笛、箫、笙、瑟、琴、筝、钟、鼓、琵琶、箜篌、胡笳等等,奏出了诗人的喜乐哀愁。例如李白的《春夜洛阳闻笛》:

谁家玉笛暗飞声,散入东风满洛城。
此夜曲中闻折柳,何人不起故园情。

春宵人静,笛韵悠扬,听着这阳关曲调,不禁黯然思乡。诗中,"玉笛"已不仅仅是一件乐器,而寄托着作者浓浓的乡思,被赋予了诗性与诗心之美。

最后,用诗歌语言将音乐旋律化虚为实地呈现出来,当是两种艺术高度融合的典型形态。这需要诗人具有对诗歌语言高度的艺术掌控力,以及音乐的深厚修养,并找到两者恰切的结合点,其难度可想而知。这类作品在文学史上为数不多,但几乎均为精品,如白居易的《琵琶行》、李贺的《李凭箜篌(kōng hóu)引》等。不妨结合《琵琶行》中描摹乐音的段落分析之。

千呼万唤始出来,犹抱琵琶半遮面。
转轴拨弦三两声,未成曲调先有情。
弦弦掩抑声声思,似诉平生不得志。
低眉信手续续弹,说尽心中无限事。
轻拢慢捻抹复挑,初为《霓裳》后《六幺》。
大弦嘈嘈如急雨,小弦切切如私语。
嘈嘈切切错杂弹,大珠小珠落玉盘。
间关莺语花底滑,幽咽泉流冰下难。
冰泉冷涩弦凝绝,凝绝不通声暂歇。
别有幽愁暗恨生,此时无声胜有声。
银瓶乍破水浆迸,铁骑突出刀枪鸣。
曲终收拨当心画,四弦一声如裂帛。
东船西舫(fǎng)悄无言,唯见江心秋月白。

这里,白居易为我们描绘了一幅"江心月下听琴图",可闻而不可见的音符化为具体的意象,人的五官感受均被打通,千载之下,可谓纸上琴声尤可闻。一方面,琵琶弹奏的指法直接入诗,带来强烈的动感。尤其是"轻拢慢捻抹复挑"一句,极形象、准确地描摹出琵琶女娴熟的指法,读者的心弦好似也被撩动着。而"曲终收拨当心画"一句中的"收拨"一词,"收"的岂止琴弦,更是心弦。从"续续弹"到"收拨",白居易保持了演奏过程的完整性,收放有据。

另一方面,比喻、通感等手法的运用,将琴声化虚为实,是为不朽的艺术创造。下雨声、私语声、坠珠声,均为生活中寻常可闻之声,以之作比,读者可以直接联系生活经验,倍感亲切。而"莺语""冰泉""幽咽"之声则为生活中少见,但其画面感很强,可以激发我们先在头脑中还原一幅山泉图,然后再想象画面景物所带来的自然声响,妙趣横生。"银瓶乍破水浆迸,铁骑突出刀枪鸣"两句对声音的描摹,则选取了两个极端情境——"银屏乍破"与"铁骑刀枪",来模拟更加尖利、急迫的琴声。两句中的意象本身就构成了一幅紧张、寒瑟的画面,再加上独特的声音,便使得描摹的琴声更加可闻、可感。

最后,除了对可闻琴声的描摹,白居易还巧妙地将无声的乐音传达出来,成为最动人之处。从"凝绝不通声暂歇"的客观叙述,到"此时无声胜有声"的主观感受,这一转折极为自然、精妙,于无声处闻见令人惊悸的"大音"!从"四弦一声如裂帛",到"悄无言",再到"唯见江心秋月白",则将这一艺术境界推向极致。"裂帛"声后,船也寂静,人亦无言,江水似乎也"顿失滔滔",唯有一轮秋月漾于水面,此可谓以景结情,以景结声是也。总之,音乐的节奏成功地化入诗歌的节奏,音乐的韵律巧妙地化为诗歌的韵律,诗情、诗意与音乐融于无形,化于无际,这正是最高妙的艺术创造,直令人叹为观止!

(韦庆芬)

诗词与美学

天光云影共徘徊

在传说中,西方主管文艺的是缪斯女神,那么中国司管诗歌的是谁呢?徜徉在中国文学正统的古典诗歌中,透过尘封的岁月,我看到的绝非器宇轩昂的大汉,也不是羽扇纶巾的书生,而是仙姿绰约、如梦似幻"宛在水中央"的谜一样典雅美丽的"所谓伊人"。她就像诗本身,是文学的精灵,是文学的天使,成为美的化身。她轻盈灵动,是文学的最高形式,因而也就呈现出了别类文学所不具备或不完全具备的许多独特的美。我们对诗歌的阅读和欣赏,就是对美的捕捉、体验与品味。诗歌之美何处寻?除了诗歌的形式美、节奏美,我们想重点说说诗歌的意境美和"模糊美"。

一、美在"意境"

意境是理解中国古典诗词乃至整个中国艺术美学的网上纽结。中国的诗歌是讲究意境的(和王国维有关诗词的"境界"说,二者本质上并无不同)。它和意象关系密切。意象是构成中国古典诗歌的基本元素,一般指渗透着诗人情感或思想的具体形象,如融入了诗人情感的一山一水、一草一木等,都是意象;而意象组合后形成的"境与意会"的艺术境界就是诗的意境,如单独的山水草木所形成的整个画面。

诗歌最鼎盛的唐王朝,有个名叫"张打油"的人曾写过这样的"咏雪"诗:"江上一笼统,井上一窟窿。黑狗身上白,白狗身上肿。"果真是打油诗,写得也是实情,幽默倒也幽默,可哪里有诗味?哪里有美感呢?若诗歌不讲究意象选取和意境构设,自然就索然无味。有意境才有诗味,才最体现诗歌的美。因为意境是对具体形象(包括意象)的突破,是对有限画面的超越,是源于意象而又超于意象的一种恍兮惚兮的象外之象、景外之景。这种意境美如同东坡在《记承天寺夜游》中所言:"月下如积水空明,水中藻荇交横,盖竹柏影也。"原本只是月照竹柏,光洒庭院罢了,但东坡笔下却平添了"积水空明""藻荇交横",这样就由实而虚,扩大了意象的范围,形成一个若有若无、似虚似实的张力场。就如唐代戴叔伦所说:"诗家之景,如蓝田日暖,良玉生烟,可望而不可置于眉睫之前。"诗歌之"美"就沛然而生了。

比较典型的如王维《使至塞上》中"大漠孤烟直,长河落日圆"的名句,意象简单,但组合起来境界就大气起来,勾勒出大漠苍茫雄壮之美,排遣了诗人"单车欲问边"的孤寂落寞。杜甫《旅夜书怀》中"星垂平野阔,月涌大江流"的意境也雄浑壮阔,包天括地,更反衬出天高地远,个体渺小。当然,意境之美既有壮美雄浑,也有清幽悲凉。如孟浩然的《宿建德江》:

移舟泊烟渚,日暮客愁新。
野旷天低树,江清月近人。

单就意象而言,诗中写及江水、小舟、明月、旷野、树木等,皆是实景,无甚稀奇处。但我们读这首诗时,构设的却是一幅画面:苍茫的暮色中,随着诗人"移舟"时缓慢沉重的浆声,我们也被摇入水汽氤氲、微茫惨淡的渚头,在空旷孤寂的江面上,诗人客路漂泊的孤愁之心似乎无处可去,更添新愁。夜不能寐,倚舟四望,田野寂寥广远,远处的天空似乎比树都低得多;江面平静澄澈,月影映江,仿佛贴船近人,有话要说。短短的四句,凝固为一个空间画面,自成天地,形成一种伤感落寞的气氛、一种清幽静谧的环境;同时,客愁之心仿佛与天地精神相往来,"形成一种只唤起某种感受但并不加以说明的境界,任读者移入、出现,作一瞬间的停驻,然后融入境中,并参与完成这强烈感受的一瞬之美感经验"(叶维廉语)。

二、美在"模糊"

诗歌意象具有丰富的暗示性、象征性,诗歌语言本身也有跳跃性等特点,所以诗歌往往具有含蓄、模糊、朦胧之美。白居易的一首诗恰好可以表达这种朦胧之美:"花非花,雾非雾,夜半来,天明去。来如春梦几多时?去似朝云无觅处。"(《花非花》)

这一点在"诗无达诂"的传统说法中也得到明证。李商隐的《锦瑟》就是最典型的代表:

> 锦瑟无端五十弦,一弦一柱思华年。
> 庄生晓梦迷蝴蝶,望帝春心托杜鹃。
> 沧海月明珠有泪,蓝田日暖玉生烟。
> 此情可待成追忆,只是当时已惘然。

诗人由绮丽而哀怨的锦瑟起兴,发端年华之思,接着在颔联、颈联展现了一幅幅绚烂而陆离的画面:庄生梦蝶,杜鹃啼血,沧海珠泪,蓝田玉烟,等等。如梦如幻,若有若无。直到尾联深情痛语,表达怅惘之情。全诗表达什么?有何寓意?宋元以来就莫衷一是,有"横看成岭侧成峰"之味。其魅力也因这种不确定性而大增,每位读者也都能在其中品味到自己的李商隐,岂不美哉?当然,李义山这么多义难明的诗毕竟是少数,大部分诗歌的模糊性、朦胧性玩味起来,别有意趣。清代著名诗论家叶燮在《原诗》中指出:"诗之至处,妙在含蓄无垠,思致微渺,其寄托在可言不可言之间,其指归在可解不可解之会,言在此而意在彼。"

我们一起读读中唐张籍的《秋思》:

洛阳城里见秋风,欲作家书意万重。
复恐匆匆说不尽,行人临发又开封。

冷风萧瑟,秋意渐浓,而诗人仍然客居洛阳未得返乡。思乡心切想写一封家书,可思绪万千,不知何处下笔,好不容易写完家书,也不知把自己的情意表达清楚没有。待得将家书交到捎信人手中了,又恐怕匆忙间忘了说什么,临行时,还把信要回来开封再读。前两句可见诗人思绪万千、言不及意的情形,而随后的"临发""又开封"更是两个极端,形成相反的不确定性,诗人的情绪在这两个端点间矛盾游移,难以确定。正是这样的犹豫不定、矛盾徘徊的心理细节,耐人寻味,使诗人的情思绵绵、羁旅乡愁跃然纸上。

东坡的《卜算子·黄州定惠院寓居作》也别有意味:

缺月挂疏桐,漏断人初静。谁见幽人独往来,缥缈孤鸿影。
惊起却回头,有恨无人省。拣尽寒枝不肯栖,寂寞沙洲冷。

此词作于元丰三年(1080年)苏轼被贬黄州不久。上片首句写所见,次句写所闻,寥寥十字,勾画出孤寂凄清的世界。接着写唯有幽人、孤鸿在静夜活动。下片先写孤鸿惊恐不安的神态,次句写其有恨无人理解的苦痛。三四句说孤鸿宁愿栖息在寂寞冷清的沙洲,也不愿改变品格,随意迁就,攀附高枝。此词中写孤鸿,何尝不是写苏轼自己呢?下片这种模糊性,实则可谓"语语双关",把"幽人"和"孤鸿"一而二、二而一,就像庄周梦蝶般,难辨你我,融为一体,让情感的表达更深沉含蓄,让诗歌更富隽永之美。

诗与美本就是天光云影共徘徊,难以分开的,并且我们在此提及的也只是诗与美关系的冰山一角。我们要做的不是探究所有关系,更重要的是,翻开诗书,静下心来,慢慢走,欣赏啊,何处没有美呢?

(石慧斌)

诗词与书法

诗歌以语言为工具创造意境,书法以线条为手段创造意趣,二者虽属不同的艺术形式,然而,同为中国古人表情达意的重要途径,诗歌与书法却"缘来已久"。

一、共同的载体:汉字

作为一种语言符号,汉字本是人们用以交流的工具,具有一定的客观性和科学性。然而,在听、说、读、写的过程中,汉字内部蕴含的审美意识被发掘出来,逐渐获得了独特的艺术生命力,同时成为书法、诗歌等不同艺术形式相融的媒介。

书法,这一汉字形体演变过程中孕育的造型艺术,在人类艺术史上,可谓汉字的"殊荣"。从形体来看,汉字有篆书、隶书、楷书、行书、草书等。然而,书法家们并不满足于仅仅将汉字作为信息传达的工具,他们挥毫泼墨,各禀其"意"、各尽其"笔",在撇捺、折竖、弯转、提点间,自成一"体"。例如"颜体""柳体""欧体""赵体"等,真是"有一千个书法家,就有一千种书体"。

汉字是孕育书法的载体,同时也是记录诗歌的载体。作为一种具有民族文化意蕴的艺术,诗歌需要延续和传承,而汉字的产生正适应了这种需要。与拼音文字相比,汉字有其独特之处,汉字表意象形的特点使诗歌具有独特的韵律美,方块字的结构外形使诗歌具有整齐的建筑美,而汉字表意的超时间性、超方言性更是为古典诗歌的传承与发展做出了不可磨灭的贡献。

二、诗歌对书法内容的充实

随着审美意识的不断增强,人们不再停留于书法形体美的追求上,形体要与内容达成艺术的和谐一致,因此,文字内容的选择也越来越讲究。而诗歌因其整齐的句式、优美的意境、丰厚的内涵,成为书法家们的"宠儿"。书法也因此获得了新的生命——形体与意境兼美。

可以想象,"天下第一行书"——《兰亭集序》若是减去诗的意境与内涵,只剩王羲之书法技巧的展示,便要黯然失色了。《兰亭集序》笔势潇洒俊逸,结构生动自如,笔画纤细轻盈,这与作品所描绘的茂林修竹、流觞曲水的兰亭美景相一致,也与序文清新自然、舒朗流畅的语言风格相呼应,更与作者所抒发的闲适旷达的魏晋之风高度融合。而高朋满座、佳作迭出的兰亭诗会的创作背景,更为这幅书法作品笼上了一层诗意浪漫的色彩。此刻,《兰亭集序》已超越了书法本身的形体之美,与诗相契相融,进入了更具张力的审美境界。

三、书法对诗歌意蕴的具象化

诗歌与书法的交相辉映,不仅体现在诗歌对书法艺术内容的充实上,还体现在书法对诗歌意蕴的具象化。相对而言,诗歌本身所表达的意蕴是抽象的,风花雪月、离愁别绪、家国情怀皆只能意会,难以闻见。而书法恰可在此补诗之不足,翰墨书香、笔势流转,成为诗之精神意蕴的外在展示。

毛泽东墨迹《沁园春·雪》历来为人称道,与其所散发的精神气度不无关系。书作笔力遒劲,恢弘奔放,一气呵成,无不诠释着诗人指点江山、评说历史、建功立业的英雄豪气。词作所蕴含的抽象的襟怀、精神、志向,在轻重缓急、浓淡枯湿的笔墨之间呼之欲出,俨然可触可摸,可见可闻。仔细琢磨,作品在章法上呈前密后疏的特点,这一安排与作者由写景到抒情的过渡是相吻合的;脍炙人口的名句"江山如此多娇",笔画由饱满粗健逐渐变化为纤巧柔美,呈现的正是壮丽山河的开阔中所包蕴的妩媚风景;"风流人物""还看今朝"则笔画疏朗,字体硕大,表现了自信风发的气概。

可见,书法对诗歌有着强大而又生动的演绎能力。在二者融合的过程中,不同的书写风格体现不同的诗风,楷书规范严整,篆书、隶书典雅庄重,行书、草书挥洒自如。运笔的轻重缓急、布白的疏密适当、用墨的浓淡枯湿、结字的阴阳向背,体现在诗词形态上,即语言节奏的快慢轻重、诗律词格的平仄交错;而在内涵上,书法与诗词都反映出书家或诗人心境的快乐沉郁、胸次的豪放或内敛、意境的深远或清幽。

此外,高超的书法艺术也可以成为诗歌直接的歌咏对象,这是两种艺术形式又一次密切结合的体现。书法艺术的笔走龙蛇,以及书法家本人挥毫泼墨的风格气度,都是诗人刻画描写的对象。杜甫的《饮中八仙歌》中对"草

圣"张旭的描写,就是杰出代表:

张旭三杯草圣传,脱帽露顶王公前,挥毫落纸如云烟。

这三句诗将张旭大醉之时书兴大发的神态、动作传神地描摹了出来,千载之下,"草圣"的风采如在目前。

(韦庆芬)

诗词与绘画

翰墨与丹青,自古以来便承载着中国文人的诗情与画意。诗歌与绘画,有着剪不断理还乱的关系,二者在中国文化的星河里交相辉映,形成独特的艺术风景。

一、意境互融

意境,指文学艺术作品借助形象描写表现出来的境界和情调。优美的意境是诗歌的艺术追求,使读者吟诗如入画。诗歌的意境通过意象来表现,而诗歌的意象与中国画的描绘对象往往一致,风雨山水、飞禽走兽、亭台楼阁等自然、人文风物均可入诗入画,达到意境的互融相通。

得苏轼"诗中有画,画中有诗"之誉的王维诗作是典型的代表。如:

① 明月松间照,清泉石上流。(《山居秋暝》)
② 漠漠水田飞白鹭,阴阴夏木啭(zhuàn)黄鹂。(《积雨辋(wǎng)川庄作》)
③ 桃红复含宿雨,柳绿更带朝烟。(《田园乐》)

例①选取"月""松""泉""石"四个意象,勾勒了一幅月朗松青、泉清石净的雨后山间美景,俨然入画境矣;例②白鹭与黄鹂浓淡相宜,背景则是苍茫空蒙的水田与蓊郁幽深的树荫,既有大的构图又有鲜明的设色,一浓一淡,一近一远,互相映衬,画意盎然;例③抓住"桃""柳"两个意象进行着色,"红""绿"两色鲜明悦目,眼前映入一派柳暗花明的图景。"含宿雨""带朝烟"则对桃花柳丝进行了更加细致的渲染。看,花瓣上凝动隔夜的雨珠,柳梢头笼起朦胧的水烟,真乃一幅工笔重彩画,意境全出。

二、以画入诗

中国古人的绘画,往往因其独具匠心的构图与玄远高妙的意境,成为诗人激发灵感和诗意的对象。王维的《画》,便是以画入诗的典型:

远看山有色,近听水无声。
春去花还在,人来鸟不惊。

这首绝句直接以一幅山水花鸟"画"作为描写对象,通俗易懂而又妙趣横生,道出了绘画的共同特点,即画中之景是超时空的,能够给人带来五官感受的错位与融通。而绘画的这种神韵也成为诗歌艺术的独特追求。有诗为证:

① 玉花却在御榻上,榻上庭前屹相向。(杜甫《丹青引赠曹将军霸》)
② 举头忽看不似画,低耳静听疑有声。(白居易《画竹歌》)
③ 坐久神迷不能决,却疑身在小蓬瀛(yíng)。(方干《卢卓山人画水》)
④ 家僮愕视欲先鞭,枥马惊嘶还屡顾。(高适《同鲜于洛阳于毕员外宅观画马歌》)

例①为杜甫对曹操之后曹霸画马造诣的高度评价,皇帝榻上放着画马玉花骢(cōng),就像此马卧在其上一样,乍一看,似和殿前的真马两两相对。例②为白居易赞美好友萧悦所画的竹子,只有现实中的竹子才会在风吹之下发出婆娑之声,而萧氏画作竟让人产生这样的错觉,可见水平之高。例③是方干对卢卓山人画水之作的评价,水本是最难画的,卢卓山人所画之水竟让人有身在蓬莱、瀛州之感,可见技艺之高。例④中高适对画中马之描写,则更加让人过目不忘,画中马奔驰欲出,满堂生风,家僮愕视,几欲扬鞭,连真马也惊嘶疾走,屡屡回头,可见画技高妙!

在诗与画两种艺术的融合过程中,题画诗应运而生,可以说这是中华文化独特艺术魅力的又一体现。

所谓题画诗,是指画家本人或其他赏画者,为画作意境、主题所触动,而题写于画面上的诗作。其追求诗与画互彰互显,获得一种整体美。当然,广义上的题画诗不一定非要写在画面上。

相传为曹雪芹所作的《题自画石》,就是一首值得红迷们反复玩味的题画诗:

爱此一拳石,玲珑出自然。
溯源应太古,堕世又何年?
有志归完璞,无才去补天。
不求邀众赏,潇洒做顽仙。

诗中,曹雪芹以画中的一块拳头大小的石头自喻,巧妙地抒发了自己潇洒不羁的个性追求。

而苏东坡的《惠崇春江晚景》则因其对画面内容的细致描摹,以及对景色背后蕴含哲理的揭示,成为题画诗中的名篇:

竹外桃花三两枝,春江水暖鸭先知。
蒌蒿满地芦芽短,正是河豚欲上时。

读这首诗,一幅"春江晚景图"徐徐展开:隔竹望去,疏影摇曳,两三枝桃花,含羞初放;江水初涨,群鸭嬉"暖",蒌蒿、芦笋新芽遍地,到处洋溢着勃勃的春意。有趣的是,惠崇的这幅画已经失传,我们无从亲眼目睹,但幸运的是,在苏轼的诗里我们"目睹"了这幅名画,这便是诗画相融的艺术生命与魅力。

三、由诗入画

追求诗境与画境的相融,也成为文人自觉的艺术追求,很多大诗人同时也是大画家。而许多诗歌名篇的题材、主题和意境也为众多画家的创作提供了直接的艺术养分。

比如,古诗中反复吟咏的梅兰竹菊,早已幻化为画家笔下一幅幅传神之作。有"孤篇压全唐"之誉的《春江花月夜》,便为后代画家打开了无穷的想象空间。黄永玉、韩希山、慕郁冰、郭干新等国画大师,均以不同的色彩、构图、风格演绎了张若虚笔下的月夜美景。诗中的江楼钟鼓、层叠花影、水云深际等缥缈的景致,在画作中首次获得了可见甚至可触摸的美感。尤其是诗歌中所渗透的渺远、深沉的宇宙情怀和时间意识,成为画家们着力再现的艺术境界。

(韦庆芬)

诗词与戏曲

中国的文学长河,各种文学样式始终呈现着兼收并蓄、相互融合、前赴后继的态势。诗歌与戏曲也在全方位、多层次的联系中呈现出融合、渗透、互补的态势。下面,我们就一起来看看,诗歌与戏曲都有哪些关联呢?

一、诗歌是戏曲的源头之一

从汉乐府、唐诗、宋词,到元曲(散曲、套曲、剧曲),有一以贯之的元素存在。中国的戏曲无论古今都可以称之为"诗剧"或"剧诗",不但唱词都是诗歌,而且具有象征性、大写意等"诗化"的艺术特征。另一方面,古代戏曲作家和理论家在很长的时间里,几乎全部(以及此后的很多)是以诗话的方式来发表"曲论",并且以一种精致的、儒雅的、贵族的、诗的态度,修正了俚(lǐ)俗的、粗砺的、民间的"戏"的缺点。所以从一开始,诗与剧就是密不可分的。

二、诗人和戏曲家彼此生活的描写

从元明时期马致远《青衫泪》之写白居易,尚仲贤《陶渊明归去来辞》之写陶渊明,王九思《杜甫游春》之写杜甫,清代尤侗《读离骚》之写屈原,吴伟业《楚两生行》之写柳敬亭、苏昆生,这里不仅有诗人或戏曲家对对方生活的关注,还有对所写对象品格的评价和精神、道德等方面的反向感染,对方的生活既是他们文学创作的素材和语言源泉,也是他们自我塑造的人格榜样或参照体。

三、诗剧主旨联系密切

明清易代的沧桑之变，使一大批描写家国兴亡的戏曲作品应运而生。这些戏曲剧本的刊行和上演，每使满怀家国之痛的诗人为之一捧亡国之泪。如吴梅村有诗《观〈蜀鹃啼〉剧有感》云："红豆花开声宛转，绿杨枝动舞婆娑。不堪唱彻关山调，血污游魂可奈何。""其词之感人故深矣。"梅村这组《有感》诗共四首，前面的序云："庾子山之赋伤心，时方板荡；袁山松之歌行路，闻且歔欷。"戏曲勾起了梅村对往日手足之情的回忆，唤起了他积郁已久的满腔悲痛。梅村《秣陵春》上演后，一时也题诗如云。冒襄《同人集》卷十载，冒与许漱雪观《秣陵春》后，各以十首唱和。

四、诗剧互融，相映成趣

中国的戏剧本身就是诗剧，一些曲词的曲牌和一般的词牌完全相同。加之很多作家本身兼有诗人、戏曲家双重身份，所以诗歌和戏剧不可避免地呈现出"水乳交融"的和谐画面。如明代汤显祖不仅有被誉为"东方莎士比亚""临川四梦"等戏剧，他的诗歌创作在明代也堪称一流。再如洪升、孔尚任、尤侗(dòng)，都是著名的戏曲家，而他们的诗作亦取得了很高成就。鸦片战争以后，多才多艺的姚燮(xiè)在创作了大量反帝反侵略诗歌的同时，还写了《退红衫》《梅心雪》《苦海航》等多种剧本。到了清末，苏曼殊等人在诗歌、戏剧、小说诸方面的创作上都进行了革新，是一人工数艺的新一代作家的典型。

如洪升的《长生殿》第一出《传概》即用一首《满江红》、一首《沁园春》对剧本的内容作了概括，两首词前面都规定了调。这里，词——这种一般划入诗范围的文体，再也无法与戏剧的互相区别了。《长生殿》的每一出结尾还用四句唐诗组成一首下场诗，在剧中有概括、过渡、取笑等作用，从中可看出剧作者深厚的诗歌修养。格律严谨的古典诗歌在戏剧中被如此娴熟地运用，这在西方戏剧中是没有的。

元代诗人王实甫所作《西厢记·长亭送别》也是一个很好的范例，其中《长亭送别》一段的语言以富于文采为特色，曲词之美与剧作的故事之美、人物之美、意境之美和谐统一。既运用多种多样的修辞方法生动形象地表现人物的心理，将人物感情寄附于客观事物，借助鲜明生动的形象来展示人物的内心世界,具有强烈的感染力;又融古代诗词与民间口语为一体,从而形成清丽华美、生动活泼的语言风格。如"碧云天,黄花地,西风紧,北雁南飞",前几句化用范仲淹《苏幕遮》词并取其秋景凄凉的意境。"晓来谁染霜林醉,总是离人泪",霜叶由青变红,故着一"染"字,泪染霜林,文辞既美,意象又耐人寻味;着一"晓"字,暗喻霜林的由青转红,似乎只经过短短的一夜时间。诗歌完美地呈现了男女主人公依依惜别的场景。

不仅戏曲有直接运用诗歌的写法,诗歌也有直接运用戏曲小说语言的现象,如王士禛《秦淮杂诗》"十日雨丝风片里",中间四字用汤显祖《牡丹亭·惊梦》中的"雨丝风片,烟波画船"句,就是一个非常典型的例子。

楚之骚,汉之赋,六代之骈文,唐之诗,宋之词,元之曲,明清戏曲小说,后浪推前浪,它们都是我们文学艺术殿堂里的瑰宝。各代文学在独擅其美的同时,也相互交融,呈现"美美与共"的场景。诗歌与戏曲的交融互生,便是这其中的一个代表。

(孙　璐)

诗词与小说

在当下社会,"诗人"这个称号多少有了些戏谑的味道,那意味深长的声调,也揭示了诗歌在现代所处的尴尬境地。而写小说的人,就统称为"小说家"吧,却得到了更多人的关注。莫言在瑞典文学院所作的演讲《讲故事的人》,也可以看作是小说家的一次有力发声。

并不是诗歌不好,只是如同李白所言"眼前有景道不得,崔颢题诗在上头",在古代诗歌耀人眼目的光芒之下,加之现代诗歌极低的写作门槛导致的水平参差不齐,以及部分诗歌存在的矫揉造作、故弄玄虚,让诗歌在这个时代蒙上了阴影。所以当余秀华的诗歌出现在读者眼前的时候,很多人都拍案叫好。"你把我灌醉,说镇上人群聚集。但我想着山里的一棵槐木。你把我灌醉,说有人请我跳舞。但我想着山里一棵落了叶的槐木……你看我时,我是一堆土;你看我时,风把落叶吹散,我是一堆潮湿的土。"这里选取

《山民》中的部分内容,大家可以感受一下这样质朴语言下含着的深切蕴意。这样的作品,在当代并不多。

时光倒回千年,在浩渺的诗歌长河里,我们难以避开诗、词这唐宋两代的主体文学形式。歌以咏怀,在当时来说,诗歌同散文相比,并不同散文那样有着全面的社会功能承载的工具性。从实用角度来看,古人重散文、轻诗歌,但不可忽视的是,文体虽然可以分割,但是作者有时却可以是同一人,例如柳宗元、韩愈、欧阳修、苏轼等很多文人是诗文并举的,他们的诗歌也密切关注着社会现实。无论《诗经》还是《离骚》,作为文学的起源形式,诗歌在文学上的地位是卓然挺立、不可撼动的。

而小说,与之有关的一个成语叫"稗(bài)官野史",道听途说,街谈巷议,作不得数。因为不能作数,有失偏颇,所以以古人正经的眼光看起来,小说是可有可无的。班固在《汉书·艺文志》中对诸子百家进行了梳理,列出了"九流十家",小说家在其中位列第十,换句话说其实是不入流的。不入流的另一个印证,是施耐庵、罗贯中、吴承恩、吴敬梓、曹雪芹这些被今人推崇为伟大的小说家,在正史中很难找到他们一丝一毫的痕迹。

诗歌与小说在不同时期地位的转换,除了写作内容的变革,还有很多文学本身之外的原因,这里就不作讨论了。地位的不一,不能影响诗歌和小说之间的关联。

按内容来划分,诗歌可以分成送别诗、羁旅诗、怀古诗、咏物诗、山水田园诗、边塞诗、讽喻诗等,古典小说主要有志怪神魔小说、英雄传奇小说和社会人情小说,虽然两者在篇幅上差异较大,但为了表现的形象,在记叙和描写上,两者有时会使用相近的手法。《世说新语》里有关于王子猷的故事:"王子猷居山阴,夜大雪,眠觉,开室命酌酒,四望皎然。因起彷徨,咏左思《招隐》诗;忽忆戴安道。时戴在剡(shàn),即便夜乘小舟就之。经宿方至,造门不前而返。人问其故,王曰:'吾本乘兴而行,兴尽而返,何必见戴?'"选择最具代表性的生活片段,运用极其简练的语言,点到即止,给读者留下了一个具有魏晋风度的名士形象去细细回味。这样一种写人的方式,在杜甫《饮中八仙歌》中写李白的诗句"天子呼来不上船,自称臣是酒中仙"里也有几分体现。

诗歌和小说虽是不同文体,但是二者并非水火难容。其一,小说和诗歌都可以表现同一个素材,比如唐朝时候,陈鸿所著的传奇小说《长恨歌传》和白居易的长诗《长恨歌》,写的都是唐明皇和杨贵妃的爱情故事,情节发展和人物形象的塑造也大多相似。其二,小说中常常会有诗歌的影子,这些诗歌往往随着行文发展,自然呈现,对于小说的人物构造、情节发展有着不可或缺的作用。例如讲述书生韩翊(yì)和妓女柳氏悲欢离合的爱情故事的《柳氏传》中,男女主人公于分别之际互赠别诗的场景:"翊乃遣使间行求柳氏,以练囊盛麸(fū)金,题之曰:'章台柳,章台柳!昔日青青今在否?纵使长条似旧垂,亦应攀折他人手。'柳氏捧金呜咽,左右凄悯,答之曰:'杨柳枝,芳菲节,所恨年年赠离别。一叶随风忽报秋,纵使君来岂堪折!'"这两首诗歌,不仅加深了分离的悲情,而且也表现了女主人公在浮沉世事中坚韧血性的品格。其三,诗歌与小说有着相互给养的关系。比如明代朱鼎所著的《玉镜台记》第二十二出《闺思》有"鱼水遂欢合,琴瑟相和谐。妾欲登崔嵬,我马咸虺隤(huī tuí)。妾欲拨丝桐,离鸾声悲哀"的诗句,而其中"妾欲登崔嵬,我马咸虺隤"一句就化用了《诗经·周南·卷耳》中"陟彼崔嵬,我马虺隤"一句,含蓄深沉地表达了女主人公对于丈夫的思念之情。宋代因贪污被处极刑的宿州太守陈璠(fán)在临刑前所写的忏悔诗:"积玉堆金官又崇,祸来倏忽变成空。五年荣贵今何在,不异南柯一梦中。"其中的成语"南柯一梦",就来源于唐朝李公佐所写的传奇小说《南柯太守传》,形容一场大梦或比喻一场空欢喜。

诗人和小说家,这两个身份,其实并不冲突,例如我们熟悉的诗人陶渊明,他其实也是一个小说家,课本中的《桃花源记》就是一个好故事。

诗歌与小说,仿佛悠悠长天与浩浩大地,组成了一个广阔的宇宙,却最终能在视线的尽头汇聚交融,给我们留下两个相伴而又难以分辨的背影。

(张　剑)

诗词与散文

诗歌与散文,任意一个都是极大的一个命题,讨论诗歌与散文这样一个话题,我们首先要限定一下我们所论述的话题范围。以时间节点来考虑的话,诗歌可以分为古代诗歌和现代诗歌,散文同样也可以分成古典散文和现代散文。

现代的诗歌与散文,以及小说、戏剧,这四者构成了文学的四大样式。换言之,诗歌与散文各异其趣,有着各自相对稳定的文体特征,二者绝不会像李逵和李鬼那样让人辨识不清。有必要一提的是新出现的现代文体——散文诗,兼具诗的表现性和散文的描写性,有着散文的外观,不像诗歌那样分行和押韵,但是又不乏内在的音韵美和节奏感。

古代的诗歌与散文,它们各自在不同时期也呈现出了不一样的特点。随着朝代的变迁和审美观念的差异,从《诗经》开始,诗的形式在唐朝完成了从古体诗向近体诗的转变,而诗歌的另一种文学形式——词,在宋朝也迎来了它的发展高潮。诗和词在明清的时候也得到了很好的继承与发展,即使到了现代,一些较好的诗歌在韵律、形式、意境上也都是精心琢磨的。

而古代散文,广义上与韵文相对,可以理解为:只要是不押韵的作品都是散文。狭义上的散文与骈文(四六文)相对,并不讲究句法结构,每句的字数没有任何限定和规则。从先秦时候的历史散文和诸子散文到开创史传文学新局面的西汉司马迁的《史记》,从统治文坛几百年的骈体文到倡导"惟陈言之务去"的古文运动,从明清时期的小品文到西方思潮影响下的白话文创作,历经千百年的发展,散文在写作对象和呈现形式上有着较大的变化。

现代散文,写景状物、叙事纪行、抒情说理,一方面散文的写作方式非常灵活,另一方面"形散而神不散",作为其整体风格,散文的核心指向的是作者个人的情感体验。在古代,散文一般不叫"散文",叫成"文章"的情况会更多一些。正如上文提到的,古代的散文,无论广义狭义,都只是形式上的区分,在内容上,并没有一个"写什么"的限定。曹丕《典论·论文》给了"文章"一个高度的评价——"盖文章,经国之大业,不朽之盛事",肯定了"文章"在国家治理中的重要作用。所以古代的散文,在内容上包罗万象,个人和家国的方方面面都包括其中,常见的有论辩、序跋、奏议、书说、赠序、诏令、传状、碑志、杂说、辞赋、游记……

从古代到现代,从文言到白话,"散文"这个概念实际上是缩小了。

古人虽常说"诗言志,文载道",把诗、文的功用给区分开了,但其实诗歌和散文在"言志"和"载道"这两方面是互通的。

子曰:"小子何莫学夫诗?诗可以兴,可以观,可以群,可以怨。迩之事父,远之事君,多识于鸟兽草木之名。"兴,是抒情;观,是观察;群,是交游;怨,是讽刺。这是《论语》中对于"诗"的认识、教育、审美三大作用的总结。

通过对事物的观察来传达内心的情思,这样的写作方式,对于一部分散文的写作也有着直接的影响。虽然流传下来的文字材料中少有记录诗歌的,究其原因,一方面是当时缺少记录文字的材料,另一方面文字书写较为困难。但从渊源来看,诗歌在前,散文在后,鲁迅在《门外文谈》里提到的"杭育杭育派",就是阐述了诗歌这种口头文学创作诞生的情况。

古体诗的篇幅形式较为随意,"赋比兴"的手法常常会出现其中;近体诗则囿(yòu)于篇幅和呈现方式,主要会用到用典和对仗等手法。虽然不同的表现手法在不同的文体中都可以有恰当的运用,但是"赋"这样一种流行许久的散文形式,可以说继承了诗歌的很多特点。

"魂兮归来!反故居些。天地四方,多贼奸些。像设君室,静闲安些。高堂邃宇,槛层轩些。层台累榭,临高山些。网户朱缀,刻方连些。"(魂啊回来吧!返回故居不再离乡背井。天地上下四面八方,多有残害人的奸佞。仿照你原先布置的居室,舒适恬静十分安宁。高高的大堂,深深的屋宇,栏杆围护着轩廊几层。层层亭台,重重楼榭,面临着崇山峻岭。大门的镂花处涂上红色,刻着紧紧相连的方格图案。)像这样的片段,在屈原的《招魂》中还有很多,这样句式齐整的铺叙,可以说是为"赋"的发展指引了方向。司马相如《长门赋》:"刻木兰以为榱兮,饰文杏以为梁。罗丰茸之游树兮,离楼梧而相撑。施瑰木之欂栌(bó lú)兮,委参差以槺梁。时仿佛以物类兮,象积石之将将。五色炫以相曜兮,烂耀耀而成光。致错石之瓴甓兮,象玳瑁(dài mào)之文章。张罗绮之幔帷兮,垂楚组之连纲。"可以看到,这一段描写,在格式上一致之外,还注意了押韵。

说到用典,庾信的《哀江南赋》中短短一小节文字——"日暮途远,人间何世?将军一去,大树飘零;壮士不还,寒风萧瑟。荆璧睨(nì)柱,受连城而见欺;载书横阶,捧珠盘而不定。钟仪君子,入就南冠之囚;季孙行人,留守西河之馆。申包胥之顿地,碎之以首;蔡威公之泪尽,加之以血。钓台移柳,非玉关之可望;华亭鹤唳,岂河桥之可闻?"——竟运用了十三个典故。用典本可以使诗歌达到言简意丰的表现效果,但是堆积使用,有时也会使得文章晦涩难懂。追求炫技而忽视文章应有的内容,最终也让赋走向了没落,却把唐宋散文推到了一个新的历史高度。

不论诗歌还是散文,不论形式是否改变,作为文学的表现形式,二者最终殊途同归,以立言的方式,让执笔的人能够不朽于天地。

(张　剑)

第五章
诗词与社交

晚来天欲雪,能饮一杯无?
北方有佳人,绝世而独立。
桑之落矣,其黄而陨。
暮雨旌旗湿未干,胡烟白草日光寒。
王于出征,以匡王国。
岂曰无衣?与子同裳。
明月不归沉碧海,白云愁色满苍梧。
……

诗词与社会交际

中国,是诗的国度。诗歌,一直是中国文学长河的主流。千百年来,人们不仅把诗歌作为艺术来欣赏,而且把它作为社会交际的媒介。春秋战国时期,人们就广泛地运用诗歌于外交应对。《论语·子路》载:"子曰:'诵诗三百,授之以政,不达;使于四方,不能专对,虽多,亦奚以为?'"孔子认为,即使把《诗经》内容都背熟了,如果处理政事不通达,出使不能应对,也等于白学。放眼古今,诗歌用于社会交际的例子不难寻觅。我们这里不妨分类撷取一二精华,以飨读者。

一、以诗请客

古今请客,常用请柬,但文人雅士却能够别出心裁,以诗相邀。

唐代元和年间,白居易谪居江州司马,心情忧愤,常借酒浇愁。他与酒友刘十九,时常聚首畅饮。一个冬天的晚上,云层灰暗,大有风雪欲来之势,白居易又来了酒瘾,便以诗相邀刘十九:

> 绿蚁新醅(pēi)酒,红泥小火炉。
> 晚来天欲雪,能饮一杯无?

诗开头两句写酒写炉,色彩鲜明,脍炙人口。刘十九接诗后,当然免不了又一场挑灯夜饮。

二、以诗谢客

1942年春天,作家端木蕻良居住在桂林,每天都有许多文学青年慕名来访。为了潜心创作,谢绝打扰,他在居室门口贴了一首诗:

> 女儿心上想情郎，日写花笺十万行。
> 月上枝头方得息，梦魂却又到西厢。

诗中以多情女自比，既显示了自己对文学创作的多情，又委婉道出无暇待客的信息，真是巧绝妙绝。

三、以诗说情

杭州有一妇女，丈夫死后还没有终七（即过七七四十九天），就另嫁他人。丈夫的父母不让，向官府提出诉讼。按当时惯例，丈夫死了应守孝三年，而这个妇女没"终七"而嫁，是违法的，应从重处罚。这个妇女辗转委托翰林院编修金某到官府为她说情。

县令接到案子后，决定开堂审问。临审时，金编修也赶了去。他假装不知道底细，问县令："你要审的是什么案子？"县令说："丈夫身死未终七，嫁与对门王卖笔。"金编修一听县令以诗相答，便心生一计，引古诗两句说："月移花影上阑干，春色恼人眠不得。"

金编修引用古诗，意在说明少妇闺中寂寞，改嫁是人性所致，无可厚非。县令一听，不禁大笑，同时只给了寡妇最轻的处罚。

四、因诗得夫

赵令畤是宋朝宗室，袭封安定郡王。然而，这样一个帝室显贵却因一首诗而娶了一位平民女子王氏。王氏当年作了一首诗：

> 白藕作花风已秋，不堪残睡更回头。
> 晚去带雨为飞急，去作西窗一夜愁。

赵令畤当时鳏居，见了这首诗，既爱作者之才，又动思偶之情，便与王氏结为夫妻。同代人吴开听了这个消息深有感慨，在《优古堂诗话》中记载了此事，并称之为"二十八字媒"。

五、以诗调笑

郭晖在京城做官，写了封信寄给妻子。但是，装信时误把白纸装入信

封。妻子一看信中是张白纸,想必丈夫粗心,便写诗调笑说:

    碧纱窗下启缄封,尺纸从头彻尾空。
    应是仙郎怀别恨,忆人全在不言中。

  诗写得幽默风趣,调笑中反映出夫妻感情的深厚。郭晖读诗后自然会增加对妻子的爱怜之情。

  六、以诗救夫

  方勉的妻子许氏喜爱读书,擅长作诗。一次,方勉和老朋友在街市饮酒,酒醉后触犯了夜禁的条例,被捕入狱。当时地方官知府是郑毅夫,许氏便给郑毅夫写了一封营救丈夫的信,并附诗一首。诗的内容是:

    时时乐事输诗酒,帝里风光剩占春。
    况是白衣重得侣,不堪青旆自招人。
    早知玉漏催三鼓,不把金貂换百巡。
    大抵仁人怜气类,不教孤客作囚身。

  郑毅夫见了信和诗,便释放了方勉。

  七、赠诗得妻

  宋朝治平年间,钱忠取道吴江,由于喜爱当地风物,流连吟咏,久久不能离去。一天,他在湖上游览,与一位少女邂逅。这位少女驾一叶扁舟,出入于风波之中,若神若仙。钱忠一见钟情,便作诗相赠。其中一联内容精警:

    满目生涯千顷浪,全家衣食一纶竿。

  少女携诗回家,交给父亲看。她父亲是隐居高士,爱诗及人,便把女儿嫁给钱忠。后来,钱忠偕妻泛舟于江湖,人们莫知去向。

八、以诗自救

据《三国演义》载,曹丕和曹植都是曹操的儿子,他们为了夺得王位继承权,曹操在世时就勾心斗角。曹操死后,曹丕继承了王位,成了胜利者。但是,他对曹植仍然耿耿于怀,生怕曹植夺去了他的王位。于是,便罗织了曹植许多罪名,派人把曹植软禁起来,准备杀掉。但由于其母阻拦,他迟迟未能下手。

一天,曹丕叫人带来曹植,对他说:"从前你常以诗文向别人夸耀,但是真是假,却无从考察。现在我要试试你的才华。我命令你走七步路的时间内作诗一首,如作不出来,休怪我手下无情,送你上西天。"

曹植听了,并无难色,笑着请曹丕出题目。曹丕便指着墙上的一幅画,要他以画为题。画的内容是二牛相斗,一牛坠井而死。但曹丕却规定不许有"二牛斗墙下,一牛坠井死"的字样。曹植听了,立刻边走边吟道:

> 两肉齐道行,头上带凹骨。
> 相遇由山下,欻起相搪突。
> 二敌不惧刚,一肉卧土窟。
> 非是力不如,盛气不泄毕。

曹植走了还不到七步,诗竟吟成,曹丕大惊。不过,他仍不死心,又命令曹植以彼此兄弟之间的关系为主题,但不准说"兄弟"二字,即刻吟诗一首。曹植心中愤慨不已,但觉得正好就此发泄一下心中的愤懑,于是不假思索又吟道:

> 煮豆燃豆萁,豆在釜中泣。
> 本是同根生,相煎何太急!

诗的大意是:煮豆子烧的是豆萁,豆子在锅里哭泣;我们既然是同根所生,你煎熬我为什么这样猛烈呢?曹植在诗中以豆萁与豆子比曹丕与自己,谴责曹丕不顾手足之情,不断迫害他的行径。曹丕也明知诗中的内涵,先自有几分惭愧,再加上曹植作诗符合要求,也就放弃了迫害曹植的念头。

九、以诗退盗

唐代诗人李涉乘船旅行,夜宿江边,强盗上船抢劫。可是,当强盗弄清船上主人是李涉时,非但放弃抢劫,反而连忙赔罪行礼,奉若神明,并且以礼物相赠,为首的强盗还恳求李涉赠诗留念。李涉因而十分得意,也不推辞,挥笔写了《井栏砂宿遇夜客》一诗奉赠。诗的内容是:

暮雨潇潇江上村,绿林豪客夜知闻。
他时不用逃名姓,世上如今半是君。

诗中用语委婉,感慨良深,不仅满足了强盗的要求,也脍炙着后人之口。

十、以诗自辩

公元 965 年,宋朝大军压境,后蜀君臣闻风丧胆,屈膝投降。蜀主的贵妃花蕊夫人也成了俘虏,被押往宋朝京城。

花蕊夫人不仅人美貌如花,而且诗才出众,宋太祖赵匡胤慕名召见,并命她当堂作诗。花蕊夫人闻声吟道:

君王城上竖降旗,妾在宫中那得知?
十四万人齐解甲,更无一个是男儿!

中国封建时代,世俗对女人偏见很深,就连严谨的史学家们也认为女人是祸水,往往把亡国的责任推到女人身上。花蕊夫人的诗针对世俗的偏见,指出蜀国君臣在拥有十四万兵力的情况下,不战而降,以致亡国,责任不在她。花蕊夫人是在为自己辩白,也是为古代所有的亡国的嫔妃辩白!赵匡胤听了花蕊夫人的诗后,赞同她的观点,佩服她的才识,收入后宫,宠幸有加。

十一、以诗干谒

唐朝盛行投献诗文之风。士人把诗文呈献给知名的权要人物,如蒙赏识推荐,便会声名鹊起,将来考中科举的希望就大了。

白居易还没到二十岁,就告别故乡到长安应试。无法免俗,他把诗集呈送给著作郎顾况。顾况接过这个素不相识的年轻人的诗集,看封面上写着"太原白居易诗稿"几个字,便戏谑(xuè)地说:"方今长安米价昂贵,居大不易(非常不容易)啊。"白居易听了不置一词,只等顾况看诗。顾况打开诗稿,刚看一两首,便觉来者身手不凡。当他看到《赋得古原草送别》时,不禁手舞足蹈地吟诵起来。此时,他一收傲气,和颜悦色地说:"此诗得陶韦之气,吐李杜之锋,真佳作也……长安居也易也。"

白居易干谒(yè)成功,顾况的赞语不胫而走,白居易名满长安,后来中了进士,在长安轻易地住了许多年。

十二、以诗褒奖

唐朝诗人项斯心胸宽阔,品格清高,远离世俗,曾于朝阳峰脚下隐居三十多年。朝廷官员杨敬之非常喜欢项斯的诗,诵读不厌。一天他路过朝阳峰,特地访问项斯,座谈间,项斯言行清逸脱俗,杨敬之非常看重他,便赠诗一首,以示褒扬:

几度见诗诗总好,及观标格过于诗。
平生不解藏人善,到处逢人说项斯。

杨敬之的诗一传开,项斯从此更身价百倍。

十三、以诗荐人

汉武帝时代,有一个艺人李延年能歌善舞,经常在皇帝左右献艺。李延年有个妹妹天香国色,李延年便设计向汉武帝推荐,一则使妹妹青春不负,一则也改变自己的身价。一次,他在汉武帝面前唱道:

北方有佳人,绝世而独立。
一顾倾人城,再顾倾人国。
宁不知倾城与倾国,佳人难再得。

一曲歌罢,汉武帝被深深打动,召李延年上前,打听世上是否真有这样的美人。李延年借机推荐了妹妹。于是,汉武帝召见李延年的妹妹,结果一见倾心,倍加宠幸。她就是历史上著名的李夫人。李延年的推荐成功了,他自己后来也加官晋爵,荣耀一时。

十四、以诗赠别

临别赠诗,这是古代文人学士的常用方式。唐代诗人李白的《赠汪伦》一诗,便是此类诗歌的代表作:

> 李白乘舟将欲行,忽闻岸上踏歌声。
> 桃花潭水深千尺,不及汪伦送我情。

李白应汪伦之邀到泾县作客,在那里受到了盛情款待。留连日久,不得不别。临别之时,两情依依,李白便以此诗相赠。"桃花潭水深千尺,不及汪伦送我情。"这种差比手法,充分反映出二人感情之深。

十五、以诗和解

春秋时期,郑庄公出生时,由于倒生(脚先出来),母亲武姜受惊,因而不喜欢他。后来,即使他当了国君,母亲仍纵容小儿子共叔段谋反。郑庄公非常气愤,出兵平定了共叔段的叛乱,并把武姜软禁起来,安置在城颍居住。郑庄公还当面发誓说:"不及黄泉,无相见也。"意思是说:"不等死后到阴间地下,我们不再见面了。"但是,毕竟母子血肉相连,事过不久,郑庄公就后悔把话说得太绝了。但是,由于发了誓,不好更改。后来,有个叫颍考叔的官员在"黄泉"的一词多义方面做文章,策划挖地到黄泉,筑成隧道,让郑庄公母子在隧道中相见,这样就等于在"黄泉"相见了。见面之时,郑庄公赋诗说:"大隧之中,其乐也融融。"武姜也赋诗说:"大隧之外,其乐也泄泄。"

十六、以诗斥责

1941年1月,奉命北移的新四军九千余人在皖南泾县遭到国民党优势兵力的伏击,除千余人突围外,其余壮烈牺牲。国民党这种背信弃义的行为,令亲者痛、仇者快。事发后,国民党封锁消息,但《新华日报》却冲破重重阻力,刊登了周恩来的一首诗:

> 千古奇冤,江南一叶。
>
> 同室操戈,相煎何急?

全诗仅十六个字,但是向社会披露了皖南事变的信息,表达了对国民党的顽固派最强烈的抗议,在社会上引起了强烈的反响。

十七、以诗规劝

明代王孟端的朋友在京都娶妾,把家乡的糟糠之妻抛于脑后。王孟端同情朋友的妻子,便写了一首诗规劝朋友。诗云:

> 新花枝胜旧花枝,从此无心念别离。
>
> 肯信秦淮今夜月,有人相对数归期。

朋友接到王孟端的诗,读完潸然泪下,马上回家与妻子团聚。

十八、以诗嘱托(遗嘱)

陆游是一个爱国诗人,平生念念不忘抗击金兵,收获失地。但南宋君臣昏庸无能,直到诗人八十五岁高龄、生命垂危时,仍不见抗金成功。生命之火即将熄灭的陆游,感慨唏嘘,希望收复中原之日,儿孙在家祭的时候不要忘记告诉他。他艰难地握着笔写道:

> 死去元知万事空,但悲不见九州同。
>
> 王师北定中原日,家祭无忘告乃翁。

抗金之志,死而不已。从诗中我们可以窥见诗人一颗赤子之心。

以上所举,足以说明诗歌在社会交际中的作用。现代生活的节奏在加快,文明程度也应不断提高。诗歌,应该在美化语言、促进交际方面发挥应有的作用。

(孙汉洲)

诗词与口才

诗歌《尚书·尧典》道:"诗言志,歌永言。"中国向来有"诗言志"的悠久传统,主张在心为志,发言为诗。孔子也说过:"诗可以兴,可以观,可以群,可以怨。"这都体现了诗歌和表达的息息相关及其强大功能。口才体现在对语言巧妙而精当的表达,而诗歌又是语言中最精粹传神的,是最高的语言艺术。二者可能如泾水渭水一般特点鲜明,但一旦汇流黄河则融和交汇,更见波澜壮阔!难怪许多训练口才的人都很注重诗歌的诵记积累呢!出口成诗,舌灿莲花,岂不妙哉?

外交是最讲究口才、最考量语言智慧的,这种口才和诗歌的特殊融合形成了中国古代乃至世界上独一无二的外交形式——春秋时期吟诵《诗经》的"诗歌外交"。那时的外交使者们广泛摘引《诗经》里的内容和语句,表达立场、关切、诉求,解决诸侯国间的争端。有学者做过统计,仅仅《左传》所记载的吟诵《诗经》的外交活动,就有二十八起,涉及六十三赋,这种特殊的"诗歌口才"在春秋时期外交中的地位可见一斑。古人巧妙利用诗句含蓄雅趣,富有象征性、暗示性的特点,"以诗言志",甚至将原本描述男女爱情的诗句运用到严肃的政治生活和外交辞令中。

比如《左传·成公八年》中记载:"八年春,晋侯使韩穿来言汶阳之田,归之于齐。季文子饯之,私焉,曰:……信以行义,义以成命,小国所望而怀也。信不可知,义无所立,四方诸侯,其谁不解体?《诗》曰:'女也不爽,士贰其行。士也罔极,二三其德。'"当时的情况是鲁国终于夺回了被齐国侵占的汶阳土地,强势的晋景公竟然派遣韩穿来劝鲁国要把汶阳土田归还给齐国。季文子心有不满,但慑于晋国的霸主地位,不好明言,于是引用了《诗经·卫风·氓》中的诗章:

桑之落矣,其黄而陨。自我徂尔,三岁食贫。淇水汤汤,渐车帷裳。

女也不爽,士贰其行。士也罔极,二三其德。

《诗经·卫风·氓》中塑造了一位勤勉贤淑、敢爱敢恨的女子形象,也借女子的口吻把负心男子"氓"婚后背信弃义的丑陋嘴脸揭露得酣畅淋漓。婚前恋爱时,"氓之蚩蚩,抱布贸丝;匪来贸丝,来即我谋",男主人公天天带着憨厚的迷人笑容,借着来市场买卖布匹为名,对温婉美丽的女子展开追求,商量婚事。善良的女子哪里能辨清这柔情蜜意后的伪善机变?待得嫁人后,正如"桑之落矣,其黄而陨":女子多年操劳辛苦,韶华难再,但"女也不爽"(爽,差错),从无差错;而男子则百般刁难,言行粗暴,"二三其德"(朝三暮四),品行不端。鲁国季文子巧妙征引《卫风·氓》,把晋侯比作"二三其德"的负心男子,把鲁国则比作"无爽"之女,以责晋之无信。用诗句暗示,显得得体而又不至于使对方尴尬。

在历史长河中,这类"诗歌口才"典雅从容、含蓄深刻,既彰显了非凡的才华和机敏,更捍卫了国家利益。即便在兵戎相见之际,三寸之舌也不亚于百万雄兵,而又不失温文尔雅之态。

再说个轻松些的凭口才见才情、识英雄的掌故——神机妙算的刘基与朱元璋"诗以言志"的故事。相传,朱元璋四处打天下之时,延揽四方人才。至正二十年(1360年)刘基也被招入麾下,但起初并未受重用。一次两人在田野间散步,正值寒冬腊月,朱元璋看着周边滴水成冰的情景,脱口而出:"天寒地冻,水无一点不成冰。"刘基知道,这是朱元璋以诗为联来考查自己呢,马上对曰:"国乱民怨,王不出头谁作主?"朱元璋又出:"天作棋盘星作子,日月争光。"刘基接着对答:"雷为战鼓电为旗,风云际会。"见刘基口才了得,朱元璋内心欣喜,再出一联:"天下口,天上口,志在吞吴。"刘基喜主上志向高远,拍手称快道:"人中王,人边王,意图全任。"这三组对诗,堪称绝对。从此朱元璋对刘基刮目相看,很是重用;刘对朱也仰慕有加,铁心效命。好口才更让人"才露尖尖角,占尽好风光",在无形之中改变人一生的命运!

诗歌口才还体现在以诗为口,巧妙发问,起到此时无声胜有声的奇效。唐代诗人朱庆馀在应进士科举前心情忐忑,又不好明问高中与否,于是巧借诗之口展腹中才,探问水部员外郎张籍,写下了世人称道的《近试上张籍水部》:"洞房昨夜停红烛,待晓堂前拜舅姑。妆罢低声问夫婿,画眉深浅入时无?"前两句渲染新婚洞房内新娘一丝不苟地梳妆打扮,后两句写新娘不知自己的打扮能否讨得公婆的欢心,担心地问丈夫她所画的眉毛是否合宜。此诗朱庆馀以新妇自比,以新郎比张籍,以公婆比主考官,借以征求张籍的意见。全诗视角独特,以"入时无"三字为灵魂,将自己能否踏上仕途与新妇紧张不安的心绪作比,寓意自明,令人惊叹。

"腹有诗书气自华",出口成诗语亦奇。巧用诗句展口才,往往还能化解无解之问、无理之问。著名学者陆侃如年轻时才华横溢,精于诗文,超凡入圣。古典诗词的濡染滋养出他超众的才华和口才。20世纪30年代,陆侃如留学法国巴黎大学攻读文学博士学位,其博士论文涉及古诗《孔雀东南飞》,在论文答辩会上,他旁征博引,对答如流,顺风顺水。要知道,巴黎大学的博士学位可是非常难拿的。就在答辩将终,万事皆顺时,一法国教授突然发问:"为何孔雀要向东南飞?"满座愕然,屏气敛息,面面相觑!这哪里是发问,简直是发难啊!作为"乐府双璧"之一,《孔雀东南飞》是中国古代最长的叙事诗,记叙了刘兰芝、焦仲卿的爱情悲剧,歌颂了焦刘二人真挚的爱情和反抗精神。诗歌的起句"孔雀东南飞,五里一徘徊",不过是传统比、兴手法的运用,以孔雀失偶、徘徊回顾比喻焦刘离散之意,并兴起二人彼此顾恋之情。解释一下句意,倒也还勉强,至于问出"何以孔雀东南飞",确实是无解之问、无理之问!而二十岁出头就以研究屈原、《楚辞》成名的才子陆侃如沉吟片刻悠然应答道:"因为'西北有高楼'。"一语惊四座,举座皆称道!中国古代诗歌的瑰宝《古诗十九首》中正有"西北有高楼,上与浮云齐"一句。正因高楼浮云齐西北,那孔雀只好东南飞了。如此诗语妙答,彼时彼境,真是亏他想得出!虽是戏言,但幽默雅趣,机敏灵动,绝倒众人!据说,这事传到国内,著名文献学家杨明照教授曾多次评价说:"此答可入新《世说》。非此五字,不足以尽其妙!"好才情、妙诗文,相得益彰,成就绝妙好口才!时至今日,许多人可能未必读过陆侃如教授洋洋洒洒六十余万言的《中国诗史》等巨著,但先生以诗妙答无理问的机智口才,一直为人津津乐道,成为先生精彩人生的点睛之笔。

世上"能说"的人不少,可"会说"的就不多了。能把稻草说成金条的嘴巴固然厉害,但更多了些"三寸不烂之舌"的坑蒙拐骗的怪异味;耍"贫嘴"的,也透着无聊的印记。其实,这些算不上真正的口才。好口才贵在"会说",不只在"能说"。何妨用诗词濡染自己的口才看看?你来试试吧!

(石慧斌)

诗词与宣传

"文以载道"是中国古代文学的基本观念,中国古代强调文学的教化作用和维护现有政治秩序、进行道德说教的作用。因而中国古代文学不仅仅是一种纯个人化的性灵书写,也有实用主义的特点。宣传就是古代文学实用主义功用中的重要一种。

在《说文解字》中,"宣"的解释首先是:"天子宣室也。"另外,"宣"也有宣扬、传布、发扬的意思,而"传"是"转授"的意思。由于"宣"字原本具有指代"天子所在"的意思,因此"宣"字在指传布信息这种意思时具有了一种明确的"自上而下"的意味。在中国古代,"宣传"主要是指自上而下的传达信息,尤其代表了官方、特别是皇帝的旨意。

中国古代帝王常常以诗歌的形式向臣子和天下昭明心绪,宣传政治方针。

眷言思共理,鉴梦想维良。猗欤此推择,声绩著周行。贤能既俟进,黎献实伫康。视人当如子,爱人亦如伤。讲学试诵论,阡陌劝耕桑。虚誉不可饰,清知不可忘。求名迹易见,安贞德自彰。讼狱必以情,教民贵有常。恤惸(qióng)且存老,抚弱复绥(suí)强。勉哉各祗命,知予眷万方。

(李隆基《赐诸州刺史以题座右》)

《赐诸州刺史以题座右》为唐玄宗李隆基写给各州刺史的诗作。在诗中唐玄宗从选贤举能、兴办教育、奖励农耕、刑法惩处、抚老爱幼、修身操守等方面对各州刺史提出了要求,既是皇帝对于统治方略的宣传昭示,也寄予了君王对臣子的殷切希望。

中国古代的官员和知识分子也经常借助诗歌的形式向百姓宣传政府所

认可的价值规范、行为标准和意识形态。古代社会农民处于社会最底层,是受盘剥和压迫的对象。为了安抚农民,调和政府、地主阶级和农民之间的关系,古代士大夫们常常借助诗歌进行宣传。

> 己田自种乐为农,不肯勤耕奉主翁。
> 劝汝回心毋见错,秋成获利两家同。
>
> (熊克《劝农十首·其五》)
>
> 仕宦之身,南州北县。商贾之人,天涯海岸。争如农夫,六亲对面。门无官府,身即强健。夏绢新衣,秋米白饭。不知金贵,惟闻杰贱。鹅鸭成群,猪羊满圈。官税早了,逍遥用诞。安眠称睡,直千直万。
>
> (谢艮斋《劝农》)

熊克在《劝农十首·其五》中指出了农民想要拥有自己的耕田的心理,向农民宣传租种地主田地双方得利的观念。谢艮斋在《劝农》一诗中把农家生活描绘成田园牧歌,并把农民的地位置于士与商之上,向世人宣传农业和农耕的重要性。

在古代的边塞诗中,我们也可以发现宣传的作用。

> 汉将承恩西破戎,捷书先奏未央宫。
> 天子预开麟阁待,只今谁数贰师功。
>
> 官军西出过楼兰,营幕傍临月窟寒。
> 蒲海晓霜凝马尾,葱山夜雪扑旌竿。
>
> 鸣笳叠鼓拥回军,破国平蕃昔未闻。
> 丈夫鹊印摇边月,大将龙旗掣海云。
>
> 日落辕门鼓角鸣,千群面缚出蕃城。
> 洗兵鱼海云迎阵,秣马龙堆月照营。

> 蕃军遥见汉家营，满谷连山遍哭声。
> 万箭千刀一夜杀，平明流血浸空城。
>
> 暮雨旌旗湿未干，胡烟白草日光寒。
> 昨夜将军连晓战，蕃军只见马空鞍。
>
> （岑参《献封大夫破播仙凯歌六首》）

天宝末年，岑参担任安西北庭节度使封常清的幕府判官。在唐代尤其是初、盛唐时期，士人为了实现建功立业的理想而积极加入边境武将的幕府，他们在幕府期间的创作，也带有宣传朝廷意志、宣扬将士功绩的意图。《献封大夫破播仙凯歌六首》记述了封常清率军大破播仙之战。前四首以铺排的手法详细描绘了唐军大破敌军凯旋的情景。后两首追述了唐军与播仙军两军对峙及激战的场面。在唐军的浴血奋战之下，最终"蕃军只见马空鞍"。这首组诗热情歌颂了英勇顽强的唐军将士，不仅鼓舞了边军将士的士气，而且向朝廷宣扬了将士们的事功，是对唐军英勇无敌之师的最好宣传。随着诗歌流传到中原与民间，也极大地强化了全国上下的国家意识，提升了民族凝聚力。

古典诗歌在政治层面承担了宣传的功能，在民间生活中，古典诗歌中也存在着宣传的现象，含有广告的因素。

> 家林香橙有两树，根缠铁钮凌坡陀。鲜明百数见秋实，错缀众叶倾霜柯。翠羽流苏出天仗，黄金戏球相荡摩。入苞岂数橘柚贱，芼鼎始足盐梅和。江湖苦遭俗眼慢，禁御尚觉凡木多。谁能出口献天子，一致大树凌沧波。
>
> （曾巩《橙子》）
>
> 针头如麦芒，气出如车轴。间关络脉中，性命寄毛粟。而况清净眼，内景含天烛。琉璃贮沆瀣（hàng xiè），轻脆不任触。而子于其间，来往施锋镞。笑谈纷自若，观者颈为缩。运针如运斤，去瞖如拆屋……
>
> （苏轼《赠眼医王生彦若》）

曾巩的故乡在今天的江西南丰，历来盛产蜜橘但又声名不彰，传说曾巩的《橙子》就是为了彰其名而作。曾巩此诗传播开来以后,南丰橘子身价倍涨,才有了"南丰贡橘"的美誉。

苏轼曾得眼疾,被医者彦若治好之后欣然赠诗。《赠眼医王生彦若》中,苏轼描绘了彦若出神入化的医术和举重若轻的潇洒神姿。这首诗除了表达感谢之外,以苏轼的名人效应,想必彦若应该会声名大盛。此诗的广告宣传效应也就不言而喻了。

(华　伟)

诗词与外交

中国是诗的国度,中国的任何活动无不存在着诗歌的身影,即使是在严肃的外交场合也常有诗歌相伴,诗歌不仅能够展现中国外交的发展,还一度成为外交辞令的文学载体。可以说,中国文化的骨子里流淌着诗歌的血液。

一、春秋时期

孔子有言曰:"不学诗,无以言。"大都认为这只是针对个人而言,其实对于古代的各国,也是如此。春秋时期诸侯国的往来有很多以诗言志、赋诗应对的现象。古人认为诗可以表达人的思想感情和志向抱负,可以"告诸往而知来者",就是了解过去,预测将来。在诸侯国之间的交往中,《诗经》具有重要的作用,经常被政治家用来委婉地表达自己的意图。孔子曾说:"诵诗三百,授之以政,不达;使于四方,不能专对;虽多,亦奚以为?"可见孔子已经认为读诗的真正目的是用于国家外交。这段话表明,在春秋战国时期,《诗经》已经用于政治外交,不懂《诗经》,就难以胜任外交工作。诸侯之间赋诗外交在《左传》和《国语》中多有记载。

公元前637年,晋公子重耳来到秦国。秦穆公曾帮助重耳的弟弟夷吾即位,由于夷吾即位后背信弃义,不肯履行割让土地的承诺,秦穆公与之反目成仇,转而扶持重耳,欲推翻夷吾。于是秦穆公对待来访的重耳,故意提

高设宴规格,使其享国君之礼。席间二人也赋诗交谈。最后秦穆公借《六月》诗表明了自己的政治意向:

六月栖栖,戎车既饬(chì)。四牡骙骙,载是常服。玁狁(xiǎn yǔn)孔炽,我是用急。王于出征,以匡王国。

比物四骊,闲之维则。维此六月,既成我服。我服既成,于三十里。王于出征,以佐天子。

四牡修广,其大有颙(yóng)。薄伐玁狁,以奏肤公。有严有翼,共武之服。共武之服,以定王国。

玁狁匪茹,整居焦获。侵镐及方,至于泾阳。织文鸟章,白旆(pèi)央央。元戎十乘,以先启行。

戎车既安,如轾如轩。四牡既佶(jí),既佶且闲。薄伐玁狁,至于大原。文武吉甫,万邦为宪。

吉甫燕喜,既多受祉。来归自镐,我行永久。饮御诸友,炰(fǒu)鳖脍鲤。侯谁在矣?张仲孝友。

诗中的"以匡王国""以佐天子""以定王国",明确地表示秦穆公想要辅助重耳即位,推翻夷吾。重耳明白了秦穆公的心意,重整旗鼓,最终击败了夷吾,成为后来称霸中原的晋文公。

当然,也有国君或朝臣愚昧无知,不懂诗意,从而误了外交使命。

公元前623年,卫国大夫宁武子奉命访问鲁国,鲁文公在宴会上赋《湛露》和《彤弓》:

湛湛露斯,匪阳不晞。厌厌夜饮,不醉无归。
湛湛露斯,在彼丰草。厌厌夜饮,在宗载考。
湛湛露斯,在彼杞棘。显允君子,莫不令德。
其桐其椅,其实离离。岂弟君子,莫不令仪。

(《小雅·湛露》)

彤弓弨(chāo)兮,受言藏之。我有嘉宾,中心贶之。钟鼓既设,一朝飨之。

彤弓弨兮,受言载之。我有嘉宾,中心喜之。钟鼓既设,一朝右之。

彤弓弨兮，受言櫜（gāo）之。我有嘉宾，中心好之。钟鼓既设，一朝酬之。

（《小雅·彤弓》）

宁武子既不拜谢，也不赋诗回应。鲁文公迷惑不解，只好派人私下询问。宁武子指出：《湛露》是向朝贺天子的诸侯演奏时用的诗，《彤弓》是天子为奖励战功卓著的诸侯而赋的诗，我不过是个陪臣，岂敢触犯大礼？

公元前546年，阴谋篡位上台的齐国大臣庆封访问鲁国，负责接待的鲁国大夫叔孙豹对庆封本来就看不起，加以这次来访，庆封的马车过于奢华，更引起鲁国人的非议。宴会上，叔孙豹吟《相鼠》加以讥讽：

相鼠有皮，人而无仪。人而无仪，不死何为！
相鼠有齿，人而无止。人而无止，不死何俟！
相鼠有体，人而无礼。人而无礼，胡不遄（chuán）死！

其中的不满和斥责之意，已经非常明显，而庆封却不懂其意，连答赋都没有，更加遭人讥笑。

公元前530年，宋国大臣华定访问鲁国。宴席上鲁国人赋《蓼（liǎo）萧》：

蓼彼萧斯，零露湑（xǔ）兮。既见君子，我心写兮。燕笑语兮，是以有誉处兮。
蓼彼萧斯，零露瀼瀼（ráng）。既见君子，为龙为光。其德不爽，寿考不忘。
蓼彼萧斯，零露泥泥。既见君子，孔燕岂弟。宜兄宜弟，令德寿岂。
蓼彼萧斯，零露浓浓。既见君子，鞗（tiáo）革忡忡。和鸾雍雍，万福攸同。

可是华定不知道诗意，也没有任何表示，鲁国人大惑不解。事后鲁国一大臣怀疑道："华定恐怕是要离开宋国。我们用诗赞美他，他却不肯接受，可见他不满足于自己的现状啊。"

公元前506年，吴国军队攻入楚国郢都，楚昭王逃到随国。申包胥向秦国求助,请求出兵。申包胥说,吴国一再吞并其他国家,首先从楚国开始。楚王家国失守,身处草莽,派我来求援,让我告诉你们,吴国的贪婪之心是不会满足的,它迟早会成为你们秦国的祸患。秦哀公听到这些话后派人安排申包胥到宾馆休息,日后再议。申包胥却回答道:"寡君还流落在外,没有安身之处,下臣哪敢贪图安逸?"说完他靠着院墙大哭,哭声日夜不断,七天不止,没喝一口水,秦哀公被申包胥感动,为他赋诗《无衣》:

岂曰无衣?与子同袍。王于兴师,修我戈矛,与子同仇!
岂曰无衣?与子同泽。王于兴师,修我矛戟,与子偕作!
岂曰无衣?与子同裳。王于兴师,修我甲兵,与子偕行!

这诗中"与子同仇""与子偕作""与子偕行"明确表示愿意出兵协助。申包胥非常感激,向秦哀公叩首九次才坐下。后楚昭王在秦国的帮助下,收复都城。

二、唐朝时期

唐代是我国多民族国家形成与发展的重要历史时期,也正是在此一时期,以唐帝国为中心,亚洲诸国间的交通往来,呈现出空前繁荣的景象。而在唐朝与诸国的外交活动中,诗歌也占据着一定地位。从这些外交诗歌中,我们不仅能一探唐代的外交政策,还能了解唐代与其他国家的文明发展交流进程。

699年,唐王朝国力正盛,在唐蕃之间的角力中,也尚处优势,但是唐朝仍然采取保守的求和避战政策,这一点从张说的《送郭大夫元振再使吐蕃》一诗和杜审言的《送和西蕃使》中可见一斑。前诗中有"犬戎废东献,汉使驰西极。长策问酋渠,猜阻自夷殒"的诗句,强调元振此次出使的目的在于化解矛盾,重建和平。后诗中有"圣朝尚边策,诏谕兵戈偃"的诗句,认为朝廷派遣使节是出于安边策略之考虑,并预期其目的是"疆场及无事,雅歌而餐饭"。

安史之乱以前的唐朝,国威远扬、四方慕化,与周边诸国都有密切联系,都城充溢着从各方而来的留学生、商贾、工匠等。日本人晁衡居唐五十年,与盛唐诗人李白、王维、储光羲等私交甚笃。当晁衡渡海遇难的讹言传至,李白更是悲痛欲绝地写下了《哭晁卿衡》的名篇:

>日本晁卿辞帝都，征帆一片绕蓬壶。
>明月不归沉碧海，白云愁色满苍梧。

积极的外交政策使得唐朝中原的很多文化典籍传入异域，带动了周边国家的发展。大批唐朝使节与和蕃公主，在很大程度上也充当了传播中原文化的使者，这在诗歌中也有所体现。刘禹锡在《酬杨司业巨源见寄》中写道：

>渤海归人将集去，梨园弟子请词来。

崔日用在《奉和送金城公主适西蕃》中写道：

>俗化乌孙垒，春生积石河。

由于唐王朝的强大开放，与日韩两国很少存在领土问题等政治争端，因而一直能保持正常的交往状态。日本、新罗对于唐朝文化的学习热情十分高涨，成果也最为显著。唐代诗人顾云在《送崔致远西游将还》赞美朝鲜人崔致远："十二乘船渡海来，文章感动中华国。十八横行战词苑，一箭射破金门策。"

安史之乱的爆发，不仅使唐王朝历时一百余年积累而成的巨大繁荣毁于一旦，也使唐王朝与周边民族政权之间的力量对比失衡。吐蕃、回鹘、南诏开始频频侵扰，唐王朝面临着巨大的边防压力。

杜甫曾有《送杨六判官使西蕃》一诗送其同行者，诗云：

>送远秋风落，西征海气寒。
>帝京氛祲满，人世别离难。
>绝域遥怀怒，和亲愿结欢。
>敕书怜赞普，兵甲望长安。
>宣命前程急，惟良待士宽。
>子云清自守，今日起为官。
>垂泪方投笔，伤时即据鞍。

儒衣山鸟怪，汉节野童看。
边酒排金盏，夷歌捧玉盘。
草轻蕃马健，雪重拂庐干。
慎尔参筹画，从兹正羽翰。
归来权可取，九万一朝抟。

吕温使蕃期间，经过河源，曾作诗《经河源军汉村作》：

行行忽到旧河源，城外千家作汉村。
樵采未侵征虏墓，耕耘犹有破羌屯。
金汤天险长全设，伏腊华风亦暗存。
暂驻单车空下泪，有心无力复何言？

可见形势的骤然改变，给诗人的心灵投下了浓重的阴影。那种因万国来朝而形成的雍容自信之胸襟，几成绝响。在中晚唐诗人所创作的对外交往诗中，无不渗透着对国势的担忧和对恢复和平生活的希望。

三、新中国时期

毛泽东不仅是出色的政治家、军事家，还是一位极富才情的诗人，在政治生活中也常常洋溢着诗情画意。1956 年 11 月 30 日，毛泽东接见苏联驻华大使尤金时引用了"长城万里今犹在，不见当年秦始皇"的诗句。这句诗源于一个"六尺巷"的典故。张英是康熙年间文华殿大学士，一次，家人修治家院，因地界不清，与方姓邻家发生争执，告到官府。因双方都是高官望族，县令不敢贸然决断。张英在京，得知事情经过，便赋诗回信，诗云：

千里修书只为墙，让他三尺又何妨。
长城万里今犹在，不见当年秦始皇。

家人接信后，遵嘱立即让出三尺土地，以示不再相争。方姓人家得知后，也效仿让出三尺，于是成了一条六尺巷。此事传为佳话，人们津津乐道。针对当时中苏关系，毛泽东引用此诗，用意极深。

1957年9月18日,毛主席会见印度副总统拉达克里希南时,便化用了管道昇的曲词:

> 两个泥菩萨,一起都打碎,
> 用水调和,再做成两个泥菩萨。
> 你身上有我,我身上有你。

管道昇是南宋书法家赵孟𫖯的妻子,赵孟𫖯五十岁时恋慕少女,想要纳妾,作诗示意妻子,管道昇不同意,作了一首《我侬词》回应:

> 你侬我侬,忒煞情多,情多处,热如火。
> 把一块泥,捻一个你,塑一个我。
> 将咱两个,一起打破,用水调和。
> 再捻一个你,再塑一个我。
> 我泥中有你,你泥中有我。
> 与你生同一个衾,死同一个椁。

管道昇情深意切,赵孟𫖯自觉羞愧,打消了纳妾的念头。毛主席化用此诗,也表明了对印度的友好外交态度。

(田志平)

第六章
诗词与自然

关关雎鸠,在河之洲。
青山遮不住,毕竟东流去。
稻花香里说丰年,听取蛙声一片。
有女同车,颜如舜华。
过春风十里,尽荠麦青青。
风声一何盛,松枝一何劲。
闲门向山路,深柳读书堂。
……

诗词与禽类

古诗中的"鸟"

鸟,作为自然的宠物,与诗歌有不解之缘。翻开中国的古代诗歌,映入眼帘的是一幅百鸟图:凤凰、燕雀、鲲鹏、鸿鹄、杜鹃、鹧鸪、黄鹂、白鹭、鹦鹉,无不在这里栖集。当然,古代诗人的引鸟入诗,大多是"醉翁之意不在酒",另有作用。这里我们不妨分析一下古人引鸟入诗的意图。

古人引鸟入诗的意图大致有两种:

一、借鸟比兴

比兴手法,是早期诗歌创作中的主要手法之一。这种手法,常常借鸟以构造,借鸟以比兴,在诗经、楚辞中尤多。例如:

① 关关雎鸠,在河之洲。窈窕淑女,君子好逑。(《诗经·关雎》)
② 雄雉于飞,泄泄其羽。我之怀矣,自诒伊阻。(《诗经·雄雉》)
③ 鸤鸠在桑,其子七兮。淑人君子,其仪一兮。(《诗经·鸤鸠》)
④ 鸳鸯于飞,毕之罗之。君子万年,福禄宜之。(《诗经·鸳鸯》)

以上四例中的雎鸠、雄雉、鸤鸠(即布谷鸟)、鸳鸯,都是用以起兴的,"兴者,先言他物以引起所咏之词也。"例①以"雎鸠"起兴,引起了"淑女"的吟咏;例②以"雄雉"起兴,以引起闺中少妇对行役丈夫的怀念;例③以"鸤鸠"起兴,引起对"淑人君子""心平专一"(朱熹语)的吟咏;例④以"鸳鸯"起兴,引起对"君子"的颂祷之词。

⑤ 鸱鸮(chī xiāo)鸱鸮,既取我子,无毁我室。(《诗经·鸱鸮》)
⑥ 有鸟自南兮,来集汉北。好姱佳丽兮,牉独处此异域。(屈原《抽思》)
⑦ 及年岁之未晏兮,时亦犹其未央。恐鹈鴂(tí jué)之先鸣兮,使

夫百草为之不芳。(屈原《离骚》)

⑧ 鸾鸟凤凰,日以远兮。燕雀乌鹊,巢堂坛兮。(屈原《九章·涉江》)

例⑤"鸱鸮"是比喻。鸱鸮,据说是一种"攫鸟子而食者",这里用以比喻作乱造反的管叔、武庚。例⑥中的"鸟",屈原用以自比。例⑦中的"鹈鴂",例⑧中的"燕雀""乌鸦",都比喻小人,而"凤凰"则比喻贤士。

我们以上仅举《诗经》《楚辞》中的例子,便足以证明以鸟比兴的手法在早期诗歌中已普遍使用。至于后代,则更是比比皆是,不用赘述了。

二、托情于鸟

借鸟以抒心境,是古代诗歌中"引鸟入诗"的又一大特点。

在诗词中,有些鸟是愁苦的象征。例如:

① 又闻子规啼夜月,愁空山。(李白《蜀道难》)
② 杨花落尽子规啼,闻道龙标过五溪。(李白《闻王昌龄左迁龙标遥有此寄》)
③ 住近湓江地低湿,黄庐苦竹绕宅生。其间旦暮闻何物?杜鹃啼血猿哀鸣。(白居易《琵琶行》)
④ 青山遮不住,毕竟东流去。江晚正愁余,山深闻鹧鸪。(辛弃疾《菩萨蛮·书江西造口壁》)

子规,也叫杜鹃,历来被视为"忧愁"的象征。在古人眼中,它的叫声如说:"不如归去,不如归去"。多少游子,夜晚闻之,惆怅陡增,夜不能寐!所以,例①李白以"愁空山",形容杜鹃给人带来的忧思;例②以"子规啼夜月"起句,烘托了愁思气氛,寄托了对身遭不幸的友人的同情。例③"杜鹃啼血"的诗句,一方面反映居住环境的恶劣,一方面反映作者地处贬所,对失去的"天堂"——京城的思念。例④鹧鸪的叫声犹如说:"哥哥行不得也。"行人听了,心中能不生踌躇?诗人正在发愁的时候而闻此声,心情该多么悲伤?

在诗人们眼中,有些鸟则是属于报喜型的,人们对它们似乎十分钟爱,喜鹊就是如此。《开元天宝遗事》载:"时人之家,闻鹊声皆为喜兆,曰灵鹊报喜。"冯延巳的《谒金门》云:"终日望君君不至,举头闻鹊喜。"这句词写的是闺情。闺中人整日倚门而望,不见"他"来,但忽然心中惆怅化去,面露喜色,原因何在?在于听到的喜鹊叫声。

当然,灵鹊报喜,只是人们的一种看法,并无科学依据的。无名氏《鹊踏枝》中就有灵鹊(喜鹊)报喜不灵而被"囚禁"的描写:"叵耐灵鹊多谩语,送喜何曾有凭据?几度飞来活捉取,锁上金笼休共语。"看,这里的妻子思念丈夫心切,对报喜不实的喜鹊进行惩罚了!

(孙汉洲)

诗词与动物学

我国古代的一些诗词歌赋中,很多文人墨客借对自然现象的描述或是对动植物特征习性的概括,抒发情怀,讴歌自然,比如《诗经》中提到了一百零八种动物,成为我国动物学和诗歌相结合的最佳典范,表现了独特的文化内涵。

一、以诗歌反映动物本能行为

南宋诗人杨万里在《宿新市徐公店》写道:"儿童急走追黄蝶,飞入菜花无处寻。""黄蝶"飞入"菜花"中便"无处寻"了,说明动物体色与环境颜色极为相似,这在生物学上称为保护色。具有保护色的动物不易被其他动物发现,这对动物躲避敌害或猎捕都是有利的,属于动物的防御行为。动物保护色是经过长期的自然选择而逐渐形成的。

唐代著名诗人白居易《钱塘湖春行》的名句"几处早莺争暖树,谁家新燕啄春泥",用生物学知识分析,"早莺争树"和"燕啄春泥"都是为了占有繁殖的空间,筑巢繁殖后代。但前者如果着眼于"争"也可以视为一种领域行为,后者则是典型的繁殖行为。白居易的另一首《燕诗示刘叟》中的名句:"须臾十来往,犹恐巢中饥。辛勤三十日,母瘦雏渐肥。"也描写了动物的繁殖行为。

东汉刘桢《斗鸡诗》写道:"丹鸡被华采,双距如锋芒。愿一扬炎威,会战此中唐。"雄鸡体内的雄性激素使得公鸡色彩艳丽,有利于它吸引异性。同种动物之间有时会因领地、食物、配偶等原因而发生争斗,这属于动物的攻击行为。

唐朝诗人李贺《致酒行》中写道:"我有迷魂招不得,雄鸡一声天下白。"公鸡对光线特别敏感,当天刚刚发亮时,就能感到光波而报晓。这是动物节律行为中的昼夜节律。

唐代李商隐的《无题》中的名句"春蚕到死丝方尽,蜡炬成灰泪始干",便写出了家蚕的生长发育过程,即在幼虫阶段吐丝。用生物学知识看,家蚕是完全变态发育,在幼虫阶段吐丝后便进入蛹化阶段,最后还有羽化(即蚕蛾)阶段。显然,诗人的"到死丝方尽"并非事实。

二、以诗歌反映动物对外界刺激的反应

南宋词人辛弃疾《西江月·夜行黄沙道中》中"明月别枝惊鹊,清风半夜鸣蝉",意思是:明亮的月光惊起了正在栖息的鸟鹊,在清风吹拂的深夜,蝉儿叫个不停。半夜时分,鹊和蝉本应该入睡歇息,正是月光和清风给予的外界刺激将其唤醒,这是动物对于外界的刺激产生的一种趋利避害反应,属于生物的应激性。

唐代诗人张祜的七言绝句《赠内人》:"斜拔玉钗灯影畔,剔开红焰救飞蛾。"意思是:拔下玉钗独坐在灯影旁边,挑开灯焰救下扑火的飞蛾。飞蛾夜间活动,扑火是因为具有趋光性,是动物对于外界的刺激产生趋利避害的反应,这属于生物的应激性,是生物的基本特征之一。无独有偶,唐代诗人杜牧《秋夕》中"银烛秋光冷画屏,轻罗小扇扑流萤",清代秦应阳《飞蛾》中"飞蛾性趋炎,见火不见我。愤然自投掷,以我畏炎火",也写到了这一生物学现象。

唐代诗人李白《将进酒》中的"君不见,高堂明镜悲白发,朝如青丝暮成雪",更是写出人由于极度紧张、忧愁、悲伤等原因往往会引起体内发生一系列急剧变化,造成内分泌严重失调,在很短时间内出现白发。

三、以诗歌反映动物的繁衍发育

"野蚕作茧人不取,叶间扑扑秋蛾生。"(唐·王建《田家行》)这句诗描述了野蚕作茧化蛹、茧中出蛾的现象。从发育过程来看,野蚕的发育过程属

于完全变态。

"穿花蛱蝶深深见,点水蜻蜓款款飞。"(唐·杜甫《曲江二首》)这句诗将蝴蝶在花丛中飞舞觅食、交配、产卵和蜻蜓点水产卵、一触即飞之状,描绘得栩栩如生。同时,这句诗也描写出了蝴蝶在取食时的优雅、灵活,反映了其取食行为的特征。

"几处早莺争暖树,谁家新燕啄春泥。"(唐·白居易《钱塘湖春行》)"莺争暖树"是由于早春气候还冷,因而黄莺会为向阳的树枝而相互争斗。这实际上是它们繁殖中的一种占区行为。"燕啄春泥"则反映出燕子用喙衔泥草,并混以唾液在屋檐下的筑巢行为。

"青虫不易捕,黄口无饱期。须臾十来往,犹恐巢中饥。"(唐·白居易《燕诗示刘叟》)这句诗通过鸟类育雏的现象,使学生认识到生物繁衍后代是它们的一种本能,更让其体会到父母生儿育女的艰辛。

四、以诗歌搭建动物的生态系统

南宋词人辛弃疾《西江月·夜行黄沙道中》中有名句:"稻花香里说丰年,听取蛙声一片。"这里的"蛙声一片"就描写了青蛙通过鸣叫寻求配偶前来交配的情景,正是青蛙的大量繁殖,并大量捕食农业害虫,使得害虫减少,稻谷才会丰收。所以这句词不仅包含了青蛙的繁殖行为,也包含着害虫吃水稻、青蛙吃害虫这条食物链,还描写了农田的生态系统。

"竹外桃花三两枝,春江水暖鸭先知。"(宋·苏轼《惠崇春江晚景》)春江水暖,鸭子先知,写鸭子对水温的感觉,完全是由鸭子在水面的嬉水神态联想出来的,这说明了温度这一非生物因素对鸭生活习性的影响重大,而江水的温度正是鸭子繁衍生息的重要生态系统构成要素之一。

"两个黄鹂鸣翠柳,一行白鹭上青天。"(唐·杜甫《绝句四首·其三》)同种动物会因为觅食、防御、繁殖等原因而生活在一起,这属于动物的群聚现象,它们自身也构成一个生态系统。

(孙　璐)

诗词与花草

很多时候,我们都会将花草当作大自然的使者,我们将对自然的喜爱都倾注在花草之上。作为大自然中植物的代表,花草展现了它无与伦比的魅力。较之其他自然物,它娇小繁杂,体态多样,缤纷绚烂,柔弱无力却又生命力旺盛。你可以在任何时候、任何地方看到花草的影子,也许是张扬无畏的,也许是枯萎干瘪的。也许是花草的这种无处不在,捕捉了诗人的眼睛,紧随着诗人的思绪,因此,它们的足迹也在诗歌这片沃土上滋长蔓延,随文摇曳。

一、花草之形态

花之美,首先在于形。花草之色彩缤纷,自然界中无出其右。纷繁的花色,也迷了诗人的眼,于是有了白居易的"乱花渐欲迷人眼",陆游的"纷纷红紫已成尘",韩愈的"百般红紫斗芳菲",杜甫的"晓看红湿处,花重锦官城",朱熹的"万紫千红总是春"。

花之姿态万千,自然界中也首屈一指。不但一季之花千姿百态,而且花期不同,四季之花各有千秋。春季就有"沾衣欲湿杏花雨"的杏花,有"桃花一簇开无主,可爱深红爱浅红"的桃花,有"杨花榆荚无才思,惟解漫天作雪飞"的杨花,有"梨花淡白柳深青,柳絮飞时花满城"的梨花;夏季就有"满架蔷薇一院香"的蔷薇,有"中通外直,不蔓不枝,香远益清,亭亭净植"的荷花,有"更无柳絮因风起,惟有葵花向日倾"的向日葵,有"石榴开遍透帘明"的石榴花;秋天则有"暗暗淡淡紫,融融冶冶黄"的菊花,有"桂子月中落,天香云外飘"的桂花;冬天则有"遥知不是雪,为有暗香来"的寒梅。

花之香气醉人,也非它物所能比拟。或是浓郁扑鼻,或是清淡缥缈,或甜蜜沁人,或干涩刺鼻,时时撩拨着诗人的心弦。于是有了晏几道的"弄花熏得舞衣香",有了杜甫的"迟日江山丽,春风花草香",有了方千里的"菱藕花开来路香",有了苏轼的"霜风渐欲作重阳,熠熠溪边野菊黄",有了郑思肖的"宁可枝头抱香死,何曾吹落北风中",有了卢梅坡的"梅须逊雪三分白,雪却输梅一段香"。

草之形态虽逊于花,然而胜在生命力旺盛,最早感知春意。早春将至,它便一大片一大片地生长开来,天涯海角都有它的广袤身影,一年四季都有它的默默陪衬。它柔弱娇小,却又顽强乐观,也因此赢得诗人的喜爱。于是曹操吟出"树木丛生,百草丰茂",辛弃疾写下"茅檐低小,溪上青青草",白居易赞道"离离原上草,一岁一枯荣",韦应物咏出"独怜幽草涧边生,上有黄鹂深树鸣"。何况花色繁杂,需要草青色的调和。花之美好姿态,更是在青草的映衬下,才大放光彩。所以在古诗中,花和草也常常放在一起进行描述,例如白居易的"乱花渐欲迷人眼,浅草才能没马蹄",杜甫的"迟日江山丽,春风花草香",刘禹锡的"朱雀桥边野草花,乌衣巷口夕阳斜",等等。

二、花草之意象

花草不仅具有形态美,更是因其具有的特质而被诗人赋予了诸多意象色彩,以排遣忧愁、抒发情感或表明志趣。而花草的象征意义有的源于本身的生命特征,如浮萍因水面浮生的特点而被赋予漂泊无根的象征意义;有的源于在特定季节里的形态特点,如菊花因在百花凋残的深秋绽放而具有高洁淡泊的品质;有的源于文学典故,如牡丹因"被贬洛阳"的典故而象征不畏权贵的精神。花草的象征意义十分广泛,遍及人类各种情感类型。下面简要从爱情、亲情、友情、言志、抒怀这几个方面进行细述。

(一) 花草与爱情诗

早在《诗经》当中,花草就被赋予了各种情思,成为男女表达情感的载体。例如《郑风·有女同车》:

有女同车,颜如舜华。将翱将翔,佩玉琼琚。彼美孟姜,洵美且都。
有女同行,颜如舜英。将翱将翔,佩玉将将。彼美孟姜,德音不忘。

这里的的"舜",就是木槿花。木槿花盛开时在盛夏,花色有红色、白色、蓝色、紫色等,十分艳丽;但是花期很短,早上开花,傍晚就会凋谢枯萎。这里用来形容女子,不仅体现了女子容貌娇媚之难得,更体现了重在女子内在美好品德的意向。

《郑风·溱洧(zhēn wěi)》诗云:

> 溱与洧,方涣涣兮。士与女,方秉兰兮。女曰观乎?士曰既且。且往观乎?洧之外,洵訏且乐。维士与女,伊其相谑,赠之以勺药。

芍药是一种香草,初夏开花,花色有红有白。古代"芍"与"约"同音,有起誓盟约、缔结良约之意,因此诗中男女在嬉戏之后,互赠芍药,以表深情,此诗奠定了芍药的感情基调。随着时间变迁,芍药具有了别离的象征意义,又称为"将离草"。例如姜夔的《扬州慢》:

> 淮左名都,竹西佳处,解鞍少驻初程。过春风十里,尽荠麦青青。自胡马窥江去后,废池乔木,犹厌言兵。渐黄昏,清角吹寒,都在空城。
> 杜郎俊赏,算而今、重到须惊。纵豆蔻词工,青楼梦好,难赋深情。二十四桥仍在,波心荡、冷月无声。念桥边红药,年年知为谁生?

其中的"红药"就是红芍药,在诗中寄予了别离孤寂之苦,表现"寂寞开无主"的荒凉。

百花之中,桃花因其花期初春、颜色粉嫩而作为单纯美丽的年轻女子的象征,同时也象征着最初的美好纯洁的爱情。崔护在《题都护南庄》中写道:

> 去年今日此门中,人面桃花相映红。
> 人面不知何处去,桃花依旧笑春风。

年轻美好的女子,在红艳艳的桃花映照之下显得更加青春美貌、风韵袭人;花娇人美,在诗人心头留下了难以抹去的印记。如今桃花依旧,美人不在,那份惆怅遗憾之情令人叹惋。

草的意象在爱情诗中也具有其象征意义。这在《诗经》中也有所体现,例如《卫风·伯兮》:

> 自伯之东,首如飞蓬。岂无膏沐?谁适为容?
> 其雨其雨,杲杲出日。愿言思伯,甘心首疾!
> 焉得谖(xuān)草,言树之背。愿言思伯,使我心痗!

谖草就是现在的萱草,古人认为食用萱草可以忘记烦恼,所以又称"忘忧草"。诗中女子因丈夫离去而愁思难解,想要求得萱草,使其忘却心中烦恼。萱草在后世象征忘忧之意和思念之愁。例如黄庭坚《满庭芳》:

> 明眼空青,忘忧萱草,翠玉闲淡梳妆。小来歌舞,长是倚风光。我已逍遥物外,人冤道、别有思量。难忘处,良辰美景,襟袖有余香。

表示男女相思之意的还有红豆,最具代表性的莫过于唐代大诗人王维的那首《相思》:

> 红豆生南国,春来发几枝。
> 愿君多采撷(xié),此物最相思。

虽然诗人当初倾诉的对象是朋友,但是由于红豆红艳似火、质地坚硬,象征着热烈坚贞的爱情,因此后世多用红豆寄托男女相思之情。晚唐诗人温庭筠《南歌子词二首》就借红豆表相思之情:

> 一尺深红胜曲尘,天生旧物不如新。
> 合欢桃核终堪恨,里许元来别有人。
>
> 井底点灯深烛伊,共郎长行莫围棋。
> 玲珑骰(shǎi)子安红豆,入骨相思知不知?

在乐府诗《孔雀东南飞》中,刘兰芝对焦仲卿说:"君当作磐石,妾当作蒲苇。蒲苇纫如丝,磐石无转移。"诗中用"蒲苇"表现了女子坚贞不移的爱情,是爱情忠贞的象征。

(二)花草与亲情诗

小草因暖春而生,它也以一袭绿色,回报春天。诗人孟郊抓住了小草这一特性,写下了千古名诗《游子吟》:

> 慈母手中线,游子身上衣。
> 临行密密缝,意恐迟迟归。

谁言寸草心,报得三春晖。

　　小草卑微弱小,而生命旺盛,遍布天涯海角,正像那羁旅天涯的游子。正是这样弱小的生命,还思量着回报春的养育之恩。可是区区小草,又怎么回报得了呢?诗人借小草和春的意象表现父母的养育之恩何等深厚,儿女难以偿还。

　　据《世说新语》记载,曹操之子曹丕称帝之后,因忌惮弟弟曹植的势力,想要除掉他。因命其七步之内作成一首诗,否则便治罪。曹植应声咏出一首《七步诗》:

　　煮豆持作羹,漉菽(shū)以为汁。
　　萁在釜下燃,豆在釜中泣。
　　本自同根生,相煎何太急?

　　诗中用同根而生的萁和豆来比喻同父共母的兄弟,用燃萁煎其豆来比喻兄弟反目,自相残害。古诗的真伪已不可辨,而萁与豆作为兄弟情的象征却流传至今。

　　古人离别时,有折柳枝相赠的风俗,最早出现在乐府《折杨柳歌辞》中。"折柳"一词寓含"惜别怀远"之意。我国古代亲朋好友一旦分离,送行者总要折一支柳条赠给远行者,在思念亲人、怀念故友时也会折柳寄情。如李白《春夜洛城闻笛》:

　　谁家玉笛暗飞声,散入春风满洛城。
　　此夜曲中闻折柳,何人不起故园情。

　　在中国古代民间风俗中,重阳节这一天,人们需登高望远,畅饮菊花酒,还要身插茱萸或佩带茱萸香囊,以攘除灾祸。茱萸就有了重阳节思念亲友的象征意义,代表作是王维的《九月九日忆山东兄弟》:

　　独在异乡为异客,每逢佳节倍思亲。
　　遥知兄弟登高处,遍插茱萸少一人。

(三) 花草与友情诗

古人喜用流水、明月来表达朋友情深,也喜用花草来寄寓对友人不舍、思念之情。前文所述"折柳""茱萸"等不仅是对亲人的思念,也可表示对友人的思念。但花草表示思念友人的象征意义不是固定的,具有"因诗而异"的特点。例如,罗隐在《绵谷回寄蔡氏昆仲》中写道:

> 一年两度锦城游,前值东风后值秋。
> 芳草有情皆碍马,好云无处不遮楼。
> 山将别恨和心断,水带离声入梦流。
> 今日因君试回首,淡烟乔木隔绵州。

这里的"芳草"不再是儿女的象征,而体现着朋友情深——因不舍友人离去,而牵制住对方的马蹄。

宋代诗人叶清臣在《贺圣朝·留别》中写道:

> 满斟绿醑(xǔ)留君住。莫匆匆归去。三分春色二分愁,更一分风雨。
> 花开花谢、都来几许。且高歌休诉。不知来岁牡丹时,再相逢何处。

诗中牡丹花开之日成为友人相聚之时,更惆怅来年花开时,双方又将在何处呢?牡丹寄托着诗人对友人的不舍和眷恋。

竹是傲岸气节的象征,但在秦观的《满庭芳·碧水惊秋》中,竹被赋予了朋友情深的含义:

> 碧水惊秋,黄云凝暮,败叶零乱空阶。洞房人静,斜月照徘徊。又是重阳近也,几处处、砧杵(zhēn chǔ)声催。西窗下,风摇翠竹,疑是故人来。

在西窗之下,凉风吹动竹影,明暗交错之间,诗人恍然以为是故人到来,殊不知这意外的期待又将带来怎样的惆怅。

(四) 花草与咏物诗

自古某些花草就被赋予各种精神、品质、节气的象征意义,例如象征君子的梅、兰、竹、菊。梅经寒傲雪,剪雪裁冰,一身傲骨,是为高洁志士;兰空谷幽放,孤芳自赏,香雅怡情,是为世上贤达;竹筛风弄月,潇洒一生,清雅淡泊,是为谦谦君子;菊凌霜飘逸,特立独行,不趋炎势,是为世外隐士。它们的身影,在诗中频频出现。

墙角数枝梅,凌寒独自开。
遥知不是雪,为有暗香来。

(王安石《梅花》)

风雨送春归,飞雪迎春到。
已是悬崖百丈冰,犹有花枝俏。
俏也不争春,只把春来报。
待到山花烂漫时,她在丛中笑。

(毛泽东《卜算子·咏梅》)

孤兰生幽园,众草共芜没。
虽照阳春晖,复悲高秋月。
飞霜早淅沥,绿艳恐休歇。
若无清风吹,香气为谁发。

(李白《孤兰》)

咬定青山不放松,立根原在破岩中。
千磨万击还坚劲,任尔东西南北风。

(郑燮《竹石》)

秋丛绕舍似陶家,遍绕篱边日渐斜。
不是花中偏爱菊,此花开尽更无花。

(元稹《菊花》)

除此之外,莲花因其高洁清丽也被诗人誉为君子。周敦颐在《爱莲说》中明确表示莲是花中的君子:

予独爱莲之出淤泥而不染,濯清涟而不妖,中通外直,不蔓不枝,香远益清,亭亭净植,可远观而不可亵玩焉。
予谓菊,花之隐逸者也;牡丹,花之富贵者也;莲,花之君子者也……

（五）花草与抒怀诗

与咏物诗中关注花草本身的生长特征不同，诗人借花草抒发情感常常与花草在特定时节的形态特征有关。例如上文中提到的《诗经·卫风·伯兮》中，除了萱草，还有另一种草，即飞蓬。飞蓬指蓬草，一干分数十枝，枝上生稚枝，密排细叶，由于外呈圆形，似草球，花开后如絮四散飘飞，枯萎后往往在近根处被风折断卷起飞旋，所以还可叫"飘蓬""转蓬""孤蓬""征蓬"。诗中用"飞蓬"形容自己，表达在丈夫离开之后，妻子生活粗糙潦倒，皆因"谁适为容"？后蓬草在古诗中成为用以表现漂泊之感的常用意象。与蓬草相似的还有浮萍，因其无根漂浮也常表示漂泊之意。

例如，王维《使至塞上》：

> 单车欲问边，属国过居延。
> 征蓬出汉塞，归雁入胡天。
> 大漠孤烟直，长河落日圆。
> 萧关逢候骑，都护在燕然。

诗中的"征蓬"指随风远飞的枯蓬，诗人用来自喻。寥寥数人，忍受狂风远途，远赴边塞，可见诗人此刻内心是愁闷孤苦的。

再如，文天祥《过零丁洋》：

> 辛苦遭逢起一经，干戈寥落四周星。
> 山河破碎风飘絮，身世浮沉雨打萍。
> 惶恐滩头说惶恐，零丁洋里叹零丁。
> 人生自古谁无死，留取丹心照汗青。

在描述自己的身世的时候，诗人用"雨打萍"这三个字，就将历经的坎坷凄苦尽数道出。浮萍本就是漂泊无根之物，软弱无力，又遭遇暴雨的击打，更加茫然不知所终矣，正如诗人此刻的心境。

此外，落花、柳絮都是残春衰败之景。漫天飞舞，虽有刹那的美丽，终难免花落入尘。因此在古诗中，常借落花表达凄苦之意。

例如，李白《闻王昌龄左迁龙标遥有此寄》：

> 杨花落尽子规啼,闻道龙标过五溪。
> 我寄愁心与明月,随风直到夜郎西。

古代交通远不如现在方便,听闻友人被贬龙标,如同杨花一样将踏上漂泊无依的行程,不知何时才能归来,诗人的担忧愁苦之情,在"杨花""子规"两意象中就不言而喻。

再如,陆游《卜算子·咏梅》:

> 驿外断桥边,寂寞开无主,已是黄昏独自愁,更著风和雨。无意苦争春,一任群芳妒。零落成泥碾作尘,只有香如故。

在向往归隐生活的同时,诗人心中也充溢着现实中不能一展抱负的孤寂惆怅之情。

花草不仅可借以宣泄心中郁闷,也可用以表达惬意、愉悦之情。南宋诗人僧志南在《绝句》中这样描述所见之景:

> 沾衣欲湿杏花雨,吹面不寒杨柳风。

这种花娇风暖的景象,不用探究创作背景,就可知诗人当时的闲适惬意之情。

而陆游在去往友人农家的路途中描述道:

> 山重水复疑无路,柳暗花明又一村。

"山重水复"与"柳暗花明"相照应,正写出了由找不到出口的焦灼转为找到出口的惊喜。我们读至"又一村"时,仿佛跟诗人同时长舒了一口气,心胸豁然开朗,这也是意象的魅力。

王维在《人间词话》中写道:"一切景语皆情语。"应用于古诗中的花草,再恰当不过。本是"草木无情",到了诗人眼中,不论妖冶颓靡,柔姿素裹,都"道是无情却有情"了。

(田志平)

诗词与草木

司马迁在论及《诗经》时，有这样的精当评价："《诗》，记山川、溪谷、禽兽、草木……故长于风。"风是讽喻之意，那些和历史结缘、与生活相伴的草木，它们的每一缕脉络都深深扎在了时间深处，涵养生机，历久弥新。所以，当我们翻开诗篇的时候，那些在时光中静默的植物会开口说话，为我们讲述和它们有关的故事。

俯仰四围，参差水荇、浅绿莼菜、飘忽飞蓬、勾连卷耳、夭夭之桃、幽幽竹篁……这些诗篇中难以计数的草木啊，它们将错综复杂的心绪尽数包裹，潜藏着人类内心深处的秘密，与人的生活紧紧相连，难以分割。

爱情，当是一个人藏在心底最深处的爆发时最为炽热难以阻遏的一种情绪了。委婉深沉的华夏人，通常借草木经由诗篇，将这一份情感吟唱出来。比如桃，《国风·周南·桃夭》中有"桃之夭夭，灼灼其华。之子于归，宜其室家"一句，以春日时节怒放的桃花来映衬一个即将出嫁的少女，许是少女脸上因害羞泛起的红色像极了缀满枝头的桃红，许是少女巧笑倩兮的模样和丛聚群开的花儿一样惊艳了世人，不论如何，那一份与爱情相关的缱绻，自此和桃花结缘。唐朝有一个诗人叫崔护，至今世间还流传着和他有关的"人面桃花"的故事。这一份浪漫，浸透着春日的气息，桃花朵朵，随风摇曳，像极了一个欠身微笑的少女。和爱情有关的草木，还有很多，比如李白笔下的青梅（"妾发初覆额，折花门前剧。郎骑竹马来，绕床弄青梅"），见证了青梅竹马、两小无猜的纯真美好。比如《西洲曲》中的"莲"（"低头弄莲子，莲子青如水"），"莲"谐音"怜"，寄寓了思妇对于情郎的深切思念。此外，还有连理枝、并蒂莲、红豆、芍药等，都承载了古人对于爱情的美好期许。

"今宵酒醒何处？杨柳岸，晓风残月。"仅是这句，就全然道出了不忍离别的借酒消愁，以及酒醒之后的落寞孤独，柳树也成了离别的载体。若是再往时间深处回溯，还有着相同韵脚的篇章。《诗经·采薇》里的那两句诗——"昔我往矣,杨柳依依。今我来思,雨雪霏霏",不知道让多少人默然涕泪。十年百战,归来之时,黑发少年是否沾染了些许银霜?在人生这一场不安定的行程中,我们都难以回避"离别"这个命题,而那些在水边堆烟的杨柳,反复拉扯,和侵入古道、占满沙洲的芳草一样,绵绵长长地勾起每个游子的情思,鞭打着每个人内心最柔软的地方。

那些柔软的地方,通常被称为"家乡""故乡""故国"等,无论叫什么,那必定是漂泊者最想回到的地方。故乡会有什么?那些难以抹去的回忆,比如父母在屋口招手,唤着自己的乳名回家吃饭,那一幕中一定有一轮西沉硕大血红的太阳,把最后的光热洒遍大地,把所有的植物都晕上一层闪耀着美好色泽的光芒,斜斜地投下一溜树荫,温暖地将自己环抱,那大概是每个游子梦中都会出现的场景吧。那些树的名字,也许是长在堂前的桃李、香樟,也许是植于庭中的槐、桂,也许是落在屋后的榆,也许是侧立屋边的桑梓。和每个人生活最相关的就是桑梓了,桑以养蚕,梓以点灯。《诗经》有云:"维桑与梓,必恭敬止。"对于桑梓保留一份敬意,那是因为桑梓的背后是父母的身影,是故园的缩影,那是有所依者在漫漫长路归去时的指引,亦是他们身处异乡举目远眺时的哀愁与幸福。还有一些人,在时代的变迁中成了所谓的"遗民",对故国的念叨里满是啼血的悲伤。"知我者,谓我心忧;不知我者,谓我何求。"东周大夫行经西周镐京时的"黍离之悲"又有多少人懂呢?南宋时的姜夔可以算上一个,《扬州慢》里的"过春风十里,尽荠麦青青",也同样有着不能自已的国破之痛。

每一株草木,都被赋予了各具特色的意蕴。提及漂泊,总会是萍飘蓬转,比如王维的"征蓬出汉塞",比如文天祥的"身世浮沉雨打萍"。提及愁怨,总有那一棵在雨中寂然的半黄梧桐,比如李清照的"梧桐更兼细雨,到黄昏,点点滴滴",比如李煜的"寂寞梧桐深院锁清秋"。提及高洁,也绕不开"四君子"——梅、兰、竹、菊。

另一方面,由于诗人的生活经历不同,对于草木观察的视角也不同,往往同一种草木在不同的诗歌中有着不同的含义。比如莲,除了传达彼此相许的美好,出淤泥而不染的生长特点,也常常被用来比喻卓然不群的高尚品德。比如菊,很早的时候就被屈原引用——"朝饮木兰之坠露兮,夕餐秋菊之落英",成为了美好品质的代表;陶渊明东篱下的菊,代表着隐逸;在李清照的《声声慢》中,"满地黄花堆积,憔悴损,如今有谁堪摘",让菊蒙上了一层凄楚朦胧的色彩;而到了毛泽东的《采桑子·重阳》中,"今又重阳,战地黄花分外香",又让菊凌霜傲放的豪迈气概凸显出来。

还有些草木,好好地活了许久,却突遭改名换姓的变故。例如玄参,被叫了一两千年之后,在清朝被改成了"元参"。这个小小的名字的改动,避的是当朝皇帝爱新觉罗·玄烨(康熙)的名讳,见微知著,从这里我们大概也能窥见清朝骇人听闻的文字狱是怎样的场景。

唐朝诗人王绩《野望》有云:"相顾无相识,长歌怀采薇。"那些贴在地表生长的薇菜,它们和伯夷、叔齐的故事很少有人能了解了。在诗歌中,多去体会,你会发现那一株株植物的精魂里有着一段段动人心魄的故事。它们就长在那里,沉默不语却又道出了一切。

(张　剑)

诗词和树木

树木是大自然的精灵,它通过压倒式的数量和千姿百态的形象,成为大自然中最耀眼的一抹色彩。无论是凭栏高望,还是酾酒临江,你总能看到它的身影,或袅娜、或倾颓,总能敲打你的心事,浓化你的诗情。因此,树木频繁出现于诗歌之中,仿佛生于诗歌,长于诗歌。

一、咏树之美

诗人缘何钟情于树木,这与树本身的特点是分不开的。树有颜色,或青翠、或墨绿,且团成一簇,仿若浮于空中的一汪碧水。树有清香,虽浅淡却可得人心,萦怀不忘。树有声响,有风吹动树叶的"沙沙"声,有蝉放开歌喉的"吱吱"声,有莺饱含深情的"啾啾"声。面对大自然如此的恩赐,人们很自然地就把树定格为"美"的图标,且这种认知具有人类的普遍性。因而当诗人想描摹美丽的图景时,树木便成为了不二的选择。如王维的《洛阳女儿行》:

> 洛阳女儿对门居,才可颜容十五余。
> 良人玉勒乘骢(cōng)马,侍女金盘脍鲤鱼。
> 画阁朱楼尽相望,红桃绿柳垂檐向。
> 罗帷送上七香车,宝扇迎归九华帐。
> ……

其中,"画阁朱楼尽相望,红桃绿柳垂檐向"一句,既描写了阁楼,又表明阁楼的四周种满了桃树和柳树。这里桃树和柳树的描写丰富了画面的色彩,也送来了芳香,真是一幅美丽的图景。

又如白居易的《正月三日闲行》:

> 黄鹂巷口莺欲语,乌鹊河头冰欲销。
> 绿浪东西南北水,红栏三百九十桥。
> 鸳鸯荡漾双双翅,杨柳交加万万条。
> 借问春风来早晚,只从前日到今朝。

其中"鸳鸯荡漾双双翅,杨柳交加万万条"一句,表明了城内有杨柳成荫,这样的描写为城市增加了一道亮丽的景色,更增添了无限的浪漫情怀。

在咏物诗中,树木也是一个重要对象。姿态轻柔的柳树、四季常青的松柏、清丽高洁的梅树等,都是喜闻乐见的吟咏对象。例如童稚能吟的《咏柳》诗:

> 碧玉妆成一树高,万条垂下绿丝绦。
> 不知细叶谁裁出,二月春风似剪刀。

柳树的柔美枝条如丝如带,像是春风剪裁出来一般,这样的盎然春意,怎能不令人心驰神往?

又如流传千古的《赠从弟》一诗:

> 亭亭山上松,瑟瑟谷中风。
> 风声一何盛,松枝一何劲。
> 冰霜正惨凄,终岁常端正。

岂不罹(lí)凝寒,松柏有本性。

　　松柏能够挺立风中而不倒,经严寒而不凋,这种精神不仅令诗人喟叹,也令后人景仰,松柏也由此成为坚韧挺拔的精神象征。
　　树木因季节而形态各异,因此树木也是季节的体现。因为树木有着自己的生命规律,是大自然的使者,会随着春天的来临换上新装;所以当枝头铺满嫩芽,人们便知道是春天来了。如李白《春思》:

　　燕草如碧丝,秦桑低绿枝。
　　当君怀归日,是妾断肠时。
　　春风不相识,何事入罗帏。

　　诗中用"燕草如碧丝,秦桑低绿枝"一句描写春天的景象,即通过写桑树的枝叶繁茂来表明春天到来的季节变化。又如另一首《金陵酒肆留别》:

　　风吹柳花满店香,吴姬压酒唤客尝。
　　金陵子弟来相送,欲行不行各尽觞。
　　请君试问东流水,别意与之谁短长。

　　诗中的"风吹柳花满店香,吴姬压酒唤客尝"一句是通过写柳絮飘风这一春天的典型现象来点明诗作的时间。而相对地,落叶纷飞、枯木遍野则昭示着秋冬季节的来临。如李颀的《送魏万之京》:

　　朝闻游子唱离歌,昨夜微霜初渡河。
　　鸿雁不堪愁里听,云山况是客中过。
　　关城树色催寒近,御苑砧声向晚多。
　　莫见长安行乐处,空令岁月易蹉跎。

　　诗中写道"关城树色催寒近,御苑砧声向晚多",此句就是通过写树色来表明诗作的时间。又如《琵琶行》:

　　浔阳江头夜送客,枫叶荻花秋瑟瑟。

> 主人下马客在船,举酒欲饮无管弦。
> 醉不成欢惨将别,别时茫茫江浸月。
> ……

其中,"浔阳江头夜送客,枫叶荻花秋瑟瑟"一句中出现了"枫叶"。枫叶是秋季特有的产物,这里不仅点明季节,更用具体的意象在读者的脑海中勾勒出生动的形象,一片火红也更映衬了深秋的悲壮。这样的诗句还有很多,例如刘长卿《江州重别薛六柳八二员外》中的"江上月明胡雁过,淮南木落楚山多",马戴《灞(bà)上秋居》中的"落叶他乡树,寒灯独夜人",杜甫《登高》中的"无边落木萧萧下,不尽长江滚滚来",等等。再者,秋天的树木树叶凋零后,只余枯枝,也正因此,树上的鸟儿便尽收眼底了。因而若诗作创作于秋季,树木往往以枝的形象出现,如戴叔伦《客夜与故人偶集》中的"风枝惊暗鹊,露草覆寒蛩(qióng)"。

二、借树抒怀

树木不仅外形美,更能形成一种幽静安详的意境。这种意境正是田园生活的魅力所在,也是士大夫的精神归所。因而喜爱田园生活的诗人和拥有出世理想的士大夫总不忘在诗歌中提一提树木。如王维《竹里馆》:

> 独坐幽篁里,弹琴复长啸。
> 深林人不知,明月来相照。

在"独坐幽篁里,弹琴复长啸"这句中,诗人用寥寥几笔便勾勒出了一幅图景:一片青翠的绿竹掩映中,一人抚着琴弦独坐。此幅图景给人的感觉绝对是美妙安宁的,因为竹林的美丽和静谧就能让人忘记忧愁和不安。又如刘眘(shèn)虚的《阙题》:

> 道由白云尽,春与青溪长。
> 时有落花至,远随流水香。
> 闲门向山路,深柳读书堂。
> 幽映每白日,清辉照衣裳。

其中"闲门向山路,深柳读书堂"一句主要交代了读书堂的环境,且特意提到了深柳。毫无疑问读书堂四周景物不会少,为什么单要把这两个意象放在一起呢?我们知道树木是高大的,树叶是繁茂的,可以起到遮挡作用,因而可以想象此诗句中的柳树就像屏障一样把读书堂与外界隔开,让其被树荫所庇护,被绿叶所环绕,从而更显雅致。试想在如此的读书堂学习,抬眼望去便是绿意盎然,这样人的心也会变得祥和,和着书卷气更觉闲适。

此外,树木通常还会排列成林,最显著的便是覆盖在山峦上的丛林。因为山林的枝叶相连遮天蔽日,且又连绵延伸无穷尽,所以使得树林变得昏暗又富有神秘感。而山林的神秘与宁静自然成为了隐逸者心中的圣地,在他们的笔下,山林成为了一种感情的寄托。这在王维的诗歌中体现得特别明显,如《鹿柴》:

　　　　空山不见人,但闻人语响。
　　　　返景入深林,复照青苔上。

诗中写到"返景入深林,复照青苔上",深林里是没有人烟的,有的只是树林影子和青苔,人在这样的环境中已经成为环境的一部分,时间也仿佛凝滞,闭上眼睛似乎可以听到万古的回响,又似乎灵魂都变成了轻盈状,伴着月光飞翔。可以说在诗歌中,山林已不只是树林,还寄托着诗人高洁的品性和诚挚的情感。

三、借树言志

当然,诗歌中树木的意义远不止这些,因为树木具有不同的生长规律,所以诗人就赋予树木不同的性格并对这些性格加以评价。诗歌中占有大比重的借物言志诗便是由此而来的。诗人也往往借咏树来歌咏美好的品质,如柏树一年四季长青,迎风雪而不凋零,这在诗人的眼中就具有了别样的情绪,认为是由于柏树不畏严寒、性格坚强才如此的,进而就感慨人也应该如是,或称赞这样的人如松柏。如杜甫的《古柏行》:

　　　　孔明庙前有老柏,柯如青铜根如石。
　　　　霜皮溜雨四十围,黛色参天二千尺。
　　　　君臣已与时际会,树木犹为人爱惜。

云来气接巫峡长,月出寒通雪山白。
忆昨路绕锦亭东,先主武侯同閟宫。
崔嵬枝干郊原古,窈窕丹青户牖(yǒu)空。
落落盘踞虽得地,冥冥孤高多烈风。
扶持自是神明力,正直原因造化工。
大厦如倾要梁栋,万牛回首丘山重。
不露文章世已惊,未辞翦伐谁能送?
苦心岂免容蝼蚁,香叶终经宿鸾凤。
志士幽人莫怨嗟,古来材大难为用。

诗中就借古柏的青翠葱郁和根底坚固来比喻雄才大略的孔明,借赞誉古柏的不畏严寒、久经寒霜来称颂孔明的忠贞不渝。此外杜甫在另一首诗《蜀相》中又一次用柏树来称颂孔明:

丞相祠堂何处寻?锦官城外柏森森。
映阶碧草自春色,隔叶黄鹂空好音。
三顾频烦天下计,两朝开济老臣心。
出师未捷身先死,长使英雄泪满襟。

除了松柏,竹子也是诗歌常歌咏的对象。因为它的外表笔直坚硬耸入云霄,被认为具有君子的品行,所以诗歌也常常借竹子来歌咏品性高洁之人。如:

咬定青山不放松,立根原在破岩中。
千磨万击还坚劲,任尔东西南北风。

(郑板桥《竹石》)

人怜直节生来瘦,自许高材老更刚。
曾与蒿藜同雨露,终随松柏到冰霜。

(王安石《咏竹》)

又因竹雅致清幽,令人生发禅意,被认为颇具灵性。因而诗歌中总是把它和寺庙联系在一起。如刘长卿所作的《送灵澈上人》:

> 苍苍竹林寺,杳杳钟声晚。
> 荷笠带斜阳,青山独归远。

试想在一片清幽之中坐落着一座古庙,整个心灵被青翠包围,杂念将无处而生。又如李白的《下终南山过斛斯山人宿置酒》:

> 暮从碧山下,山月随人归。
> 却顾所来径,苍苍横翠微。
> 相携及田家,童稚开荆扉。
> 绿竹入幽径,青萝拂行衣。
> 欢言得所憩,美酒聊共挥。
> 长歌吟松风,曲尽河星稀。
> 我醉君复乐,陶然共忘机。

诗歌让竹的灵性融入人的心境中,参禅问道。

此外,有些树的性格却是被人主观赋予的,其中最具有典型意义的就是柳树了。因为"柳"和"留"同音,所以柳树在世人的眼中就有了惜别之意,世上也就有了送别时折柳送友人的习俗。如王维的一首有名的送别诗《送元二使安西》:

> 渭城朝雨浥轻尘,客舍青青柳色新。
> 劝君更尽一杯酒,西出阳关无故人。

城里绝不止有柳树,但作者只描写了柳树,因为这里的柳树寄托了诗人对朋友的惜别之情。

人们常说一花一木一世界,而诗歌又是用最细腻的情感来观照世界,因而多姿的树、含情的树,便自然地迷了诗人的眼,入了诗人的心。

(田志平)

第七章
诗词与情感

月出皎兮,佼人僚兮。
莫愁前路无知己,天下谁人不识君。
惨惨柴门风雪夜,此时有子不如无。
本是同根生,相煎何太急?
海上生明月,天涯共此时。
感时花溅泪,恨别鸟惊心。
……

诗词与爱情和月亮

爱情,是人类不可或缺的崇高感情;诗歌,是人类抒情言志的重要文学样式;月亮,则是人类眼中永远的风景。爱情与诗歌,是一对琴瑟和谐的夫妻,因而,诗林中自有爱情的半壁天地。爱情诗与月亮情同手足,或许是月亮冰清玉洁、万古常新的缘故吧?总之,诗人们常把月亮写进爱情的诗词中。一部《中国历代爱情诗词评注》,收录爱情诗不能说完备,但我们仅从中便可窥见一斑。爱情诗中,诗人常用的手法一是借月衬情、借月系情,二是借月喻情、借月抒情。谓予不信,请看实例。

一、借月衬情,借月系情

试想古远的夜晚,月色溶溶,酿造着自然美景,也酿造着人间风景。婚姻美满者,见月开怀;婚姻不幸者,见月伤情;渴望爱情者,见月怀人……西厢月、春庭月、春花秋月,演绎着多少悲欢离合的故事?于是,诗人们的诗歌中也借月以衬托爱情,借月以维系感情。

中国最早的诗歌总集《诗经》中就有情诗《月出》:

> 月出皎兮,佼人僚兮;舒窈纠兮,劳心悄兮!
> 月出皓兮,佼人懰兮;舒忧受兮,劳心慅(cǎo)兮!
> 月出照兮,佼人燎兮;舒夭绍兮,劳心惨兮!

诗的大意为:月儿出来亮皎皎,月下美人更俊俏;体态苗条姗姗来,惹人相思我心焦!月儿出来多光耀,月下美人更姣好;婀娜多姿姗姗来,惹人相思心烦恼!月儿出来光普照,月下美人更美好;体态轻盈姗姗来,惹人相思心烦躁!

这首诗以精妙的语言,将清幽明亮的月光,女子姣好文静的神情,轻盈柔美的体态,与男子想念爱人惶惶然不宁的心绪融为一体,辞短意长,令人回味无穷。

至于秦汉以降,明月入诗(情诗)已成风尚,《古诗十九首》中已有此类篇什。例如《孟冬寒气至》中"三五明月满,四五蟾兔缺"等诗句,以月的圆缺衬托思妇的情怀;而《明月何皎皎》一诗,则以"月"为大背景,写闺中之思:

  明月何皎皎,照我罗床帏。
  忧愁不能寐,揽衣起徘徊。
  客行虽云乐,不如早旋归。
  出户独彷徨,愁思当告谁?
  引领还入房,泪下沾裳衣。

诗中由望月思夫、徘徊不寐入笔,继而写主人公出户彷徨,情愁难诉,最终愁绪无法排遣,回到屋子里,一任泪水沾满衣裳。

唐宋至明清,"月"作为诗的布景、酵母,更为普遍。李白"长安一片月,万户捣衣声"衬托的玉关之情,杜甫"今夜鄜州月,闺中只独看"中的儿女之情,李清照"雁字回时,月满西楼"的低吟,范成大"楼阴缺,阑干影卧东厢月"的浅唱,都是上乘之作。

欧阳修的《生查子》中以月衬情尤为突出:

  去年元夜时,花市灯如昼。
  月上柳梢头,人约黄昏后。
  今年元夜时,月与灯依旧。
  不见去年人,泪满春衫袖。

词中运用对比写法,欣喜与忧伤交织。去年元夜,月上柳梢,人约黄昏,欢情融洽;而今年月依旧,人却离散,真可谓"年年岁岁月相似,岁岁年年人不同"。

另外,民间流行的情歌也堪称一绝:

  约郎约到月上时,看看等到月蹉西。不知奴处山低月出早,还是郎处山高月出迟?

此诗以月系情,把少女复杂的心情表现得淋漓尽致。她虽然对情郎未如约而至很着急,但她决不怀疑情郎故意爽约,更无一丝责备之意,反而猜想是地理原因致使情人未如期赴约,诚可谓"一片真情,天地可鉴"。

二、借月喻情,借月抒情

亚里士多德说过:"比喻是天才的标志。"爱情是最易激发天才情绪的活动,故而爱情诗中也多有比喻。岁月悠悠,诗人们不断创造出新颖的比喻,从不同角度抒发着爱的激情。

爱情像什么?汉乐府中率先作出回答:"皑如山上雪,皎若云间月。"诗人认为爱情就应像雪与月亮般纯洁!

月亮,是诚实无欺的,妻子的镜匣、妻子的心也月亮般忠贞无欺。因而诗人唱道:

意长翻恨游丝短,尽日相思罗带缓。
宝奁(lián)如月不欺人,明日归来君试看。

(严仁《木兰花·春思》)

丈夫征戍在外,妻子悬悬的心,一如那高空的明月:

传君移戍古梁州,明月心悬陇水流。
莫怪梦魂逢不得,书来依旧玉关头。

(王世贞《古意》)

明月千古恒新,冰清玉洁,纤尘不染,用以比喻纯真之心是再恰当不过的了:

承郎顾盼感郎怜,准拟欢娱到百年。
明月比心花比面,花容美满月团圆。

(刘基《吴歌》)

月满则亏,人思则瘦。于是,思妇便以明月自比:

  自君之出矣,不复理残机。
  思君如满月,夜夜减清辉。
(张九龄《赋得自君之出矣》)

恋人的心情是矛盾的,因为有时"月"在恋人心中的意向也是矛盾的。例如:

  恨君不似江楼月,南北东西。南北东西,只有相随无别离。
  恨君却似江楼月,暂满还亏。暂满还亏,待得团圆是几时?
(吕本中《采桑子》)

词中既盼恋人似江楼月,又恨恋人似江楼月,因为江楼月的比喻意向都不能使主人公满意!主人公与心上人儿分多合少,难得团圆,心绪"剪不断,理还乱"。

以月喻爱情,在爱情诗中不仅仅用单个比喻,有时动用博喻,通篇都以月比情,如珠玑杂陈,令人目不暇接。如无名氏的《塞鸿秋》:

  爱他时似爱初生月,喜他时似喜梅梢月;想他时道几首西江月,盼他时似盼辰钩月。当初意儿别,今日相抛撇,要相逢似水底捞明月。

诗歌连用五个"月"字作为句子结尾,其中有四个比喻,刻画了四种心境,构思新颖别致,活现出一位对心上人爱得深、爱得大胆、爱得深切的纯真、爽快的多情少女形象。

时间无始无终。月亮古已有之,今也有之;爱情古已有之,今也有之;月亮与爱情有缘,孕育出许多爱情诗来。将来月亮会有,爱情会有,爱情诗自然也会有,只可惜今人无缘预见。我们这里不妨仿张若虚的几句诗以作结:

爱情何时初识月,江月何时初照情。人生代代无穷已,爱情与月长相似。不知明月何时休,爱情不息如江水。

(孙汉洲)

诗词与友情

友情是世界上最美丽的情感,在我们的生活中,友情是最真挚的,也是最纯洁的。古诗中也有许多赞颂友情的名句,如:"海内存知己,天涯若比邻。"这是"初唐四杰"中的王勃的代表作,是歌颂友情的精品。这句诗是说,全国各地哪里没有朋友呢?即使在天涯也能感受到朋友在异地的思念。友情就是这样的,它能跨越地域的限制,能跨越年龄的限制,能跨越性格的差异,也能跨越所有的艰难险阻,所以朋友是一生最大的财富。

一、闲暇之时,邀好友相聚,把酒话桑麻

且看下面一首诗:

> 故人具鸡黍,邀我至田家。
> 绿树村边合,青山郭外斜。
> 开轩面场圃,把酒话桑麻。
> 待到重阳日,还来就菊花。

(孟浩然《过故人庄》)

这是一首田园诗,描写农家恬静闲适的生活情景,也写老朋友的情谊。通过描述田园风光,写出作者对这种生活的向往。全文韵律和谐,诗由"邀"到"至"到"望"又到"约"一径写去,自然流畅,语言朴实无华,意境清新隽永。作者以亲切纯净的语言、如话家常的形式,写了从来访到告别的过程。其写田园景物清新恬静,写朋友情谊真挚深厚,写田家生活简朴亲切。

全诗描绘了美丽的山村风光和平静的田园生活,用语平淡无奇,叙事自然流畅,没有渲染和雕琢的痕迹,然而感情真挚,诗意醇厚,有"清水出芙蓉,天然去雕饰"的美学情趣,从而成为自唐代以来田园诗中的佳作。

一、二句从应邀写起,"故人"说明不是第一次做客。三、四句是描写山村风光的名句,绿树环绕,青山横斜,犹如一幅清淡的水墨画。五、六句写山村生活情趣。面对场院菜圃,把酒谈论庄稼,亲切自然,富有生活气息。结尾两句以重阳节还来相聚写出友情之深,言有尽而意无穷。

"故人具鸡黍,邀我至田家。"这一开头就像是日记本上的一则记事。故人"邀"而作者"至",文字上毫无渲染,开门见山,招之即来,简单而随便。这正是不用客套的至交之间所可能有的交往形式。而以"鸡黍"相邀,既显出田家别有风味,又见待客之简朴。正是这种不讲虚礼和排场的招待,朋友的心扉才往往更能为对方敞开。这个开头,不是很着力,平静而自然,但对于将要展开的生活内容来说,却是极好的导入,显示了气氛特征,又有待下文进一步丰富、发展。

"绿树村边合,青山郭外斜。"走进村里,作者顾盼之间竟是这样一种清新愉悦的感受。上句漫收近景,绿树环抱,显得自成一统,别有天地;下句轻宕笔锋,郭外的青山依依相伴,则又让村庄不显得孤独,并展示了一片开阔的远景。由此运用了由近及远的顺序描写景物。这个村庄坐落平畴而又遥接青山,使人感到清淡幽静而绝不冷傲孤僻。正是由于"故人庄"出现在这样的自然和社会环境中,所以宾主临窗举杯——

"开轩面场圃,把酒话桑麻",才更显得畅快。这里"开轩"二字也似乎是很不经意地写入诗的,但上面两句写的是村庄的外景,此处叙述人在屋里饮酒交谈,轩窗一开,就让外景映入了户内,更给人以心旷神怡之感。对于这两句,人们比较注意"话桑麻",认为是"相见无杂言"(陶渊明《归园田居》)。正是在这样一个天地里,这位曾经慨叹过"当路谁相假,知音世所稀"的诗人,不仅把政治追求中所遇到的挫折,把名利得失忘却了,就连隐居中孤独抑郁的情绪也丢开了。从他对青山绿树的顾盼、与朋友对酒而共话桑麻中可以看出,他的思绪舒展了,甚至连他的举止都灵活自在了。

"待到重阳日,还来就菊花。"孟浩然深深为农庄生活所吸引,于是临走时,向主人率真地表示将在秋高气爽的重阳节再来观赏菊花和品菊花酒。淡淡一句诗,故人相待的热情、做客的愉快、主客之间的亲切融洽,都跃然纸上了。

本诗的头两句只写友人邀请,却能显出朴实的农家气氛;三、四句只写绿树青山,却见出一片天地;五、六句只写把酒闲话,却能表现心情与环境的惬意的契合；七、八句只说重阳再来,却自然地流露出对这个村庄和故人的依恋。一个普通的农庄,一回鸡黍饭的普通款待,因为友情而被表现得富有诗意。

二、朋友贵在相知,志同道合

> 长爱街西风景闲,到君居处暂开颜。
> 清光门外一渠水,秋色墙头数点山。
> 疏种碧松通月朗,多栽红药待春还。
> 莫言堆案无余地,认得诗人在此间。
>
> （刘禹锡《秋日题窦员外崇德里新居》）

朋友刚刚乔迁新居；前三联写了新居周围的景色迷人,都是写景,景有衬心的作用——作者很是悠闲愉悦；最后一联是直写友人的,说房中堆满了书,无立足之地,但从中能看出友人个性,说明友人是爱书的,是情调高雅的；诗人能对友人做出如此高的评价,心情又是如此"开颜",说明其二人是志同道合、心灵相通、爱好相同的好朋友。

> 千里黄云白日曛,北风吹雁雪纷纷。
> 莫愁前路无知己,天下谁人不识君。
>
> （高适《别董大》）

这是一首送别诗,送别的对象是著名的琴师董庭兰。盛唐时盛行胡乐,能欣赏七弦琴这类古乐的人不多。崔珏有诗道:"七条弦上五音寒,此艺知音自古难。唯有河南房次律(盛唐宰相房琯),始终怜得董庭兰。"这时高适也很不得志,到处浪游,常处于贫贱的境遇之中(他在《别董大》之二中写道"丈夫贫贱应未足,今日相逢无酒钱")。但在这首送别诗中,高适却以开朗的胸襟、豪迈的语调把临别赠言说得激昂慷慨,鼓舞人心。

前两句"千里黄云白日曛,北风吹雁雪纷纷",用白描手法写眼前之景:北风呼啸,黄沙千里,遮天蔽日,到处都是灰蒙蒙的一片,以致云也似乎变成了黄色,本来璀璨耀眼的阳光现在也黯然失色,如同落日的余晖一般；大雪纷纷扬扬地飘落,群雁排着整齐的队形向南飞去。诗人在这荒寒壮阔的环境中,送别这位身怀绝技却无人赏识的知音。

后两句"莫愁前路无知己,天下谁人不识君",是对朋友的劝慰:此去你不要担心遇不到知己,天下哪个不知道你董庭兰啊! 话说得多么响亮,多么有力,于慰藉中充满着信心和力量,激励朋友抖擞精神去奋斗、去拼搏。

> 渭城朝雨浥轻尘,客舍青青柳色新。
> 劝君更尽一杯酒,西出阳关无故人。
>
> (王维《渭城曲》)

这首诗写的是客中送客,作者选取了典型环境中的典型事物,以洗尽雕饰、明朗自然的语言,深切地表达了和友人的真挚友谊,以及惜别之情和故国之思。作品以"轻尘""客舍"烘托行旅的气氛,以"朝雨""柳色"渲染阳关以内故国景色的醇美清新,使人自然地联想到唐人习俗折柳送别的情景,从而发出了"劝君更尽一杯酒,西出阳关无故人"的喟叹。全诗以景烘托离绪,情真意切,感人至深。客舍,原本是羁旅者的伴侣;杨柳,更是离别的象征。选取这两件事物,是作者有意关乎送别。它们通常总是和离愁别恨联系在一起,而呈现出黯然销魂的情调。而此刻,却因一场朝雨的洒洗而别具明朗清新的风貌——"客舍青青柳色新"。平日路尘飞扬,路旁柳色常会笼罩着灰蒙蒙的尘雾,一场朝雨,才重新洗出它那青翠的本色,所以说"新";又因柳色之新,映照出客舍青青来。总之,从清朗的天宇,到洁净的道路,从青青的客舍,到翠绿的杨柳,构成了一幅色调清新明朗的图景,为这场送别提供了典型的自然背景。这是一场深情的离别,却不是黯然销魂的离别,诗人纵然有无限愁情,但更有对友人未来的祝愿。

三、真正的友情不受时间、空间甚至门第之限

> 李白乘舟将欲行,忽闻岸上踏歌声。
> 桃花潭水深千尺,不及汪伦送我情。
>
> (李白《赠汪伦》)

据清代袁枚《随园诗话补遗》记载:唐天宝年间,泾县豪士汪伦听说大诗人李白南下旅居南陵叔父李冰阳家,欣喜万分,写信给李白:"先生好游乎?此地有十里桃花。先生好饮乎?此地有万家酒店。"李白欣然而往。到了泾

县,李白问汪伦桃园酒家在什么地方,汪伦回答说:"桃花是潭水的名字,并无桃花。万家是店主人姓万,并没有万家酒店。"引得李白大笑。

李白要走的那天,汪伦送给李白名马八匹、绸缎十捆,派仆人给他送到船上。在家中设宴送别之后,李白登上了停在桃花潭上的小船,船正要离岸,忽然听到一阵歌声。李白回头一看,只见汪伦和许多村民一起在岸上踏步唱歌为自己送行。主人的深情厚谊,古朴的送客形式,使李白十分感动。他立即铺纸研墨,写下此诗给汪伦。

本诗后两句是历来备受推崇的赞颂友情的名句,这两句用比兴手法,表达了对汪伦深情相送的感激。用"深千尺"的潭水比喻送别之深情,生动而形象,而又加"不及"二字,更增强了诗句的动人力量。这首有明显的民歌风味的诗词自然质朴,清新流畅。诗人用眼前普通的景物作比喻,写出了与友人的真挚情意。

绿蚁新醅(pēi)酒,红泥小火炉。
晚来天欲雪,能饮一杯无?

(白居易《问刘十九》)

刘十九是作者在江州时的朋友,作者另有《刘十九同宿》诗,说他是嵩阳处士。全诗寥寥二十字,没有深远寄托,没有华丽辞藻,字里行间却洋溢着热烈欢快的色调和温馨炽热的情谊,表现了温暖如春的诗情。

诗句的巧妙,首先是意象的精心选择和巧妙安排。全诗表情达意主要靠三个意象(新酒、火炉、暮雪)的组合来完成。"绿蚁新醅酒",开门见山点出新酒,由于酒是新近酿好的,未经过滤,酒面泛起酒渣泡沫,颜色微绿,细小如蚁,故称"绿蚁"。诗歌首句描绘家酒的新熟淡绿和浑浊粗糙,极易引发读者的联想,让读者犹如已经看到了那芳香扑鼻、甘甜可口的米酒。次句"红泥小火炉",粗拙小巧的火炉朴素温馨,炉火正烧得通红,诗人围炉而坐,熊熊火光照亮了暮色降临的屋子,照亮了浮动着绿色泡沫的家酒。"红泥小火炉"对饮酒环境起到了渲染色彩、烘托气氛的作用。酒已经很诱人了,而炉火又增添了温暖的情调。诗歌一、二两句选用"家酒"和"小火炉"两个极具生发性和暗示性的意象,容易唤起读者对质朴地道的农村生活的情境联想。后面两句:"晚来天欲雪,能饮一杯无?"在这样一个风寒雪飞的冬天里,在这样一个暮色苍茫的空闲时刻,邀请老朋友来饮酒叙旧,更体现出那种浓浓的情谊。"雪"这一意象的安排勾勒出朋友相聚畅饮的阔大背景:寒风瑟瑟,大雪飘飘,让人感到冷彻肌肤的凄寒,越是如此,就越能反衬出火炉的炽热和友情的珍贵。"家酒""小火炉"和"暮雪"三个意象分割开来,孤立地看,索然寡味,神韵了无,但是当这三个意象被白居易纳入这首充满诗意情境的整体组织结构中时,读者就会感受到一种不属于单个意象而决定于整体组织的气韵、境界和情味。寒冬腊月,暮色苍茫,风雪大作,家酒新熟,炉火已生,只待朋友早点到来,三个意象连缀起来构成一幅有声有色、有形有态、有情有意的图画,其间流溢出友情的融融暖意和人性的阵阵芳香。

结尾问句的运用——"能饮一杯无",轻言细语,问寒问暖,贴近心窝,溢满真情。用这样的口语入诗收尾,既增加了全诗的韵味,使其具有空灵摇曳之美、余音袅袅之妙;又创设情境,给读者留下无尽的想象空间。诗人既可能是特意准备新熟家酿来招待朋友的,也可能是偶尔借此驱赶孤居的冷寂凄凉;既可能是在风雪之夜想起了朋友的温暖,也可能是平日里朋友之间的常来常往。而这些,都留给读者去尽情想象了。

通览全诗,语浅情深,言短味长。白居易善于在生活中发现诗情,用心去提炼生活中的诗意,用诗歌去反映人性中的春晖,这正是此诗令读者动情之处。

《问刘十九》一诗在开门见山地点出"酒"的同时,就一层层地进行渲染,但并不因为渲染,不再留有余味,相反地仍然极富有包蕴意味。读了末句"能饮一杯无",可以想象,刘十九在接到白居易的诗之后,一定会立刻命驾前往。于是,两位朋友围着火炉,"忘形到尔汝"地斟起新酿的酒来。也许室外真的下起雪来,但室内却是那样温暖、明亮。生活在这一刻间泛起了玫瑰色,奏出了甜美和谐的旋律……这些,是诗留给人们的自然联想。由于既有所渲染,又简练含蓄,所以不仅富有诱惑力,而且耐人寻味。它不是使人微醺的薄酒,而是醇醪,可以使人真正身心俱醉的。诗中蕴含生活气息,不加任何雕琢,信手拈来,遂成妙章。

作品充满了生活的情调,浅近的语言写出了日常生活中的美和真挚的友谊。

(柴　敏)

诗词与亲情

诗歌之所以能够成为最经典的文学样式,很大程度上是因为"诗言志"。诗歌用最凝练的语言抒发亘古不变的情感,引发无数后人的遐思,在这些情感当中,亲情,无疑是最恒久、最动人的旋律。一切情感的源头在于亲情。亲情包括父母与子女、夫妻、兄弟姊妹之情三种,其中父母的慈爱与子女的孝顺,自然位居核心。因此,《诗经》用于教化百姓时,最为普遍有效的就是强调孝顺的部分。

孝是最原始、最自然、最真挚、最恒久的情感。感恩孝顺是我们珍惜生命、向上奋斗的动力来源。

> 慈母手中线,游子身上衣。
> 临行密密缝,意恐迟迟归。
> 谁言寸草心,报得三春晖。
>
> (孟郊《游子吟》)

深挚的母爱,无时无刻不在滋润着儿女们。然而对于孟郊这位常年颠沛流离、居无定所的游子来说,最值得回忆的,莫过于母子分离的痛苦时刻了。此诗描写的就是这种时刻,慈母缝衣是普通的场景,表现的却是诗人深沉的内心情感。

开头两句"慈母手中线,游子身上衣",用"线"与"衣"两件极常见的东西将"慈母"与"游子"紧紧联系在一起,写出母子相依为命的骨肉感情。三、四句"临行密密缝,意恐迟迟归",通过慈母为游子赶制出门衣服的动作和心理的刻画,深化这种骨肉之情。母亲千针万线"密密缝"是因为怕儿子"迟迟"难归。伟大的母爱正是通过日常生活中的细节自然地流露出来。前面四句采用白描手法,不作任何修饰,但慈母的形象却真切感人。

最后两句"谁言寸草心,报得三春晖",是作者直抒胸臆,对母爱作尽情的讴歌。这两句采用传统的比兴手法:儿女像区区小草,母爱如春天阳光。儿女怎能报答母爱于万一呢?悬绝的对比,形象的比喻,寄托着赤子对慈母发自肺腑的爱。

这是一首母爱的颂歌,在宦途失意的境况下,诗人饱尝世态炎凉,穷愁终身,故愈觉亲情之可贵。"诗从肺腑出,出辄愁肺腑"(苏轼《读孟郊诗》),这首诗虽无藻绘与雕饰,然而清新流畅,淳朴素淡中正见其诗味的浓郁醇美。

这首诗艺术地再现了人所共感的平凡而又伟大的母性美,所以千百年来赢得了无数读者强烈的共鸣,自然就成为讴歌亲情的典型之作。

搴帏(qiān wéi)拜母河梁去,白发愁看泪眼枯。
惨惨柴门风雪夜,此时有子不如无。

(黄景仁《别老母》)

清代诗人黄景仁幼年丧父,居家贫寒,常年奔波在外,偶然归家,不过小聚几日。一个风雪之夜,诗人强忍离愁别恨,看了一眼白发散乱、泪眼干枯的老母,冲出家门。愁情如潮,悲痛难忍,一首催人泪下的七绝《别老母》从心中喷涌而出。这首诗明白如话却感人至深。在儿子眼里老母已是风烛残年,可是为了生活还要别她而去,无法让年迈老母安享温暖幸福不说,连给老母端汤奉水都做不到,这怎能不使诗人陷入深深的自责。"此时有子不如无"既揭示了老母心中难以名状的哀怨和悲怆,也十分真切地抒写出诗人内心无法抑制的内疚。这动人心魄的诗句,不是写出来的,是一个赤子发自肺腑的呼喊,具有感人至深的力量。

兄弟姊妹之情在古诗词中也比较多见,就让我们来看看女词人李清照的这首词《蝶恋花》:

泪湿罗衣脂粉满。四叠阳关,唱到千千遍。人道山长山又断。萧萧微雨闻孤馆。

> 惜别伤离方寸乱。忘了临行,酒盏深和浅。好把音书凭过雁,东莱不似蓬莱远。

词作当写于宣和三年(1121年)秋天。时赵明诚为莱州守,李清照从青州赴莱州途中宿昌乐县驿馆时写下,欲寄给其家乡姊妹。它通过词人自青州赴莱州途中的感受,表达她希望姐妹寄书东莱、互相联系的深厚感情。

"泪湿罗衣脂粉满",词作开首,词人即直陈送别的难分难舍场面。词人抓住姊妹送别的两个典型细节来作文章:"泪"和"脂粉"。当然,这其中也包括了自己无限的伤感。次写"四叠阳关,唱到千千遍",热泪纵横,犹无法表达姊妹离别时的千般别恨、万种离情,似唯有发之于声,方能道尽惜别之痛、难分难舍之情。"四叠阳关""千千遍"则以夸张手法,极力渲染离别场面之难堪。值得注意的是,词人写姊妹的别离场面,竟用如此豪宕的笔触,一来表现了词人的笔力纵横,颇具恣放特色,在其《凤凰台上忆吹箫》一词中有"这回去也,千万遍《阳关》,也即难留",似同出一机杼;二来亦展现了词人感情的深挚。"人道山长山又断,萧萧微雨闻孤馆",词人的笔触在节拍处一折,纷乱的思绪又转回现实。临别之际,姊妹们说此行路途遥遥,山长水远,而今自己已行至"山断"之处,不仅离姊妹们更加遥远了,而且又逢上了萧萧夜雨,淅淅沥沥烦人心境,自己又独处孤馆,更是愁上加愁。词作上片先回想,后抒写现实,从远及近,词脉清晰。

下片,词人的思绪又回到离别时的场景,但笔触则集中抒写自己当时的心境。"惜别伤离方寸乱。忘了临行,酒盏深和浅",直陈自己在临别之际,由于极度伤感,心绪不宁,以致在饯别宴席上喝了多少杯酒、酒杯的深浅也没有印象。词人以这一典型细节,真切而又形象地展现了当时难别的心境,同时也是"方寸乱"的最佳注释。歇拍二句"好把音书凭过雁,东莱不似蓬莱远",词人的思绪依然飘荡在那令人难忘的别离场合,但词作的笔力却陡地一振,奏出与前面决然不同的充满亮色的音符。词人告慰姊妹们,东莱并不像蓬莱那么遥远,只要鱼雁频传,音讯常通,姊妹们还是如同厮守在一起。词作至此,表现的已不仅仅是离情别绪,更表现了词人深挚感人的骨肉手足之情。

然而,当骨肉之情遇到权力,有时就会变味,请看下面一首诗:

> 煮豆燃豆萁,豆在釜中泣。
> 本是同根生,相煎何太急?
>
> （曹植《七步诗》）

曹丕是曹植的哥哥,两个人同是魏武帝曹操的儿子。曹植少而有才,曹操一度想废曹丕而立曹植为太子。曹丕为了巩固自己的政治地位用尽心机不择手段,最终成功继承王位。在曹丕成为魏文帝之后,为了进一步打击曹植的势力,逼其作诗(目的是如果曹植不能作就把他杀死)。《七步诗》即诞生在这样的背景之下。

这首诗用同根而生的萁和豆来比喻同父共母的兄弟,用萁煎其豆来比喻同胞骨肉的哥哥残害弟弟,生动形象、深入浅出地反映了封建统治集团内部的残酷斗争和诗人自身处境艰难、沉郁愤激的思想感情。

（柴　敏）

诗词与乡情

乡愁既是忧伤的,又是美丽的。人一旦离开自己的故乡,无论天涯海角、世事沧桑、显达穷厄,乡土之梦都会始终伴随。尤其是在交通、通讯极不发达的古代,一旦离乡,前路漫漫,何日是归年?关山重重,乡书难寄!诗人们那种魂牵梦萦的思乡之情,往往因遇到某种机缘(触景生情)而奔涌而出,挥洒自己的诗情。明月高悬、塞外芦笛、巧遇知己、家书情思等,都会牵动诗人对故土的思念。因此,乡愁在古典诗词中备受青睐,从《诗经》中的"昔我往矣,杨柳依依。今我来思,雨雪霏霏",到《九歌》中的"悲莫悲兮生别离",再到《古诗十九首》中的"胡马依北风,越鸟巢南枝"……乡愁始终是诗人笔下永恒的主题。

一、明月高悬秋风起

明月清辉,乡愁愈浓。古典诗歌中,用月亮烘托情思、乡思是常用的笔法。张九龄的《望月怀远》就是一首月夜怀念远方亲人、表达乡愁的经典诗作。

海上生明月,天涯共此时。情人怨遥夜,竟夕起相思。
灭烛怜光满,披衣觉露滋。不堪盈手赠,还寝梦佳期。

此乃望月怀思的名篇,写景抒情并举,情景交融。诗人望见明月,立刻想到远在天边的亲人,此时此刻正与他同望。有怀远之情的人,难免终夜相思,彻夜不眠。身居室内,灭烛望月,清光满屋,更觉可爱;披衣出户,露水沾润,月华如练,益加陶醉。如此境地,忽然想到月光虽美却不能采撷以赠远方亲人,倒不如回到室内,寻个美梦,或可期得欢娱的约会。

诗的意境幽静秀丽,情感真挚。层层深入不紊,语言明快铿锵,细细品味,如尝橄榄,余味无尽。"海上生明月,天涯共此时"为千古佳句,意境雄浑豁达。

张籍的《秋思》也是一例:

洛阳城里见秋风,欲作家书意万重。
复恐匆匆说不尽,行人临发又开封。

这是乡愁诗。通过叙述写信前后的心情,表达乡愁之深。第一句交代"作家书"的原因("见秋风"),之后三句是描写作书前、作书后的心理活动。作书前是"意万重",作书后是"复恐说不尽"。"临发开封"这个细节把"复恐说不尽"的心态表现得栩栩如生,意形相融。写的是人人意中常有之事,却非人人所能道出。做客他乡,见秋风而思故里,便托人捎信。临走时怕遗漏了什么,又连忙打开看了几遍。事本平凡,而一经入诗,特别是一经张籍这样的高手入诗,便臻妙境。这首诗寄深沉于浅淡,寓曲折于平缓,乍看起来,寥寥数语,细细吟味,却有无穷意味。正像王安石《题张司业诗》说的:"看似寻常最奇崛,成如容易却艰辛。"

二、塞外芦笛闻折柳

黄河远上白云间,一片孤城万仞山。
羌笛何须怨杨柳,春风不度玉门关。

(王之涣《凉州词》)

此诗以"孤城"为中心衬以辽阔雄奇的背景。遥望西陲,黄河由东向西,无限延伸,直入白云,这是纵向描写。在水天相接处突起"万仞山",山天相连,这是竖向描写。就在这水天相接、山天相连处,"一片孤城",隐约可见。这就是此诗所展现的独特画面。前两句偏重写景,后两句偏重抒情。然而后两句的情,已孕育于前两句的景。"一片孤城"已有萧索感、荒凉感,而背景的辽阔,更反衬出它的萧索,背景的雄奇,更反衬出它的荒凉。"孤城"中人的感受,尤其如此。住在这"孤城"里的征人,大约正是沿着万里黄河直上白云间,来此戍守边疆的。久住"孤城",能无思家怀乡之情?这就引出了三、四句。羌笛吹奏的不是别的,而是"愁杀行客儿"的《折杨柳曲》,其思家怀乡之情已明白可见。妙在不说思家怀乡,而说"怨杨柳"。"怨"甚么呢?从结句看,是怨杨柳尚未青青。李白《塞下曲》"五月天山雪,无花只有寒。笛中闻折柳,春色未曾看",有助于加深对这个"怨"字的理解。诗意很婉曲:闻《折杨柳曲》,自然想到当年离家时亲人们折柳送别的情景,激起思家之情;由亲人折柳的回忆转向眼前的现实,便想到故乡的杨柳早已青丝拂地,而"孤城"里还看不到一点春色,由此激起的,仍然是思家之情。诗意如此委婉深厚,而诗人意犹未足,又用"不须"宕开,为结句蓄势,然后以解释"不须"的原因作结。意思是:既然春风吹不到玉门关外,关外的杨柳自然不会吐叶,光"怨"它又有何用?

> 谁家玉笛暗飞声?散入春风满洛城。
> 此夜曲中闻折柳,何人不起故园情!
>
> （李白《春夜洛城闻笛》）

这首诗是开元二十三年(735年)李白游洛阳时所作,描写在夜深人静之时,听到笛声而引起思乡之情。这首诗写乡思,题作《春夜洛城闻笛》,明示诗因闻笛声而感发。题中"洛城"表明是客居,"春夜"点出季节及具体时间。起句即从笛声落笔。已经是深夜,诗人难于成寐,忽而传来几缕断续的笛声。这笛声立刻触动诗人的羁旅情怀。第二句着意渲染笛声,说它"散入春风","满洛城",仿佛无处不在,无处不闻。这自然是有心人的主观感觉的极度夸张。"散"字用得妙:"散"是均匀、遍布,笛声"散入春风",随着春风传到各处,无东无西,无南无北,即为"满洛城"的"满"字预设地步。"满"字从"散"字引绎而出,二者密合无间。听到笛声以后,诗人触动了乡思的情怀,于是第三句点出了《折柳》曲。古人送别时折柳,盼望亲人来归也折柳。据说"柳"谐"留"音,故折柳送行表示别情。长安灞桥即为有名的送别之地,或指那个地方的杨柳为送行人攀折殆尽。《折柳》曲伤离惜别,其音哀怨幽咽。《折柳》为全诗点睛,也是"闻笛"的题义所在。三、四两句写诗人自己的情怀,却从他人反说。强调"此夜",是面对所有客居洛阳城的人讲话,为结句"何人不起故园情"作势。这是主观情感的推衍,不言"我",却更见"我"感触之深、乡思之切。短短的一首七言绝句,颇能显现李白的风格特点,即艺术表现上的主观倾向。热爱故乡是一种崇高的感情,它同爱国主义是相通的。诗人的故乡是他从小生于此、长于此的地方,作为祖国的一部分,那种形象尤其令诗人难以忘怀。李白这首诗写的是闻笛,但它的意义不限于描写音乐,还表达了对故乡的思念,这才是它感人的地方。

三、巧遇知音思乡切

> 君自故乡来,应知故乡事。
> 来日绮窗前,寒梅著花未?
>
> (王维《杂诗》)

诗中的抒情主人公,是一个久在异乡的人,忽然遇上来自故乡的旧友,首先激起的自然是强烈的乡思,是急欲了解故乡风物、人事的心情。开头两句,正是以一种不加修饰、接近于生活自然状态的形式,传神地表达了"我"的这种感情。"故乡"一词迭见,正表现出乡思之殷;"应知"二字却表现出了解乡事之情的急切,透露出一种儿童式的天真与亲切。纯用白描记言,却简洁地将"我"在特定情形下的感情、心理、神态、口吻等表现得栩栩如生,这其实是很省俭的笔墨。

一个人对故乡的怀念,总是和那些与自己过去生活有密切关系的人、事、物联结在一起。所谓"乡思",完全是一种"形象思维",浮现在思乡者脑海中的,都是一个个具体的形象或画面。故乡的亲朋故旧、山川景物、风土人情,都值得怀念。但引起亲切怀想的,有时往往是一些看来很平常、很细小的情事,这窗前的寒梅便是一例。它可能蕴含着当年家居生活亲切有趣的情事。那么,这株寒梅,就不再是一般的自然物,而成了故乡的一种象征。它已经被诗化、典型化了。因此这株寒梅也自然成了"我"的思乡之情的集中寄托。

"君自故乡来,应知故乡事。"这一句看起来是问家乡的情况,但诗人只是笼统地以"故乡事"来设问,可是问什么好呢?诗人心里满腹的问题竟然不知从何问起。于是我们可以想象诗人的踌躇、对方的诧异。"来日绮窗前,寒梅著花未?"这一问倒令对方感到困惑,不问人事而问物事:这时梅花开没开花?想必读者对此也感到突兀。可是正是这样一问,才是妙趣横生,令人回味无穷。其实诗人的真正目的哪里是梅花啊!诗人想说的话、想问的问题不知从何说起,对家乡的思念尽在这一个不经意的问题之中。这是诗人留给人们的空白,让读者去想象。

四、国破家亡情难寄

> 国破山河在,城春草木深。
> 感时花溅泪,恨别鸟惊心。
> 烽火连三月,家书抵万金。
> 白头搔更短,浑欲不胜簪。

(杜甫《春望》)

"国破山河在,城春草木深。"诗篇一开头描写了春望所见:山河依旧,可是国都已经沦陷,城池也在战火中残破不堪了,乱草丛生,林木荒芜。诗人记忆中昔日长安的春天是何等的繁华,鸟语花香,飞絮弥漫,烟柳明媚,游人迤逦,可是那种景象今日已经荡然无存了。一个"破"字使人怵目惊心,继而一个"深"字又令人满目凄然。诗人写今日景物,实为抒发人去物非的历史感,将感情寄寓于物,借助景物反托情感,为全诗创造了一片荒凉凄惨的气氛。"国破"和"城春"两个截然相反的意象,同时存在并形成强烈的反差。"城春"当指春天花草树木繁盛茂密、烟景明丽的季节,可是由于"国破"——国家衰败、国都沦陷而失去了春天的光彩,留下的只是颓垣残壁,只是"草木深"。"草木深"三字意味深沉,表示长安城里已不是市容整洁、井然有序,而是荒芜破败、人烟稀少、草木杂生。这里,诗人睹物伤感,表现了强烈的黍离之悲。

"感时花溅泪,恨别鸟惊心。"花无情而有泪,鸟无恨而惊心,花鸟是因人而具有了怨恨之情。春天的花儿原本娇艳明媚,香气迷人;春天的鸟儿应该欢呼雀跃,唱着委婉悦耳的歌声,给人以愉悦。"感时""恨别"都浓聚着杜甫因时伤怀、苦闷沉痛的忧愁。杜甫继承了《诗经》以乐景表现哀情的艺术手法,并赋予更深厚的情感,获得更为浓郁的艺术效果。诗人痛感国破家亡的苦恨,越是美好的景象,越会增添内心的伤痛。这联通过景物描写,借景生情,移情于物,表现了诗人忧伤国事、思念家人的深沉感情。

"烽火连三月,家书抵万金。"诗人想到,战火已经连续不断地进行了一个春天,仍然没有结束,唐玄宗都被迫逃亡蜀地,唐肃宗刚刚继位,但是官军暂时还没有获得有利形势,至今还未能收复西京,看来这场战争还不知道要持续多久;又想起自己流落被俘,扣留在敌军营,好久没有妻子儿女的音信,他们生死未卜,也不知道怎么样了,要能得到封家信多好啊!"家书抵万金",含有多少辛酸、多少期盼,反映了诗人在消息隔绝、久盼音讯不至时的迫切心情。战争是一封家信胜过"万金"的真正原因,这也是所有受战争迫害的人民的共同心理,反映出广大人民反对战争、期望和平安定的美好愿望,很自然地使人产生共鸣。

"白头搔更短,浑欲不胜簪。"烽火连月,家信不至,国愁家忧齐上心头,内忧外患纠缠难解。眼前一片凄戚景象,内心焦虑至极,不觉于极无聊赖之时刻,搔首徘徊,意志踌躇,青丝变成白发。自离家以来一直在战乱中奔波流浪,而又身陷于长安数月,头发更为稀疏,用手搔发,顿觉稀少短浅,简直连发簪也插不住了。诗人由国破家亡、战乱分离写到自己的衰老。"白发"是愁出来的,"搔"欲解愁而愁更愁。头发白了、疏了,头发的变化使读者感到诗人内心的痛苦和愁怨,读者更加体会到诗人伤时忧国、思念家人的真切形象,这是一个感人至深、完整丰满的艺术形象。

(柴 敏)

第八章
诗词与哲思

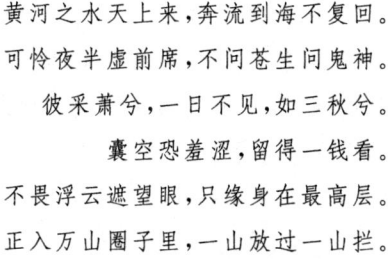

黄河之水天上来,奔流到海不复回。
可怜夜半虚前席,不问苍生问鬼神。
　彼采萧兮,一日不见,如三秋兮。
　　　囊空恐羞涩,留得一钱看。
不畏浮云遮望眼,只缘身在最高层。
正入万山圈子里,一山放过一山拦。
　　　　　　　　　　　……

诗词与思维

思维,是人借助语言在头脑中对事物进行感受、概括、反映、推理等精神活动的总称,一般可分为逻辑思维、形象思维、直觉思维、顿悟思维等。不同的思维方式,直接决定人们的行为方式和艺术创造的特点。就我国的诗歌而言,"天人合一"和形象思维是主导其艺术精神的两种思维方式。

一、以"天人合一"思维为根底

"天人合一"是中国古典哲学的概念,表现在天与人的辩证关系上。道家认为,天是自然,而人是自然的一部分,二者本是合一的,要求人去除种种执着,解放人性,复归自然,达到"万物与我为一"的境界。而儒家则认为,天是道德观念和原则的本源,要求人除去外界欲望的蒙蔽,达到自觉履行道德原则的境界。这两种截然不同的思维方式都深刻地影响着中国古典诗歌的创作。

(一)"山水诗"体现道家的"天人合一"

山水,因其静止与变化、永恒与瞬逝、沉稳与灵动,成为自然美的突出体现,也成为诗人寄寓情趣、返璞归真的对象与家园,也就成为"天人合一"这一民族思维的载体。而"山水诗"正说明了这一点,例如:

① 池塘生春草,园柳变鸣禽。(谢灵运《登池上楼》)
② 久在樊笼里,复得返自然。(陶渊明《归园田居》)
③ 春潮带雨晚来急,野渡无人舟自横。(韦应物《滁州西涧》)

例①是山水诗鼻祖谢灵运的名句。身处豪门贵族和宫廷权力中心的他,疲于人间的纷扰,偶然发现眼前的山水草木、花鸟虫鱼实为饱含审美意蕴的对象,便寄情于此,流连于一片自然山水之间,人与自然彼此感应。例②中,陶渊明在细致描绘自然田园的诸种美景之后,按捺不住快意之情,便直接抒发"自然"给自己肉体和心灵上带来的愉悦感。例③直接描绘了一幅荒野雨景,貌似"无人",舟亦"自横",但孤寂的山雨之中分明融入了作者复杂的心绪。

(二)"言志诗"体现儒家的"天人合一"

"天人合一"的思维使得诗人在表达自己的志向趣味时,也不再停留于直抒胸臆,而是从自然事物中体悟和传达自己的思想。比如李白在《将进酒》中感叹"黄河之水天上来,奔流到海不复回",就是借助黄河水从高向低、由西向东流淌的自然规律,抒发时光易逝、壮志难酬的苦闷,以及"天生我材必有用"的信心。与之类似,王安石的"不畏浮云遮望眼,只缘身在最高层",也是从登高方能望远这一众所周知的现象中,生发出人们在追求人生事业的高峰时,也需不断向上求索,方可越过重重乱象和假象,一览真正奇伟的风景的哲思。

二、形象思维

如果说"天人合一"的思维决定了中国古典诗歌艺术精神的根底,那么,形象思维则是诗歌创作艺术中主要的思维方式。形象思维可以说是"天人合一"的具体化。诗人从观察生活、汲取创作材料、获得创作灵感到具体言语组织的整个过程中,世间万物的形象,应是需要其把握的重点所在。具体而言,诗人眼中的一切绝不应是了无生气的客观存在物,而应是浸透着作者思想情感的形象,诗人的灵感正是源于形象本身的吸引力。诗性思维的进一步延展,也主要是由于形象的推动。例如:

① 水光潋滟晴方好,山色空濛雨亦奇。欲把西湖比西子,淡妆浓抹总相宜。(苏轼《饮湖上初晴雨后》)

② 疏影横斜水清浅,暗香浮动月黄昏。(林逋《山园小梅》)

③ 半亩方塘一鉴开,天光云影共徘徊。问渠哪得清如许?为有源头活水来。(朱熹《观书有感》)

④ 风雨送春归,飞雪迎春到。已是悬崖百丈冰,犹有花枝俏。俏也不争春,只把春来报。待到山花烂漫时,她在丛中笑。

(毛泽东《卜算子·咏梅》)

例①中苏东坡欲显西湖景色变幻之美,他没有描写具体的景物,也没有与其他山水对比,而是直接用家喻户晓的美女西施来比喻西湖。这省略了逻辑思维的推理和比较,是从形象到形象的审美飞跃。例②营造了一片"无我之境",树、水、影、花、月、香等可见、可闻、可触的形象依次排开,一种静谧、惬意的美感油然而生。例③则从形象中感悟出深刻的哲理。作者为"天光云影"共映一池的美景所好奇,便循水而上,只见有汨汨山泉活水不断注入池中,疑问自然解开。没有枯燥的说理,只有形象顺理成章的勾连,却将我们生活中不大容易为人所领会的哲理,通过最形象的方式生动深刻地传达出来。例④中,毛泽东歌咏凌寒盛开的梅花,始终抓住梅花本身耐寒的外在形象特征,将其天真烂漫、无私无畏的内在品质蕴藏在对形象的直接书写之中,使得整首词具有极强的画面感。

三、抽象思维

诗歌创作是一个极其复杂的过程,需要人的情感、意志、想象等精神力量的全面投入,所以,其思维过程绝非一个形象思维足以概括。抽象思维,便是诗歌艺术思维的又一重要形式。与形象思维相比,抽象思维偏重于逻辑、理性的推断,它追求某种理趣的呈现,提示一些关于为人处世、历史文化等方面的道理,从而给人以深刻的启迪。抽象思维大体上可以分为以下几个方面:

一是推理思维。推理思维是抽象思维的主要形式,诗人在作品中根据严密的逻辑链条层层递进,逐步推导出一个道理,或者得出一个结论,启人心智,发人深省。比如苏轼的名篇《题西林壁》:

横看成岭侧成峰,远近高低各不同。
不识庐山真面目,只缘身在此山中。

这首诗充分体现了作者推理的过程。第一句总写庐山因观看角度不同所造成的视觉效果的差异,在感性层面上激起读者的困惑与思考;第二句深入一层,初步总结"远近高低"不同视角将带来"不同"的感受;第三句则自然引出疑问,即庐山的真实面目究竟是什么呢;第四句顺势而为,用"只缘"二字推导出问题的答案。由此可见,该诗完整叙述了苏东坡探索庐山"真面目"的思维推理过程,层层深入,引领读者也跟着进行思考,最终将我们引向对人生更深刻的体悟。

二是批判性思维。与推理思维相比,批判性思维的针对性更强,往往犀利地评析某一人物或事件,一针见血地指出其存在的问题,给人以强烈的印象。比如李商隐的《贾生》:

宣室求贤访逐臣,贾生才调更无伦。
可怜夜半虚前席,不问苍生问鬼神。

李商隐在对比中,极巧妙而又深刻地批判了汉文帝的迷信与昏庸。首句"求贤"二字实为欲抑先扬,先造成汉文帝为治国安民求贤若渴的假象。次句则高度褒扬贾谊的才华,制造其将被重用的假象。而第三句劈头"可怜"二字可谓力重千钧,将前面的假象一扫而空,预示贾谊即将遭遇的悲哀。原来,皇帝召见贾谊并非问计国计民生,而是因为对荒诞不羁的"鬼神"充满了兴趣。显然,作者在这一突转中寄寓了巨大的悲愤,对帝王的不务正业给予辛辣的讽刺和批判。

三是求异思维。求异思维是批判性思维的深化,后者批判的对象往往是人们的共识,较少争议,而求异思维则一反惯性思维,于公论乃至定论中发现新的解读。所以,这一思维需要作者具有挑战公论的勇气、智慧,在自圆其说的基础上给人以更加深刻、新颖的启示。比如王安石在《明妃曲》中为毛延寿鸣不平,就收到了绝佳的艺术效果:

明妃初出汉宫时,泪湿春风鬓脚垂。
低徊顾影无颜色,尚得君王不自持。
归来却怪丹青手,入眼平生几曾有。
意态由来画不成,当时枉杀毛延寿。

史书中的画师毛延寿乃是贪图钱财、品格低劣之徒,因此被杀,实为大快人心。可王安石独辟蹊径,设身处地地回到历史的语境和情境,提出一个常被我们忽略的现实,即王昭君的天姿国色岂是人间丹青圣手可以描摹出来的?昭君的美貌根本无法在画布上呈现,自然也使其无法得到皇帝的垂幸。那么,因此而被皇帝处死的毛延寿自然就是冤枉的了。这一推理尽管没有史实作证,但若我们暂时搁置先入为主的浅见,将其放到日常生活情境中反思,顿觉王安石的"翻案"亦有其道理,从而使读者备感历史的复杂、命运的无常,获得思想上的更新。

  以上分析的诸种思维在诗歌创作过程中绝非泾渭分明、彼此隔绝,它们总是融通在创作过程的始终,对于不同的诗歌而言,只是各有侧重而已。需要指出的是,诗歌创作的诸种思维都有其独立的艺术品格和价值,绝不应用一种思维去否定另一种,不能用日常生活中的思维机械性地判断艺术思维的对与错。因为,艺术化的思维与日常生活之间不可能完全对应,它充满了想象、夸张、比喻、拟人等等。

(韦庆芬)

诗词与智慧

  中国古典诗歌的辉煌灿烂是中华民族智慧的沉淀和表征。诗境多由智慧生,智慧体现在诗歌的方方面面,我在此想重点说说古诗的抒情智慧。

  现当代诗人臧克家在《学诗断想》中明确指出:"诗歌在文艺领域上独树一帜。旗帜上高标着两个大字:抒情。叙事诗也不能忽视这个特点。"在"以诗言志"的传统之外,以情动人、"诗以言情"也是诗歌的基本特征。这也是诗歌具有经久不衰的魅力的重要原因。如果把感情比作水,那么诗歌就是浸透水的海绵,而抒情的智慧则是这海绵中精妙的蓄水结构。

一、智慧基因之"情感共鸣"的定格

  好的诗歌关乎人心,贴近生活,注重发掘并表达普遍性、永恒性的情感,引发跨时代的情感共鸣。并且特别需要强调的是,这种情感表达的智慧在于诗歌往往抓住某一个瞬间,某一种情境、情态等,使之"定格",让瞬间的、偶然的时空生发普遍的长久的情感价值。

时代在变，人也在变，但渗透着喜怒哀愁的亲情、爱情、友情、家国情等共通的情感却是相对稳定的，而我国的古典诗歌从其源头《诗经》起，就很关注人心人情和人的生命生活，一直延续着普遍性的情感基因，引发情感共鸣。这种诗歌的智慧才能让诗歌富有长久生命力。换句话说，优秀诗词的表情达意中往往都有智慧的芳香。

我们以一组与"等待"相关的诗词为例。先来看一个两千多年前的恋爱片段：

> 静女其姝（shū），俟我于城隅。爱而不见，搔首踟蹰。
> 静女其娈（luán），贻我彤管。彤管有炜，说怿（yì）女美。
> 自牧归荑，洵美且异。匪女之为美，美人之贻。

这是《诗经·邶风》中从男子角度所写的爱情诗，时空"定格"在约期的"一瞬"。本是约好美丽的女孩在城墙角见面的，结果男孩去了，女孩却故意藏起来不出现，逗他！男子想念焦急地转来转去，抓耳挠头！多可爱俏皮的情形，多朴素纯粹的爱情！这个动作、表情穿越千年却还鲜活如初，不正是"定格"了古今相通、人心共有的情感吗？至于后来赠送花草等情物时，"匪女之为美，美人之贻"，更是写绝了恋爱人的心态：只要是心爱的人送的东西，管它是什么，那就是最美的！这和现代人"因为爱，所以爱"的心理，哪里有什么不同呢？

《王风·采葛》也异曲同工：

> 彼采葛兮，一日不见，如三月兮。
> 彼采萧兮，一日不见，如三秋兮。
> 彼采艾兮，一日不见，如三岁兮。

这里写得也是爱的等待，"采葛""采萧""采艾"不过是些采摘的农活罢了，能有多长时间呢？高明的诗人将时间"定格"在"一日"，可我们的主人公渴望见面，焦急盼望，连一日都难捱，并且急切程度越来越深、越来越重：一天不见，如同三个月没见一样；相思太苦，渐渐觉得一天长如"三秋"（应该理解为三个季度为好）；后来，太煎熬了，觉得一日如同三年长！这里的心理描写表面夸张，实际上何尝不是人真实的心理感觉呢？相爱与相思造成主观时间与客观时间的强烈反差,这种情感"相对论"的普遍存在,人心皆同,共鸣强烈。因此这些诗歌虽已两千多岁,但常读常新,味深情浓。

这类以"定格"情境表达普遍情感引发共鸣的抒情智慧在后世的许多诗歌中都有体现。如温庭筠的"梳洗罢,独倚望江楼。过尽千帆皆不是,斜晖脉脉水悠悠,肠断白蘋洲",写的也是等待,但这是归无定期甚至遥遥无期的等待。从"梳洗罢"一直到"斜晖脉脉",这么长时间,多情的女主人公"独倚"远眺,默默数着、辨认着江上的白帆,盼着,失望着,再生希冀,复坠绝望。这"皆不是"中渗着多么残忍的等待,透着多深的无奈啊!能不"肠断"吗?我们读者都荡起了"怜香惜玉"之心,心疼得很!

还有赵师秀的《约客》:"黄梅时节家家雨,青草池塘处处蛙。有约不来过夜半,闲敲棋子落灯花。"这种等待,我们也心有戚戚。有约应来而未来,不明因何爽约,不晓是否还来,不知不觉已过夜半,想来不会再来吧!这种越等越怅惘的等待之情,复杂微妙,确实难以言传。但妙就妙在"闲敲棋子落灯花"的定格,看似"闲敲",实则是百无聊赖中下意识的动作,却有百思不解,有千转愁肠,有万般落寞,有无限遗恨!好智慧的诗性表达!

二、智慧基因之"拒绝平庸,创意表达"

虽然诗歌中表达的情感是具有普遍性且相对稳定的,但在情感表现手法上,除了我们熟知的借助意象表情达意外,许多创新和突转都显现超凡的诗歌智慧,类似于小说中"欧·亨利式结尾"的感觉……

据说明代名士解缙给一位老太太祝寿,吟诗以贺,劈头一句是"这个婆娘不是人",把老太太差点气死,众宾客个个大惊失色。就在气氛紧张的时候,解缙接上第二句:"九天仙女下凡尘。"老太太转怒为喜,满堂笑逐颜开。可是不等大家笑完,解缙的第三句又出"儿孙个个都是贼",把刚缓和过来的气氛又弄紧张了。这时,解缙不紧不慢地来了第四句:"偷得蟠桃奉至亲。"顿时满堂喝彩!这虽是笑谈,但诗歌表情达意时拒绝平庸,打破常规,追求创新,既是表达的智慧,更是诗歌生命力所在!

1. 注重情感表达的"层次"和"突转"。金昌绪的《春怨》诗就很典型,表达得很有智慧:

打起黄莺儿,莫教枝上啼。啼时惊妾梦,不得到辽西。

此诗表达了闺中思妇对远在辽西的爱人的刻骨思念,本也常情,无甚稀奇。但此诗通篇一意,"一气蝉联下去",却又不是一语道破,而是句句生疑,极尽曲折回环之妙,有"山重水复疑无路,柳暗花明又一村"之感。起语不见相思,却如平地起奇峰,写美丽温婉的女主人驱打着可爱的黄莺鸟儿,而理由更是荒谬无理,竟不准鸟儿在枝头啼鸣!何等意料之外,多么不同寻常!随后诗句"突转",我们明白了,是鸟儿惊扰了她的好梦。那什么样的梦被打断才让其如此生气呢?原来,在梦中,我们可怜的女主人公马上就要到遥远的辽西与爱人相见了,可将到未到、欲见未及见时,偏偏鸟儿啼鸣,人未到辽西已被惊醒,岂不急煞人也!"打起黄莺儿"自是情理之中,何等可爱可怜!读到这里,回头再看诗题《春怨》,是"怨"这只惊梦的黄莺鸟吗?似乎是,又不是。我们读者也心生疑问:爱人因何去辽西呢?谁让爱人远去辽西而不得归呢?好像诗歌的情感在这里就不只是写别后的相思情了,又多了层社会的意味和厚重的情感——统治者的征戍制度给普通百姓带来了怎样的伤痛啊。

我们读着这样的诗,真会情不自禁为诗人的智慧拍案叫绝!

再读唐人王翰的《凉州词》:"葡萄美酒夜光杯,欲饮琵琶马上催。醉卧沙场君莫笑,古来征战几人回?"诗的开始写一派热闹的场景,醇美的佳酿、精致的酒杯,一切准备就绪,将士们正要酣畅淋漓痛饮一番,忽然,战马嘶吼,琵琶声声,队伍必须要出发了!按常理,军令如山,立即集结,奔赴沙场不就行了吗?可诗中的将士似乎并没有被"催"得乱了方寸,他很不舍这难得的酒席,临行前赶紧豪气十足地举杯痛饮几大口,别人都担心他要喝醉了,劝他早些离席,他边走边答:"醉卧沙场君莫笑,古来征战几人回?"此句貌似旷达,背后实则写出更深的沉痛。这种抒发情感的智慧正如沈祖棻在《唐人七绝诗浅释》中所说:"这种感情是很沉痛的,但用豪迈的语言表达出来,显得这位军人的胸襟似乎很是旷达。凡是忧伤的感情,如果用悲哀的语言来表达,还不一定能使人感受到它的分量,而用与之正好相反的豪迈旷达的口气说出来,就往往使人觉得非常沉重深刻。"

这样的创新表达、反常抒情的智慧还有很多。如李贺的《南园十三首·其五》:"男儿何不带吴钩,收取关山五十州?请君暂上凌烟阁,若个书生万户侯?"连续两组反问,体现好男儿弃笔从戎、为国效力的豪情和理想,但内藏诗中的壮志难酬、抱负难为的悲愤和沉痛才是核心!再如杜甫《兵车行》中:"信知生男恶,反是生女好。生女犹得嫁比邻,生男埋没随百草。"在重男轻女思想根深蒂固的古代,诗人如此表达饱受战争征边之苦的百姓的心声,的确是惊人之语、惊天之情!

2. 我们还需关注诗歌智慧抒情中的"摹仿"创新及意象突破。任何艺术的发展都有站在前人肩膀上发展的现象,诗歌自不例外。在模仿借鉴基础上的创新确实有"沉舟侧畔千帆过,病树前头万木春"的意味。比如张若虚"江畔何人初见月,江月何年初照人"的惊天妙问,引人遐思,李白在其基础上"今人不见古时月,今月曾经照古人"的千古名句也直入人心,震荡古今,二者各见其妙。李白青年壮游天下时"山随平野尽,江入大荒流"的壮阔,到了晚年漂泊不定的杜甫那里,更上层楼,凝成了《旅夜书怀》中"星垂平野阔,月涌大江流"的千古佳句。甚至刘禹锡的《杨柳枝》是完全脱胎于白居易的《板桥路》。白诗:"梁苑城西二十里,一渠春水柳千条。若为此路今重过,十五年前旧板桥。曾共玉颜桥上别,不知消息到今朝。"再看刘诗:"春江一曲柳千条,二十年前旧板桥。曾与美人桥上别,恨无消息到今朝。"两相比较,刘诗更显洗练,更耐人寻味。

随着时间的积淀和某些诗歌形象的意义沉淀,诗歌的意象往往形成相对固定的暗示性意义,如雁、莲、柳等。而智慧的诗人绝不是鹦鹉学舌,机械搬用,而是突破常规,活用意象,将其融会在新的意象群中,使之表现出不同甚至相反的感情。以"柳"为例,因谐音"留",并且枝条柔长有多情意,因此常喻离情。如郑谷的《柳》:"半烟半雨江桥畔,映杏映桃山路中。会得离人无限意,千丝万絮惹春风。"但以下四首咏柳诗,都打破旧有认识,别出心裁,借"柳"表达不同情感。

① 碧玉妆成一树高,万条垂下绿丝绦。不知细叶谁裁出,二月春风似剪刀。(贺知章《咏柳》)

② 曾逐东风拂舞筵,乐游春苑断肠天。如何肯到清秋日,已带斜阳又带蝉!(李商隐《柳》)

③ 绊惹春风别有情,世间谁敢斗轻盈?楚王江畔无端种,饿损纤腰学不成。(唐彦谦《垂柳》)

④ 乱条犹未变初黄,倚得东风势便狂。解把飞花蒙日月,不知天地有清霜。(曾巩《咏柳》)

贺诗匠心独运,写出柳的清新可爱,表达爱春之情;李诗以春日之柳的繁盛,反衬秋日之柳的零落憔悴,表现对秋柳也是对自己的悲叹之情;唐诗则通过写体态轻盈、风姿秀出的垂柳,不仅维妙维肖地写活了客观外物之柳,又含蓄蕴藉地寄托了诗人愤世嫉俗之情;曾诗抒情融于议论,表达了对倚势猖狂、得志一时的小人的憎恶之情。

无智慧,不诗歌。诗性的表达需要灼灼的智慧之光,智慧之光也必能照亮人们诗意的生活和表达。

(石慧斌)

诗词与幽默

幽默,是人类重要的一种精神现象,它指的是个人在面对一些滑稽、有趣、荒诞甚至不如意的境遇时,情感上回避直接的冲击甚至伤害,以委婉、迂回的语言方式缓冲紧张的精神氛围,制造一种轻松愉快的语境和情境。与讽刺的夸张和犀利不同,幽默多指向自己,且可以收到意味深长的表达效果。正如林语堂先生所言,幽默表现了人"心灵的光辉与智慧的丰富",因为,它表明一个人不论面对顺境还是逆境,都能保持一颗豁达明朗、不失趣味的美好心灵。放眼浩如烟海的中国古典诗歌,除了儿女情长的缱绻、家国情怀的喟叹,一种深沉睿智的幽默精神也从未缺席——或令人捧腹,或让人拍案,或予人启迪。

一、幽默以自嘲

① 书画琴棋诗酒花,当年件件不离他。而今七字都更变,柴米油盐酱醋茶。(张璨《戏题》)

② 不爨(cuàn)井晨冻,无衣床夜寒。囊空恐羞涩,留得一钱看。(杜甫《空囊》)

③ 读尽诗书五六担,老来方得一青衫。逢人问我年多少,五十年前二十三。(詹文《登科后解嘲》)

例①是一首自我解嘲的无题诗,作者写自己由早年只知玩赏琴棋书画的风流生活,坠入如今为柴米油盐所困扰的窘境,前后强烈的对比产生一种心酸、无奈的幽默感,生活、艺术的各种况味亦于此见出。例②中杜甫唯"恐"身无分文,人前羞涩,于己难堪,便"留得一钱"于囊中,时时查看,聊以自慰、自嘲。显然,"诗圣"的幽默自有一份旷达。例③是一位老秀才自述功名之路的艰辛,尤其后两句的一问一答,嬉笑背后是无尽的辛酸。

二、幽默以怀人

怀人思乡是诗歌永恒的话题,那浓郁的惆怅与孤独凝结在无数人的眉头,也缠绕在无数诗人的笔头。除却直抒胸臆的表达,如将幽默诙谐的情趣注入这份沉甸甸的情思之中,读来便更有一番滋味。例如:

① 打起黄莺儿,莫教枝上啼。啼时惊妾梦,不得到辽西。(金昌绪《春怨》)

② 叵耐灵鹊多漫语,送喜何曾有凭据?几度飞来活捉取,锁上金笼休共语。比拟好心来送喜,谁知锁我在金笼里。欲他征夫早归来,腾身却放我向青云里。(无名氏《鹊踏枝》)

③ 碌碌庸庸立世间,朝来直到睡时闲。谁知梦里犹辛苦,千里家山一夜还。(《尘劳诗》)

例①中女子怪罪黄莺啼叫打断相会之梦,例②中女子怪罪喜鹊没有送来夫君归来的好消息,女子近乎无理取闹的痴情,让人哑然失笑。而例②中连鸟儿也调皮起来,道"要是让你的征夫早日归来也不难,只要把我放了就成",思妇的自作多情与鸟儿的拟人化回答,使得全篇意趣盎然。例③写游子梦里回乡,一夜之间往返于千里之外的家乡与"庸碌"的现实,当真"辛苦"。

三、幽默以干谒

干谒诗,是古代文人为推销自己而写的一种诗歌,类似于现代的自荐信。如何在诗中既展示自己的才华抱负,又不失尊严,更不显谄媚,则是一种技术了。而幽默恰恰可以表达上述复杂的心理。唐代诗人朱庆馀《近试上张籍水部》可谓别出心裁:

洞房昨夜停红烛,待晓堂前拜舅姑。

妆罢低声问夫婿,画眉深浅入时无?

新娘不知自己的打扮能否讨得公婆的欢心,惴惴不安地问丈夫所画的眉毛是否合宜。作者以新娘自喻,实为借此委婉地向张籍打探文章与仕途的评价与前景,极为巧妙地将古代官场上难以明言的干谒之苦,幽默、含蓄而又准确地表达出来,千载之下,仍令人击节。

四、幽默以讽谏

① 刘宠清名举世传,至今遗庙在江边。近来仕路多能者,也学先生捡大钱。(王叔能《题一钱太守庙》)

② 太平堤下后湖边,不是君家祖上田。数点浮萍容不得,如何肚里好撑船。(杨公复《讽宰相》)

例①讲的是后汉刘宠,为会稽太守时清廉为民,后调任,六位父老各持百钱相送,刘坚辞不受,无奈各选一枚,人称"一钱太守"。王书能路过此庙,写下这首诗,讽刺时下的贪官冒刘宠之名,横征暴敛以"捡大钱"的丑态。例②讲的是明朝南京督察院吴思庵居玄武湖边,下令不准行人于宅千尺内闲逛、捞取湖中物的故事。杨公复巧妙化用"宰相肚里能撑船"的俗语,讽其度量之狭小。与之相反,清朝宰相张英的一封家书则传为佳话:"千里修书只为墙,让他三尺又何妨。长城万里今犹在,不见当年秦始皇。"可见,讽谏诗本身的犀利和尖锐在幽默的笔调中得以缓和,然讽谏的力量与效果却丝毫不减弱。

五、幽默以咏物

① 舟中贾客莫漫狂,小姑前年嫁彭郎。(苏轼《李思训画长江绝岛图》)

② 腰圆腹扁土砂包,才上红炉气便豪。小物不堪成大器,两三杯水作波涛。(《清稗类钞·讥讽类》)

例①"小姑"谐音指大小孤山,"彭郎"谐音指彭浪矶,这两句化用当地"小姑嫁彭郎"的传说,告诫船上的商人举止不要轻狂,美丽的小姑早已嫁给彭郎了,实则用幽默的手法赞美孤山的秀美、迷人,极具浪漫色彩。例②写土砂壶煮水,将其客观属性与人情世故勾连对应起来,暗含对倚物使傲、空无本领之人的嘲讽,极富幽默的理趣。

(韦庆芬)

诗词与哲理

以宋哲理诗为例

诗的本质在于抒情,但也不乏理趣。即便是那些情味甚浓的诗作,也或多或少地蕴含着哲理意蕴。世人一般推崇唐诗,贬低宋诗。倒是诗论界的共识最为公道:唐宋诗总体上的差别是,在表达侧重上,唐重情,宋重理;在神韵追求上,唐豪迈端庄,宋奇峭流畅;在表现技巧上,唐尚虚,空灵浑成,宋尚实,工巧细密;在措辞用语上,唐重声律之美,多练虚字,宋重口语化,兼练虚字。而宋人的哲理诗较之唐诗则有高明之处:着重捕捉心与物相遇时刹那间的感受,并立即升华为一种哲理思考。

一提到宋代的哲理诗,人们首先想到的就是苏轼的《题西林壁》和朱熹的《观书有感》。《题西林壁》是理趣诗的著名范例,而唐诗中少有这种诗。

横看成岭侧成峰,远近高低各不同。
不识庐山真面目,只缘身在此山中。

这种诗,既是说理,又很有诗味,它以理语入诗,即用诗来说理,在描写景物中说明一个道理。这就是理趣诗。《题西林壁》用形象的语言来表达哲理,逸趣横生,精警简括。前两句从庐山移步换形,写出庐山的变化多端令人目迷神夺,种种姿态,不可辨认。后两句"不识庐山真面目,只缘身在此山中",诗人在观望中受到启发,巧妙地说明"当局者迷,旁观者清"的道理,从而启迪人们：只有摆脱个人的局限，方能认识客观世界的哲理。

同属理趣诗的还有王安石的《登飞来峰》：

> 飞来山上千寻塔，闻说鸡鸣见日升。
> 不畏浮云遮望眼，只缘身在最高层。

朱熹的《观书有感》亦是理趣诗，以理语成诗，却又别开生面：

> 半亩方塘一鉴开，天光云影共徘徊。
> 问渠那得清如许，为有源头活水来。

此诗的突出特点是：全诗用形象思维和比兴手法，写读书的乐趣和重要。读书本是理性的事，在这里却形如美景，情趣盎然。首句把"半亩方塘"比作一本书，因书为长方形，故有"半亩"之说。把书打开，就好像打开一面镜子，既雅趣又新颖。二句借用"天光""云影"这些为人们所喜爱、欣赏的自然美景，喻写书中丰富的内容，情趣更浓。三句一个"问"字，引出方塘之水哪能澄清。四句道出缘由：为有源头活水来。这个"活水"比喻得奇妙：知识来源于实践，来源于生活。

卢梅坡，只知其为宋人，其他生平不详，可见知名度不大，可他的哲理诗《雪梅》，却被诗论界誉为宋人哲理诗的压卷之作：

> 梅雪争春未肯降，骚人搁笔费评章。
> 梅须逊雪三分白，雪却输梅一段香。

这的确是一首绝妙的哲理诗，无论在理致与笔趣上，都超过了前面提到的几首诗，它既有宋诗工巧细密之所长，又兼得唐人诗虚处着墨、意象微茫之特色。"梅须逊雪三分白，雪却输梅一段香"，评价梅雪，恰如其分。此诗好就好在：它能写出别人诗中所有（雪似梅，梅似雪），又能写出他人笔下所无（梅雪争春，各具特长）。这首咏物诗，纯属议论，却写得如此生动、别具一格。卢梅坡还有一首同题《雪梅》诗，也是出类拔萃的咏梅之作：

> 有梅无雪不精神,有雪无诗俗了人。
> 日暮诗成天又雪,与梅并作十分春。

此诗深得梅与雪的天然风韵,且在吟咏之间,寄托了微妙的哲思与理趣。

宋人杨万里的《过松源晨炊漆公店》也可以说是哲理诗的压卷之作:

> 莫言下岭便无难,赚得行人错喜欢。
> 正入万山圈子里,一山放过一山拦。

此诗也是巧借景、事来寓哲思。诗人借翻山越岭的实际描写、叙述,道出一则深刻的哲理。一、二两句,平白如话,先点题意:"下岭"有难,切莫"空喜欢"。三、四两句,集中作答——"正入万山圈子里,一山放过一山拦",困难是一个接着一个的,正如进入崇山峻岭,翻过一座山,还有一座山在那里等着呢!要有充分的思想准备,万不可懈怠。此诗理趣与诗味交融,启迪心智。

苏轼《惠崇春江晚景》:"竹外桃花三两枝,春江水暖鸭先知。"其意为竹林外斜横出两三枝艳丽的桃花,春天的江水此时变暖,鸭子最先知晓。唯物辩证法的观点认为,任何事物都与周围的其他事物相互联系,没有孤立存在的事物,事物之间的联系形式具有多样性,其中有一种重要的联系形式就是因果联系,即事物之间那种引起和被引起的关系。"春江水暖"和"鸭先知"之间就是这种联系。

总之,宋人的哲理诗以哲思的景物化为特点,内蕴极为深刻,在诗史上成熟而独特,独树一帜;而唐人的所谓哲理诗,带有初创性,只可说具有哲理性。哲思浑然于景事之中而成至理,才是哲理诗的绝妙特征。

(任义兵)

第九章
诗词与其他

郎骑竹马来,绕床弄青梅。
力拔山兮气盖世,时不利兮骓不逝。
云无心以出岫,鸟倦飞而知还。
长太息以掩涕兮,哀民生之多艰。
一川烟草,满城风絮,梅子黄时雨。
操吴戈兮被犀甲,车错毂兮短兵接。
生当作人杰,死亦为鬼雄。
众生随业转,恰似梦寐中!
……

诗词与水和女人

"水"与"情"字先天有缘,故古人有"柔情似水"之说。"水"之清纯与女子纯真相似,所以贾宝玉公开宣言女子是水做的。就是那些封建卫道者责骂女人,也用"祸水"打比方。四海之大,泉水、河水、湖水、江水、海水,或点点滴滴,或涓涓潺潺,或浩浩荡荡,然而,最能体现与女人情缘的,当推古代金陵之水。秦淮、莫愁、桃叶渡,千年流水总是情。古金陵的人多情,古金陵的水多情。女人如水,如水人情使这个世界变得更精彩。诗之于水之于女人,天生浑然一体。古金陵的水与女人融成了一首首神斧鬼工的诗词。

一、桃叶渡口夕阳红

一

桃叶映红花,无风自婀娜。
春花映何限,感郎独采我。

二

桃叶复桃叶,桃叶连桃根。
相怜两乐事,独使我殷勤。

三

桃叶复桃叶,渡江不用楫。
但渡无所苦,我自迎接汝。

四

桃叶复桃叶,渡江不待橹。
风波了无常,没命江南渡。

(王献之《桃叶歌》)

以上四首诗的作者是东晋王羲之的儿子王献之。他官至中书令,不仅继承父志,擅长书法,而且多情善感,千年桃叶渡流传着他的风流逸事:王献之有两个爱妾,一个叫桃根,一个叫桃叶;桃叶外出采购,经常要乘船过渡,这个渡口水深流急,时有翻船事故发生;王献之对桃叶不放心,经常在渡口迎送桃叶。后来,人们便把这个渡口称为桃叶渡。前文第三首诗就是吟咏此事的。试想两千年前的朝朝夕夕,或旭日初升,或晚霞满天,桃花细柳的码头,熙熙攘攘的人群中,一位朝廷命官、书法大家与爱妾情切切意绵绵,本身不就是一首不可多得的爱情诗?难怪后代文人骚客不胜景仰,纷至沓来,留连盘桓,挥笔写下不可胜数的华美诗词。如今,桃叶渡地方尚存,然而只剩一带静水,若不是桃叶渡的牌坊赫然醒目,外来游人是无法把它与当年的著名古渡联系在一起的。当然,有了牌坊"指津",人们仍可发思古之幽情的。2008年4月,水陆先生来此,吊古怀今,当场吟诗一首,名《桃叶渡》或许可以代表当今文人的心声吧:

桃叶渡口夕阳红,桃叶渡口春未浓。
桃叶渡口柳丝长,桃叶渡口水淙淙。
牌坊巍巍识旧址,码头窄窄古今同?
古渡不见舟自横,斯人逝去随长风。
闻道桃叶连桃根,当年爱巢初筑成。
才子佳人传佳话,渡口接送留遗踪。
叵耐时光太无情,古往今来谁成功?
君子一一化猿鹤,小人无非成沙虫。
余哀尚留夕阳下,遗恨长存流水中。
千年我来欲何为?面对牌坊鞠一躬!

二、水波潋滟莫愁湖

莫愁湖,古称为"金陵第一名胜",或称"南京第一湖"。莫愁湖水陆面积七百余亩,"湖水碧澄照影,皎若明镜;湖畔楼堂厅榭巍峨错列,古朴典雅。"(吕武进《南京地名趣话》)

莫愁湖名从何来?众口一词说是由古代女子莫愁而得名。那么,莫愁何许人也?这倒是众说纷纭了。莫愁真的有些像云中仙女,若隐若现,让世人感觉扑朔迷离。

相传,莫愁生活在南朝宋、齐年间,是一位勤劳、善良、聪明、美丽的河南洛阳贫家女子。十五岁那年,父亲病死,为葬父只好卖身。正巧,家住建康(南京)石城湖边的卢员外在洛阳,见莫愁美丽聪明,就买为儿媳。莫愁葬父后,挥泪辞母南下。婚后一年,生下一个儿子叫阿侯。不久,北方边塞受到外敌侵犯,丈夫应征戍边,谁料一别十载杳无音讯。孤女弱子,怎能不愁?纯朴的莫愁把心思寄托在帮助邻里、扶危济难的善行之中,深受邻里称颂,但遭到公公责骂。莫愁不堪凌辱,投石城湖而死,以示反抗。后人怀念莫愁,称赞这个善良、可爱的民间女子对幸福生活和崇高道德的向往,便把她住过的地方和石城湖改称莫愁湖。

这种传说,分明带有几分"阶级斗争"的印记。从文学的角度,笔者倒推崇南朝梁武帝萧衍的《河中之水歌》:

河中之水向东流,洛阳女儿名莫愁。
莫愁十三能织绮,十四采桑南陌头。
十五嫁为卢家妇,十六生儿字阿侯。
卢家兰室桂为梁,中有郁金苏合香。
头上金钗十二行,足下丝履五文章。
珊瑚挂镜烂生光,平头奴子擎履箱。
人生富贵何所望,恨不早嫁东家王。

梁武帝的诗刻画了水一般美丽、水一般多情的"莫愁女"形象。莫愁生来勤劳、聪慧,织布采桑样样精通,十五岁嫁给富户卢家,次年便生一子,在常人眼中不可谓不幸运。莫愁生活优裕,房子桂木为梁,墙壁上涂着郁金和苏合类的香料,头上簪金钗,脚穿绣花鞋,明镜灿灿珊瑚镶嵌,行动有仆人精心伺候。这在世俗的眼中不可谓不幸福。然而,梁武帝笔锋卒章陡转,直陈莫愁的隐忧:卢家虽有富贵可享,却缺少一个"情"字。原来莫愁早已心许东家王姓小伙子,遗憾的是有情人未成眷属! 这两句诗同时也揭示了莫愁心灵的美好:"不陶醉于物欲,不相忘于旧情。"人有此心,在古代固然是千里难挑其一,而在当今物欲横流的社会,更是弥足珍贵了。

莫愁湖因莫愁而得名,莫愁女因莫愁湖而永生!
永远的莫愁湖,永远的莫愁女。

三、长干一曲动地歌

长干里是南京古代的繁华地段,遗址在今内秦淮河以南至雨花台以北一带。长干里地势高峻,前拥雨花台,后依秦淮河,西临长江,战略地位十分重要。南京市雏型——越城就坐落于此。春秋战国时代,这里已经人口密集;秦汉六朝时期,已经成为金陵最繁华的街区。这里,不仅产生了丰富的物质文明,也孕育了丰厚的精神文明。说不清古今多少文人留连而不能去,咏出优美的诗章。而爱情,这人类感情的奇葩,不仅在里弄中悄然含苞,更在文人诗歌中灿然盛开。

> **其一**
> 君家何处住?妾住在横塘。
> 停舟暂借问,或恐是同乡。
>
> **其二**
> 家临九江水,来去九江侧。
> 同是长干人,生小不相识。
>
> (崔颢《长干曲四首》)

崔颢是一位善于捕捉细节的诗人,他只用简单对话的方式就把长干儿女慕恋之情写得入木三分。

长干里地处秦淮河入口处,这里船家云集——其少男少女也加入了泛舟挣钱的行列。这位船家少女行船时发现了邻船的帅哥,免不了爱向心头生,脱口而出,自我推销道:"君家何处住?妾住在横塘。"这是普通的寻问或介绍吗?不!这里犹如《诗经》中的"投桃"之举,传递出爱慕的信息。当然,话说出口,女子自感失态,于是又出语掩饰:"停船寻问,没有别的意思,只是恐怕是老乡啊。"这种解释更显出女子的单纯、质朴。这种不是理由的理由,使内心活动欲盖弥彰。

至于小伙子的答词,乍看平实,细细品味,也别有深意。"承蒙你相问,我们果然都是长干人,只是年少缺少社会交往,无缘相识。"这几句话,我们固然可以理解为小伙子实话实说,但也可以理解为小伙子听弦音而知雅意,虽然不是长干人也顺着姑娘的话说。"善意的谎言"也是美丽的。这里的

"谎言"就是爱情的接受信号。后事如何？我们尽可以凭借想象演绎这一对男女动人的爱情……

> 妾发初覆额，折花门前剧。
> 郎骑竹马来，绕床弄青梅。
> 同居长干里，两小无嫌猜。
> 十四为君妇，羞颜未尝开。
> 低头向暗壁，千唤不一回。
> 十五始展眉，愿同尘与灰。
> 常存抱柱信，岂上望夫台。
> 十六君远行，瞿塘滟滪(yù)堆。
> 五月不可触，猿声天上哀。
> 门前迟行迹，一一生绿苔。
> 苔深不能扫，落叶秋风早。
> 八月胡蝶黄，双飞西园草。
> 感此伤妾心，坐愁红颜老。
> 早晚下三巴，预将书报家。
> 相迎不道远，直至长风沙。
>
> （李白《长干行》）

这首诗是李白学习江南乐府民歌的杰作。诗中描写了一个商人之妇的爱情史。商人夫妇原是长干里的邻居，共同度过"郎骑竹马来，绕床弄青梅"的童年。开头几句细节描写细腻生动，凸显了童年异性伙伴纯真无忧的美好生活。这个场面，已经成了中国古代邻里男孩女孩间生活的象征性图景。"两小无猜""青梅竹马"这两个成语就来源于此。

然而，随着年龄增长，婚约初定，情窦洞开，十五岁的她愿与丈夫共患难同生死，即使化为灰烬，也爱心不变。男子也钟情娇妻，愿向古代的爱情模范尾生学习，坚守百年信约，决心永不分离，不使妻子像古代那个不幸的女子一样登台望夫，化而为石！

然而，好景不长。长干商家男子注定摆不脱远走他乡从商的命运。结婚一年后，丈夫便含泪远行。这样一来，留守的妻子便生出无限的牵挂。行船三峡,本身就是冒险行为。民谚云:"滟滪大如襆(fú),瞿塘不可触。""巴东三峡猿鸣悲,猿鸣三声泪沾衣。"说不清多少人发财之梦破灭而葬身波涛!妻子对丈夫怎能不担心?于是,一曲"长相思"的生活剧上演了。《唐诗鉴赏集》对此作了生动的赏析——

"从'五月不可触'到'八月胡蝶黄'一段,描写节序变换,烘托出女子对丈夫悠长的思念。'门前迟行迹,一一生绿苔。''迟'字一作'旧',有的本子又作'送'。'迟'是等待之意。这两句大约是说,在门前等待(或送别)行人所留下的足迹,也已都生长了青苔。'苔深不能扫,落时秋风早。'夏天过去了,初秋来临了,她还在默默地盼望、等待。'八月胡蝶黄,双飞西园草。'已经到了仲秋时节,她依然在不断地盼望、等待。看着双飞双舞的蝴蝶,心中翻动着孤栖的苦味;想到时光在不停地流逝,又悄悄地为青春逝去而忧伤。我们不难想象她是如何地在相思中忍受着煎熬。'早晚'是'何时'之意。'三巴'即巴郡、巴东、巴西,都在今四川东部。长风沙在今安徽安庆市东长江边上,离开今天的南京已经有数百里之遥。商妇实际上不可能真到那么远去迎接丈夫,但这样的夸张对于表现她此时此刻的心情是十分有力的。诗人写出了女子对于爱情的渴望,对于丈夫热烈的爱,写出了蕴蓄在她心底的奔放的热情。全诗到这儿结束了,而这位满怀热烈而深沉的爱情的妇女形象,却久久地留在我们心上。"

读完这首诗,我们不仅为商妇对爱情的坚贞、持久、专一、深沉而感叹,也为诗歌表现出来的人情美、音乐美以及缠绵婉转、柔和深沉的风格美而折服!

> 长干儿女年十四,春游偶过南朝寺。
> 鬟发纤松拜佛迟,低头堕下金钗翠。
> 寺里游人最少年,闲行拾得翠花钿。
> 送还不识谁家物,几嗅香风立怅然。
>
> (郑板桥《长干女儿》)

这首诗颇具生活情趣。一位年方十四的游春少女,来到南朝古寺,低头拜佛,滑落了花钿。而恰巧这个花钿又被男性香客中最年少的小伙子拾取。花钿翠钗,古代常为女方赠送恋人的信物,是富有浪漫的爱情物证。然而,这只花钿却不同,丢者无心,拾者偶然。这个少年拾得花钿,"几嗅香风"却心中怅然。"立怅然"三字煞尾,颇耐人寻味:是仅仅有拾金不昧之心,因失物无法交还失主而惆怅?抑或是希望借还物之机结识美女不得而惆怅?作者给读者留下了创造性想象的空间。

四、夜泊秦淮近酒家

秦淮河自古就是南京的一张名片,是"帝王之洲,佳丽之地"的缩影。这里,有繁华楼台,琳琅商肆;有神圣孔庙,贡院考棚;有烟波画船,桨声灯影;更有浓情脂粉,销魂钗黛。秦淮河的流水是历史的证人,见证了南京的繁荣与萧条、朝代的更替兴衰。秦淮河的水面是摄像机,摄下了无数帝王将相、文人墨客,以至旷夫怨妇、名妓良媛、贩夫走卒的身影。秦淮河是一座诗廊,历代诗人来此留连,鲜有不或欣然或慨然而赋诗者。

吟咏秦淮河的诗当首推杜牧的《泊秦淮》:

烟笼寒水月笼沙,夜泊秦淮近酒家。
商女不知亡国恨,隔江犹唱后庭花。

这首诗首句的环境描写出手不凡,亦实也虚,互文见义,融沙、月、烟、水于一体,朦胧美、柔静美、清寂美尽陈读者眼前。第二句看似平铺直叙,其实耐人寻味。"夜泊秦淮",点明了时间、地点,"近酒家"隐约透露了"投止"。来到金陵,秦淮不可不游,酒楼也该一登。这里不独有美景,也有美酒!酒可销愁也可销魂。再说"近酒家"是对环境的延伸描写,承接上句;而"近酒家",才可"承下"以闻商女歌咏。

"商女不知亡国恨,隔江犹唱后庭花。"商女即歌女,卖唱为生,赚钱糊口,自然无暇去过问政治;尽管城头易帜,仍然演唱亡国之音——《玉树后庭花》。以上是诗歌的表层意义。如果我们的解读仅限于此,那就把杜牧视为一个思想浅薄、指责弱者的庸才了。其实,这里用的是曲笔。杜牧指责的并非是商女,而是雇佣商女寻欢作乐的达官贵人,进而泛指那些荒淫误国的统治者。《玉树后庭花》,据说是南朝陈后主制创的乐曲,被斥之为亡国之音,理该随着主人"寿终正寝"。可是,谁知后人在国运衰落之秋,不以国事为怀,反而又来欣赏这种靡靡之音呢?"犹唱"二字,把历史、现实沟通起来,令人深思。晚唐都市,达官贵人生活的糜烂、心灵的空虚由此被披露出来。当然诗无达诂,答案是丰富多彩的。我们对这首诗完全可以作另类解读:这首诗带有世事沧桑的感慨与戏虐讽刺的味道。你看,虽然朝代更替如白云苍狗般变幻,多少旧朝帝王将相或为死鬼,饮恨黄泉,或为俘虏,沦为囚犯臣妾,或落魄市井草野,成为遗老。然而,他们无碍"变化"这个自然规律,也无碍"变化"这个社会规律。江山依旧——烟笼寒水月笼沙,社会景象依旧——秦淮酒家生意兴隆,歌女仍唱前朝旧曲。宇宙无穷,时间无尽,江水悠悠,一个政权在历史的长河中只是一粒沙子而已。当事者在乎,而芸芸众生(例如商女)并不在乎……

其一
不喜秦淮水,生憎江上船。
载儿夫婿去,经岁又经年。
其三
莫作商人妇,金钱当卜钱。
朝朝江口望,错认几人船。

(刘采春《啰唝曲六首》)

金陵有啰唝楼,传为陈后主所建。《啰唝曲》,又名《望夫歌》,传说由唐代歌妓刘采春所唱。据说,刘采春"一唱啰唝曲,闺妇行人,莫不下泪"。

我们认为,《啰唝曲》是秦淮怨妇文化的缩影。秦淮十里,多少人不仅做着繁华梦,也做着淘金梦、封侯梦。那些有野心梦想的男人乘船远去,留下怨妇情如流水,恨满江淮。

第一首的"留守"女主人恨水憎船,却不恨夫婿。看似有乖常理,但恰到好处地反映了她内心难言之隐。当然,夫婿的去留,是由其本人决定的,与水无关。然而,女主人恨船恨水不恨夫,反映出她对丈夫爱之深沉,欲恨不能,也反映了她迁怒的窘态、焦燥、苦闷,情无所托,火发无名……

第二首,直抒胸臆,写了闺怨之深。商人重利轻离别,商人妇的婚姻形同虚设。"莫作商人妇",这是带有十分绝望、十二分痛苦的呐喊!金钱应该是用来购物的,但现在却用来占卜了。占卜的内容是什么?卜丈夫行程凶吉?卜丈夫生意盈亏?卜丈夫爱情依旧抑或变迁?无论占卜凶吉,女主人公还是朝好的方面想,还是天天早晨到江口张望,希望丈夫的船只出现在眼前。然而,失望大于希望,多少次错认了别人家的船?这看似不经意的细节描写,鬼斧神工,细细品味,确实使人潸然。试想,"误识归舟"的佳人能不断肠?

(孙汉洲)

诗词与男人

宝玉说:"女儿是水做的骨肉,男人是泥做的骨肉。我见了女儿,我便清爽,见了男子,便觉浊臭逼人。"宝玉也时常称自己为"须眉浊物",像这样的看法并不是贾宝玉的专利,很多学者认为中国男人缺少男人味,具有阴柔之美,很多文学作品里的男人形象要么逞匹夫之勇、有勇无谋,要么阴险狡诈,要么装疯卖傻……中国男人真的如此不堪吗?且让我们到中国的古诗词中去领略中国男人的魅力!

一、内外兼修,品质高洁

早在《诗经》中就已描绘了许多性格鲜明、内涵丰富的男性形象,比较著名的如《诗经·卫风·淇奥》的"有匪君子,如切如磋,如琢如磨",这几句赞美士大夫学问精湛,正直善良,品质高洁。实际上,这是对士大夫之类男性形象的行政处事能力的赞美。又如《诗经·小戎》中的"言念君子,温其如玉",是对英俊勇敢而又温润美好的男子汉的赞美。

唐代诗人杜甫在《饮中八仙歌》一诗中对崔宗之的描述为:"宗之潇洒美少年,举觞白眼望青天,皎如玉树临风前。"有一个成语叫作"玉树临风",用来形容人像玉树一样风度潇洒、秀美多姿,就是出自"皎如玉树临风前"这句诗。诗人一开口就是"宗之潇洒美少年",称赞他是美男子,气质不凡,潇洒翩翩,赞叹之情犹如江水般绵绵不绝,究竟他有多美呢?"举觞白眼望青天,皎如玉树临风前",他豪饮之时,高高地举起酒杯,用白眼仰望青天,睥睨一切,旁若无人;他喝醉之后,身姿飘摇,宛如玉树迎风摇曳。他潇洒的醉态,俊美的丰姿,前无古人,后无来者,当真是酒八仙之中最风流倜傥的一个。

二、敢于担当,宁折不弯

> 男儿何不带吴钩,收取关山五十州。
> 请君暂上凌烟阁,若个书生万户侯?
>
> （李贺《南园》）

这首诗由两个设问句组成,含有"国家兴亡,匹夫有责"的豪情,顿挫激越,而又直抒胸臆,把家国之痛和身世之悲都淋漓酣畅地表达出来了。当山河破碎,民不聊生时,诗人又怎甘蛰居乡间,无所作为呢?因而他向往建功立业,报效国家的男儿豪情迸发作下了这首诗!

李白的"安能摧眉折腰事权贵,使我不得开心颜",唱出了许多封建社会中怀才不遇人士的心声,表现了诗人的傲气和不屈,也流露出对权贵的蔑视。"折腰"一词,出自晋陶渊明不愿屈身侍奉上司的典故——"吾不能为五斗米折腰,拳拳事乡里小人邪!"李白在这里用以表示与权贵决绝的态度,是对封建统治者的蔑视和反抗,表现了诗人骨子里的清高、孤傲。

邵谒的《金谷园怀古》中有"竹死不变节,花落有余香"二句,诗人以青竹至死而竹节不变,落红坠地而余香犹存,比喻仁人志士至死不渝的高尚气节。竹子坚贞,有宁折不弯的骨气,它挺拔刚劲,四季青翠,虚心有节,为那些宁折不弯之人所喜爱,遂成为中国古诗词青睐的意象之一。

三、奋勇杀敌,视死如归

> 烽火照西京,心中自不平。
> 牙璋辞凤阙,铁骑绕龙城。
> 雪暗凋旗画,风多杂鼓声。
> 宁为百夫长,胜作一书生。
>
> （杨炯《从军行》）

这首诗前两句写边报传来,外患严重,情势危急,激起了志士的爱国热情。"心中自不平",是由烽火而引起的,国家兴亡,匹夫有责,他不愿再把青春年华消磨在笔砚之间。一个"自"字,表现了书生那种由衷的爱国激情,写出了人物的精神境界。"雪暗凋旗画,风多杂鼓声",前句从人的视觉出发,大雪弥漫,遮天蔽日,使军旗上的彩画都显得黯然失色;后句从人的听觉出发,狂风呼啸,与雄壮的进军鼓声交织在一起。两句诗有声有色,各臻其妙。诗人别具机杼,以象征军队的"旗"和"鼓",表现出征将士冒雪同敌人搏斗的坚强无畏精神和在战鼓声激励下奋勇杀敌的悲壮激烈场面。诗的最后两句"宁为百夫长,胜作一书生",直接抒发从戎书生保边卫国的壮志豪情。艰苦激烈的战斗,更增添了他对这种不平凡的生活的热爱,宁愿做个下级军官驰骋沙场,为保卫边疆而战,也不愿作置身书斋的书生,表达了诗人忠贞的报国之心。这首诗借用乐府旧题"从军行",描写一个读书士子从军边塞、参加战斗的全过程。仅仅四十个字,既揭示出人物的心理活动,又渲染了环境气氛,笔力极其雄劲。

屈原《离骚》中"亦余心之所善兮,虽九死其犹未悔"二句,意思是说,这些都是"我"内心之所珍爱的,就是让我九死(或多死)我还是不后悔。这两句表现了诗人对美好理想的执着追求,以及坚持高洁品行而不怕艰险、纵死不悔的忠贞情怀。

林则徐言"苟利国家生死以,岂因祸福避趋之",只要对国家有利,即使牺牲自己生命也心甘情愿,决不会因为自己可能受到祸害而躲开。诗人因抗英禁烟被贬,远戍伊犁,临行写下这首诗,表现了诗人刚正不阿的高尚品德和忠诚无私的爱国情操。

四、铮铮铁骨,侠骨柔情

"男儿有泪不轻弹,只是未到伤心处",就是"生当作人杰,死亦为鬼雄"的大英雄项羽,也别有一番侠骨柔情:

> 力拔山兮气盖世,时不利兮骓不逝,
> 骓不逝兮可奈何,虞兮虞兮奈若何?
>
> (项羽《垓下歌》)

"力拔山兮气盖世"一句,项羽概括了自己叱咤风云的业绩。项羽是将门之子,少年气盛,力能扛鼎,才气超群。他胸怀大志,面对不可一世的秦始皇,敢于喊出"彼可取而代之"的豪言壮语。项羽是顶天立地的英雄,二十三岁跟随叔父项梁起兵反秦,率领江东八千子弟投入起义的大潮,成了诸路起义首领中的佼佼者。巨鹿一战,项羽破釜沉舟,与几倍于己的秦军浴血奋战,奇迹般地灭了秦军主力,被各路诸侯推举为"上将军"。此后,项羽所向披靡,直至进军咸阳,自封为西楚霸王。

"时不利兮骓不逝",天时不利,连乌骓马也不肯前进了。项羽不是新时代的骄子,而是旧制度的牺牲品。

"骓不逝兮可奈何,虞兮虞兮奈若何?"这是项羽面临绝境时的悲叹。项羽被汉军追及,撤至垓下,陷入汉军重围,以致众叛亲离,帐内只剩下他心爱的虞美人。他夜不能寐,与虞姬悄然相对,借酒浇愁。王位、天下,得而复失,连自己心爱的女人和战马都保不住了。项羽关心他们的命运,不忍弃之而去,因而留下英雄之泪。《垓下歌》是西楚霸王项羽在进行必死战斗的前夕所作的绝命词,歌中既洋溢着无与伦比的豪气,又蕴含着满腔深情;既显示出罕见的自信,却又为人的渺小而沉重地叹息。

(柴　敏)

诗词与道德

在生活中,我们常常提及"字如其人"这个概念,殊不知,还有"文如其人"。

最早的"文如其人"思想,出自西汉扬雄的《法言》:"言,心声也;书,为心画也。声画形,君子小人见矣。"意思是说,言语和文字是思想意识的声音和图画,声音和图画是人品的流露,通过言语和文字的显现可以判断其人是君子或小人。而在古老的东方国度中国,抒情文学向来占据统治地位,叙事文学到明清时期才开始逐渐发展。因此,今天这里我们所谈及的"文如其人",就姑且将它看作"诗如其人"了。关于"诗如其人",一般有两种理解。

第一种看法为"诗品即人品",诗人的品德优劣决定了诗歌的品质高低。

我国第一位浪漫主义诗人——屈原,在遭小人谗言被放逐后,仍然抒发了"路漫漫其修远兮,吾将上下而求索""亦余心之所善兮,虽九死其犹未悔"的心声。纵使后来他投身汨罗江,但其作品依然"与天地同寿,与日月齐光",这不仅仅是因为其诗作本身的艺术价值,更是由于诗人人格魅力的永垂不朽。

此外,还有东晋诗人陶渊明,后人评价其诗"一语天然万古新,豪华落尽见真淳"。这与其淡泊名利、高风亮节的人格是分不开的。不论是《归去来兮辞》中"云无心以出岫,鸟倦飞而知还"的闲适旷达,《饮酒》中"采菊东篱下"中的悠然自得,还是《杂诗》中"落地为兄弟,何必骨肉亲"的深沉真挚,字里行间都可见诗人质朴而崇高的人格。宋人张南轩在《采菊亭诗引》中说:"陶靖节人品甚高,晋宋诸人所未易及,可见胸次洒落。八窗玲珑,岂野马游尘所能栖也。"正是因为陶渊明人品高尚,襟怀坦荡,所以千百年来唯独他的诗作能够融"事真、景真、情真、理真"于一体。

之后唐宋时期涌现的杜甫和苏东坡两位诗人也是如此,他们不但文学造诣极高,其为人处世之风也让人无可挑剔。不论是居庙堂之高,抑或处江湖之远,他们始终心怀天下苍生,保持着一份难得的赤子之心。而他们的诗作也正因同其人一样带有浩然之气,所以流芳百世。近代国学大师王国维曾评价道:"三代以下之诗人,无过于屈子、渊明、子美、子瞻者。此四子若无文学之天才,其人格亦自足千古。故无高尚伟大之人格,而有高尚伟大文章者,殆未之有也。"这也表达了其对"诗品即人品"这一观点的认同。

另外,对于"诗如其人"还有一种解释,即"诗品即性情"。而这种说法,在现如今已经为越来越多的人所认可。

举一个典型的例子,西晋著名文学家潘安,钟嵘在其《诗品》中赞其"潘才如江"。潘安曾在其所作的《闲情赋》里表达了自己渴望退出尘世、隐居山林的志向。但他的为人却并不如他的诗文一般,他为了讨好当时得势的小人贾谧,经常在其府外等候,每每贾从府中出来坐车而去时,他便远远地望路尘而拜,其人品可见一斑。当然,赋中也流露了潘安轻浮急躁、趋于势利的性情。

再说说初唐诗人宋之问,其人诗歌靡丽精巧,诗作内容多为歌功颂德、粉饰太平,为初唐近体诗的定型做出了一定贡献。他有一首为人熟知的《渡汉江》："岭外音书断,经冬复历春。近乡情更怯,不敢问来人。"此诗情真意切,读来感人至深。可仅看诗,谁又能知道宋之问实是一个趋炎附势、人品低劣的无耻之人呢?政治上,他攀附权贵,先后依附于张易之、武三思等奸臣。在生活上,他也是劣迹斑斑,曾有传闻他本欲将其外甥刘希夷的"年年岁岁花相似,岁岁年年人不同"两句诗占为己有,刘希夷不从,他便用装土的袋子将其压死,被称作"因诗杀人"。

近代"文化昆仑"钱锺书先生就不同意"文格即人格"的说法。他认为,文如其人的"文",不是指"所言之物",而是指作品的风格,风格是作者性格"本相"的自然流露,并非有意为之,我们可以从中领略到其人的创作个性和风度。

薛雪《一瓢诗话》云:"畅快人诗必潇洒,敦厚人诗必庄重,倜傥人诗必飘逸,疏爽人诗必流丽,寒涩人诗必枯瘠,丰腴人诗必华瞻,怫郁人诗必凄怨,磊落人诗必悲壮,豪迈人诗必不羁,清修人诗必峻洁,谨敕人诗必严整,猥鄙人诗必委靡:此天之所赋,气之所秉,非学之所至也。"我们之前提到的陶渊明,后人多评价"陶公之诗,元气淋漓,天机潇洒,纯任自然",这不正是对其性情的客观描述吗?还有后来的"李杜":李白为人天真烂漫,不拘小节,因此其诗歌中便洋溢着一股清新俊逸之气;而处于乱世之中的杜甫则情感丰富,他的作品中自然少不了沉郁顿挫。

最后,用钱锺书先生在《谈艺录》中的话结尾:"固不宜因人而斥文,亦只可因文而惜人,何须固执有言者者必有德乎?"诗品与人品不能完全画等号,而我们需要做的就是,多多涉猎各类诗歌,久而久之,我们对文学作品的阅读理解还有审美领悟能力都会逐渐提高,便能自然而然地了解一首诗的风格,甚至是它背后蕴含的奥妙。

(石慧斌)

诗词与比喻

比喻,是一种古老而又年轻的修辞方法。说它古老,因为现存的上古文献中就有其活动的足迹;说它年轻,因为它现在仍具有巨大的活力。

汉语言中,无论是古代还是近代,比喻在文章中的表现力、运用率,都是其他修辞方法望尘莫及的。甚至,在某些文体中,比喻所起的作用达到了举足轻重的地步。下面,我们不妨以抒情诗为例来说明这个问题。

浏览一下古今抒情名篇,你会惊奇地发现,许多抒情诗名篇之所以成为名篇,依托的主要是比喻。

有的抒情诗,通篇使用比喻,迂曲含蓄,耐人寻味。例如:

啊,我年轻的女郎!我不辜负你的殷勤,你也不要辜负了我的思量。我为我心爱的人儿,燃到了这般模样!

啊,我年轻的女郎,你该知道了我的前身?你该不嫌我黑奴鲁莽?我这黑奴的胸中,才有火一样的心肠。

啊,我年轻的女郎!我想我的前身,原本是有用的栋梁,我活埋在地底多年,到今朝总得重见天光。

啊,我年轻的女郎!我自从重见天光,我常常思念我的故乡,我为我心爱的人儿,燃到了这般模样。

(郭沫若《炉中煤——眷念祖国的情绪》)

这是一首作者对祖国的恋歌,诗歌通篇把祖国比喻为"年轻的女郎",而把自己"眷念祖国的情绪"比喻成为浑身燃烧的"炉中煤"。比喻,成了作者有力的抒情方式,作者借此形象地表现了对祖国的热爱之心、对革命的喜悦之情,以及报效祖国的献身精神。难以想象,抽掉诗歌中的比喻,这首诗将会成为什么模样?那将像一名伟男子被抽掉脊梁,一名美丽的少女丧失了纯真。

又如：

> 小时候/乡愁是一枚小小的邮票/我在这头/母亲在那头
> 长大后/乡愁是一张窄窄的船票/我在这头/新娘在那头
> 后来啊/乡愁是一方矮矮的坟墓/我在外头/母亲在里头
> 而现在/乡愁是一湾浅浅的海峡/我在这头/大陆在那头
>
> （余光中《乡愁》）

作者是台湾地区知名诗人。这首抒情诗中反映了作者的爱国主义情感，表达了他对内地故乡诚挚的思念。全诗四段，主体是四个比喻，四个比喻层层衬托，最后彰显其志，点明主题。我们读之，仿佛可见赤子搏动的心。掩卷之余，犹觉意味隽永，余音绕梁。

值得一提的是，上海一家文学刊物上刊登了一首题为《生活》的诗，全诗只有一个字："网"。这同时也是一个比喻。它把生活中错综复杂的情况形象地表现出来，可以说是别具匠心的。

有的抒情诗，虽然不是通篇使用比喻，只是局部使用比喻，但是这些比喻却起到了"一锤定音"或"画龙点睛"的作用。例如：

> 自君之出矣，绿草遍阶生。
> 思君如夜烛，垂泪著鸡鸣。
>
> （陈叔宝《自君之出矣》）

这首抒情诗共有四句，而其精华，则表现在后两句比喻上。以"夜烛"喻思妇形象，可谓惟妙惟肖。借此，我们仿佛看见一幅名画：闺室一间，蜡烛一枝，少妇一人；烛泪流，人泪流，流到鸡鸣未始休。

又如：

> 最是那一低头的温柔，像一朵水莲花不胜凉风的娇羞，道一声珍重，道一声珍重，那一声珍重里有蜜甜的忧愁——沙扬娜拉！
>
> （徐志摩《沙扬娜拉·赠日本女郎》）

徐志摩是中国现代文学史上有一定影响的诗人,他的诗具有特殊的认识作用和美学价值。摄取生活中的细节,用比喻刻画之,是徐志摩的绝技。试看"最是那一低头的温柔",这是细节,也是比喻的本体。作者是如何形容日本少女的这个动作的呢?——"像一朵水莲花不胜凉风的娇羞"。这一喻体,就写活了日本少女的多情、多态、且恋、且羞的形象。

无须过多地举例,我们已经能够看出比喻在抒情诗中的重要作用了。我们自己不写抒情诗则已,如写抒情诗,则莫要忘记使用比喻。

(孙汉洲)

诗词与胸襟

屈原、陶渊明、李白、杜甫、韩愈、苏东坡等人,之所以成为第一流的诗人,都是因为他们有第一等的胸襟。这正如王国维《文学小言》中所说:"三代以下之诗人,无过于屈子、渊明、子美、子瞻者。此四子者若无文学之天才,其人格亦自足千古。故无高尚伟大之人格,而有高尚伟大之文学者,殆未之有也。"这就是说,没有高尚伟大的胸襟,就没有高尚伟大的文学。

一、胸怀苍生

长太息以掩涕兮,哀民生之多艰。

(屈原《离骚》)

杜甫继承了屈原的胸襟,在《茅屋为秋风所破歌》中表现得尤为突出:

八月秋高风怒号,卷我屋上三重茅。茅飞渡江洒江郊,高者挂罥长林梢,下者飘转沉塘坳。

南村群童欺我老无力,忍能对面为盗贼。公然抱茅入竹去,唇焦口燥呼不得,归来倚杖自叹息。

　　俄顷风定云墨色,秋天漠漠向昏黑。布衾多年冷似铁,娇儿恶卧踏里裂。床头屋漏无干处,雨脚如麻未断绝。自经丧乱少睡眠,长夜沾湿何由彻!

　　安得广厦千万间,大庇天下寒士俱欢颜。风雨不动安如山!呜呼,何时眼前突兀见此屋,吾庐独破受冻死亦足!

本诗作者抒发的情怀与范仲淹的《岳阳楼记》中"先天下之忧而忧,后天下之乐而乐"抒发的情怀基本一致。

俄国著名文学评论家别林斯基曾说:"任何一个诗人也不能由于他自己和靠描写他自己而显得伟大,不论是描写他本身的痛苦,或者描写他本身的幸福。任何伟大诗人之所以伟大,是因为他们的痛苦和幸福的根子深深地伸进了社会和历史的土壤里,因为他是社会、时代、人类的器官和代表。"杜甫在这首诗里描写了他本身的痛苦,但他不是孤立地、单纯地描写他本身的痛苦,而是通过描写他本身的痛苦来表现"天下寒士"的痛苦,来表现社会的苦难、时代的苦难。他也不是仅仅因为自身的不幸遭遇而哀叹、而失眠、而大声疾呼,在狂风猛雨无情袭击的秋夜,诗人脑海里翻腾的不仅是"吾庐独破",而且是"天下寒士"的茅屋俱破。杜甫这种炽热的忧国忧民的情感和迫切要求变革黑暗现实的崇高理想,千百年来一直激荡着读者的心灵,并产生过积极的作用。

沈德潜也赞美杜甫诗"为国爱君,感时伤乱,忧黎元,希稷契,生平种种抱负,无不流露于楮墨中,诗之变,情之正也"(《唐诗别裁集·凡例》)。

二、胸怀至道

其一

在昔闻南亩,当年竟未践。
屡空既有人,春兴岂自免。
夙晨装吾驾,启涂情已缅。
鸟弄欢新节,泠风送余善。
寒竹被荒蹊,地为罕人远;
是以植杖翁,悠然不复返。

即理愧通识，所保讵(jù)乃浅。

其二

先师有遗训，忧道不忧贫。

瞻望邈(miǎo)难逮，转欲志长勤。

秉耒欢时务，解颜劝农人。

平畴交远风，良苗亦怀新。

虽未量岁功，既事多所欣。

耕种有时息，行者无问津。

日入相与归，壶浆劳近邻。

长吟掩柴门，聊为陇亩民。

（陶渊明《癸卯岁始春怀古田舍二首》）

陶渊明的《癸卯岁始春怀古田舍二首》，是用田园风光和怀古遐想所编织成的一幅图画。诗分两首，表现的则是同一题材和思想旨趣。

第一首以"在昔闻南亩"起句，叙述了劳动经过，描绘了自然界的美景，缅怀古圣先贤，赞颂他们躬耕田亩、洁身自守的高风亮节。他早就听说过南亩，只恨自己没有尽早赶来，过这俯身躬耕的日子。这里他提到《论语》里"屡空"的颜回。陶渊明不怕贫穷，这正是他用以反抗世俗的安贫乐道。他喜欢自给自足的农耕生活。他从村落清新的晨曦里一路走出来，架好车马，下地干活，他的胸中饱涨着自然的情怀。鸟声婉转，风中送来弥漫的花草清香，凉爽，和善，绝不寒冷。田地上的白雪潮水般褪去，荒草覆盖了冬后大地的无数小径。这偏远的、人迹罕至的地方叫人惊喜。他可以在这里找到自由。不需要繁华、光荣和热烈的事物，以及任何一个多余的人。他甚至觉得，汲汲于功名的人是可笑的。他理解了植杖翁的遁世选择。陶渊明觉得隐居的道理应该为人生的通识感到惭愧。隐，还是不隐，一直是个问题。这个世界的通识就是：不隐，要入世，功成名就，出人头地。陶渊明还不想归隐，时候还没到，但他的愧对只是暂时的不安。他终将心安理得地归去。

但是，作者却意犹未尽，紧接着便以第二首的先师遗训"忧道不忧贫"之不易实践，夹叙了田间劳动的欢娱，联想到古代隐士长沮、桀溺的操行，而深感忧道之人的难得，最后以掩门长吟"聊作陇亩民"作结。陶渊明一向把孔子视为先师。孔子说过的"忧道不忧贫"，他记在心里，但他更喜欢这种"耕种有时息,行者无问津"的农耕生活。陶渊明想成为长沮、桀溺那样的隐士,他的内心有挣扎,有焦虑,本想有所作为,世界却使他望而却步。他很失望,渐渐生出一颗叛逆之心,甘愿"长吟掩柴门,聊为陇亩民"。这将是他生命的归宿,也是他心中的至道。

  这组诗写田野的美景和亲身耕耘的喜悦,并由此抒发作者的缅怀。其遥想和赞美的是贫而好学、不事稼穑的颜回和安贫乐道的孔子,尤其是钦羡古代"耦而耕"的隐士荷蓧翁和长沮、桀溺。虽然,作者也表明颜回和孔子不可效法,偏重于向荷蓧翁和长沮、桀溺学习,似乎是乐于隐居田园的;不过,字里行间仍透露着对世道的关心和对清平盛世的向往。如果再注意一下此诗的写作时代,这一层思想的矛盾也就看得更清晰了。在写这两首诗后的两年,作者还去做过八十多天的彭泽令,正是在这时,他才终于对那个黑暗污浊的社会彻底丧失了信心,并表示了最后的决绝,满怀愤懑地"自免去职"、归隐田园了。这是陶渊明式的抗争,也体现了他对心中至道的追寻过程。

(刘　晏)

诗词与科学

风马牛也相及

  诗歌艺术一向都被视为艺术中的艺术,诗性也似乎成为文学性中的"价值"担当。而科学则以客观性、规律性、逻辑性等理性质素见长,和诗歌仿佛是风马牛不相及的独立门类。但细细想来,诗歌和科学的相及之处着实不少呢!

  诗歌和科学可以是怎样的联系呢?最为夸张的要算苏东坡缺乏"科学知识"改诗而遭贬谪的笑谈了。据说,东坡去拜见王安石,在乌斋台等候时,见几案上摆着王安石的诗作,其中"明月枝头叫,黄狗卧花心"两句令其忍俊不禁,便未加思量,提笔改成"明月当空照,黄狗卧花荫",甚为得意,悠然离去。后来东坡因此被贬谪到合浦,偶遇一群孩童游戏,才知道世间竟有"明月鸟""黄狗虫"的虫、鸟。当然,这只是个杜撰的故事,但传达出的信息很清楚:写诗是讲究"科学精神"的,作诗不合实,后果很严重哦。

基于科学认知的土壤，才能绽放绚烂的诗歌之"花"。基于客观之"实"，升腾而出的"虚"（情境、情感、意蕴、思想等）才有根基，有依托，厚重而魅力无穷。诗歌作品要经得起历史考验，自然不能无视科学，不能歪曲客观实际。王维的"大漠孤烟直，长河落日圆"，一"直"一"圆"，紧扣住塞外景物特征，简单而有张力，勾勒出大漠的苍茫雄旷。白居易的"一道残阳铺水中，半江瑟瑟半江红"，一个"半"字如实而巧妙地写出夕日残照下一半是江水一半是火焰的情境。传为佳话的高适"半"字师一事，也体现了诗人的科学严谨。大诗人高适深秋路过杭州清风岭，夜宿古寺，见斜月映江，水波粼粼，诗兴大发，在寺院墙壁上题诗一首："绝岭秋风已自凉，鹤翻松露湿衣裳。前村月落一江水，僧在翠微角竹房。"走后感觉"前村月落一江水"一句不妥，因为月落之时江水随潮而退，应改为"半江水"才妥当。于是他急忙返回寺院改诗，却见"一"字已被人改成"半"字。从僧人口中得知，改诗人乃是才高八斗的骆宾王。高适遂称骆宾王是自己的"半字师"。说到作诗的科学严谨，连唐代最伟大的浪漫主义诗人李白也堪称表率。李白在壮游天下时，用艺术之眼观照万物，《望庐山瀑布》中"飞流直下三千尺，疑是银河落九天"的奇崛想象极尽夸张，看似无理，但亦不虚，高长的白色瀑布与苍穹中高悬的星斗河汉确有相似之处，这就能绝倒众人！至于之前老老实实写的两句"日照香炉生紫烟，遥看瀑布挂前川"，更是观察细微，严谨求实，关键就体现在"紫烟"之妙。日照瀑布，水雾蒸腾，应是五彩缤纷，何独有"紫"？前人对此也颇多批评，以为不合常理。但现代科学证明，当水雾中的水珠尺寸小到近于紫光波长时，会产生漫射，呈现"紫"色。韦应物《滁州西涧》中的"春潮带雨晚来急，野渡无人舟自横"，众人称道于"横"字的意趣之妙，但又以为水大雨急，船应顺流而纵置，而诗人偏偏写成"舟自横"，便觉这是诗人故意而为之的艺术需要。现代物理学已证明，在水急之时，依据水动力学理论，船确实是横置而非纵置！古代的诗人们当然说不出那么多科学原理或知识，但对诗歌创作却是秉承着科学精神的。

　　优秀的诗人提炼出了现实生活乃至思想情感的本质。纵然是"白发三千丈，缘愁似个长"般夸张的诗歌艺术中也遵循着独特的科学真实，因为这些艺术的夸张往往更为真实地反映着情感乃至人生的本真状态，激荡人的内心深处，是对现实生活、人之情感更本质的体现。就以写抽象"愁情"的古诗词为例吧。"问君能有几多愁？恰似一江春水向东流。"这是南唐后主李煜的绝命词《虞美人》中的名句。愁绪和流水有何相干？但放在昔为一国主、今乃阶下囚的李煜那里，愁绪之厚多，愁情之广长，滔滔如东流水一般，又何等贴切形象！在多广、绵长方面，水与愁的本质并无不同。李清照说："只恐双溪舴艋舟，载不动、许多愁。"生活中我们多少都有这种体验：很不开心的时候，人都会感觉心发紧、身沉重。李清照把这样的真实体验艺术性地表达出来，既在情在理，又精妙绝伦，谁会觉得夸张得矫情做作呢？到了贺铸这里，"试问闲愁都几许？一川烟草，满城风絮，梅子黄时雨"，这算是写愁绪的集大成者了！运用博喻之法，展开想象的翅膀，连用三幅凄迷幽静的画面，把愁绪的深广难穷、浓郁厚重写绝了，让人叹为观止！诗词中类似的奇言绝语还有不少，细细品来，诗人的高妙都在于提炼出了客观实际乃至抽象情感的本质，并把这种本质描摹得具体形象、生动可感。因此从这个意义上来说，只要把握了事物的本质，艺术地表现思想、情感等抽象事物，也可看作是一种客观事实，近于工笔画，甚至比现实更真实。

诗歌有时直接体现人对于人类、人生科学规律的探索和发现。在人文领域，我们常说"文学是人学"，而诗歌作为"文学中的文学"，也当然指向人与人生。屈原的《天问》问得惊天动地、震铄古今，把人类对自然、社会、人生的困惑和对其规律的探究体现得淋漓尽致。这典型地体现了诗歌与科学的融通关系。一脉相承下来，唐代张若虚在其名篇《春江花月夜》中也叩问古今："江畔何人初见月？江月何年初照人？"追古思今，拨开迷雾，诗人接着道出人生的真谛："人生代代无穷已，江月年年只相似。"刘希夷《代悲白头翁》中的"年年岁岁花相似，岁岁年年人不同"，又把世事沧桑、物是人非的人生际遇一语道尽。诗圣杜甫《赠卫八处士》中写道："人生不相见，动如参与商。今夕复何夕，共此灯烛光。少壮能几时，鬓发各已苍。"把天体中参与商两星宿不可能同时出现的规律和人生实际变化联系起来，生发感慨。这又与苏轼《水调歌头·明月几时有》中"人有悲欢离合，月有阴晴圆缺，此事古难全"的人生认识有异曲同工之妙。古代的哲理诗则更直截了当。王之涣的"欲穷千里目，更上一层楼"自不待言。"横看成岭侧成峰，远近高低各不同。不识庐山真面目，只缘身在此山中。"苏轼这首《题西林壁》写出了角度不同，所见所识亦会不同的科学事实，也揭示了"旁观者清，当局者迷"的科学道理。朱熹《观书有感》中的名句"问渠那得清如许，为有源头活水来"，巧妙道出世间的因果联系，没有源头活水，哪里能有清波如许？"离离原上草，一岁一枯荣。野火烧不尽,春风吹又生。"白居易的《赋得古原草送别》脍炙人口,正是因为抓住了"草"的生命特征和坚韧本质,体现了无可辩驳的科学事实,激发人更深层次的情感共鸣。这种共鸣在其"同是天涯沦落人,相逢何必曾相识"的深沉感慨中更为突出。幸福总是相似的,不幸则各有各的不同,但又何尝没有相通之处呢?实际上,再也没有比"于我心有戚戚焉"更能撩拨同是不幸人的心弦了!这不也是人生的哲理吗?

此外,值得一提的是,从诗歌形式上看,诗歌创作本身(特别是绝句、律诗和词曲的创作)有许多字数、格律、音韵的规律性要求,这也是诗歌具有科学性的重要体现。

所以,最艺术性的诗歌与最严谨务实的科学,两者虽然是互异的,但从文化层面上看,两者也有互补、互通之处,和而有不同,不谋而相合。风马牛也相及,我想这才是包罗万象的诗歌艺术最大的魅力所在吧!

(石慧斌)

诗词与情操

楚辞、汉赋、唐诗、宋词、元曲……在中国文学,尤其是中国诗词漫长的历史长河中,情操却始终像一条奔腾的激流,源远流长。那么在我国古典诗词中,关于情操主要有哪些类型呢?

一、爱国主义情操

尽管不同历史时期的古典诗词有不同的新的创造,但爱国主义情操始终是根底深厚的文化传统,是中国文化尤其是中国古典诗词中的传统母题。

(一)维护国家统一

纵观历史,多少朝代纷解战乱,造成生灵涂炭,国破家亡,民不聊生,许多爱国诗人、词赋家主张和平,在诗词中表现了维护国家统一的强烈愿望。战国时代,群雄割据,屈原主张修明法度,改革政治,联合抗秦,推进中国的统一,但不被楚统治者采纳,屡遭贬斥,最后投汨罗江而死。不朽诗作《离骚》正表现了诗人渴望祖国统一的爱国情怀。建安时期,军阀混战,诗人们渴望统一祖国,建功立业,如曹操的《短歌行》"慨当以慷,幽思难忘""周公吐哺,天下归心",曹植的《白马篇》"捐躯赴国难,视死忽如归"等,都是著名的诗句。还有辛弃疾《破阵子》中的"了却君王天下事,赢得生前身后名"等,也都表现了诗人渴望国家统一的爱国情怀。

(二) 抗击掠夺战争

抗击掠夺战争,捍卫民族尊严,是古典诗词的一项重要内容。王昌龄"秦时明月汉时关,万里长征人未还。但使龙城飞将在,不教胡马度阴山"(《出塞》)、"黄沙百战穿金甲,不破楼兰终不还"(《从军行》)的卫国豪情,有大气磅礴之势。宋代是历代抗击掠夺时间最长、战争最激烈的朝代,爱国主义诗词传响不绝。苏轼的《江城子》"会挽雕弓如满月,西北望,射天狼",有立志为国效命的情怀;岳飞的《满江红》名垂千古;辛弃疾的"醉里挑灯看剑,梦回吹角连营"(《破阵子》)、"待他年,整顿乾坤事了,为先生寿"(《水龙吟》)有捐躯报国的豪情壮志;陆游在临终前写下的《示儿》"死去元知万事空,但悲不见九州同。王师北定中原日,家祭无忘告乃翁",更表达了重整山河、收复失地的愿望。明末清初亡国之恨的书写,清末反抗帝国主义的慷慨悲歌,都感人至深。

(三) 天下兴亡,匹夫有责

诗人们的爱国主义还表现在高度的责任感上,他们以天下兴亡为己任。如屈原:"带长剑兮挟秦弓,首身离兮心不惩。诚既勇兮又以武,终刚强兮不可凌。身既死兮神以灵,子魂魄兮为鬼雄!"(《国殇》)表现了他对祖国的忠贞不渝,以及虽九死而不悔的大无畏精神。陈子昂的"感时思报国,拔剑起蒿莱"(《感遇》),李清照的"生当作人杰,死亦为鬼雄"(《夏日绝句》),夏完淳"毅魄归来日,灵旗空际看"(《别云间》),均表达了诗人不停止战斗的决心,这种强烈的爱国热情,具有震撼人心的力量。文天祥的"人生自古谁无死,留取丹心照汗青"(《过零丁洋》),谭嗣同的"我自横刀向天笑,去留肝胆两昆仑"(《狱中题壁》),等等,都是在用生命抒写人生的壮丽诗篇。这些爱国诗人既是讴歌者,也是实践者。他们壮阔的胸怀,惊天地、泣鬼神,与日月争辉,彪炳千古!

二、个人自守情操

陶渊明是中国历史上第一个大力书写固穷情怀的诗人,他心性淡泊,向往真淳的生活。由其诗作中,可以窥见其乐于隐居、借此修养自己以达到保真境界的心志。

> 积善云有报,夷叔在西山。
> 善恶苟不应,何事空立言!
> 九十行带索,饥寒况当年。
> 不赖固穷节,百世当谁传。
>
> （陶渊明《饮酒·其二》）

这首诗通过对善恶报应之说的否定,揭示了善恶不分的社会现实,并决心固穷守节,流芳百世。深婉曲折的诗意之中,透露着诗人愤激不平的情绪。

> 昔在黄子廉,弹冠佐名州。
> 一朝辞吏归,清贫略难俦(chóu)。
> 年饥感仁妻,泣涕向我流。
> 丈夫虽有志,固为儿女忧。
> 惠孙一晤叹,腆赠竟莫酬。
> 谁云固穷难,邈哉此前修。
>
> （陶渊明《咏贫士七首·其七》）

陶渊明咏赞古代贫士黄子廉,称扬其不为儿女之忧而改变固穷守节的志向,以示自勉。

"固穷"出自孔子"陈蔡绝粮"的典故。当年孔子带着众弟子奔走各国,到处乞求重用而不得,途中不幸于陈国遭遇断粮的困厄。面对弟子子路的抱怨,孔子说:"君子固穷,小人穷斯滥矣。"意思是说,君子能够守住贫穷,而小人对于贫穷的态度便是作奸犯科。后人也把这种个人自守的情操写进了诗歌中。

> 君知妾有夫,赠妾双明珠。
> 感君缠绵意,系在红罗襦。
> 妾家高楼连苑起,良人执戟明光里。
> 知君用心如日月,事夫誓拟同生死。
> 还君明珠双泪垂,恨不相逢未嫁时。
>
> （张籍《节妇吟·寄东平李司空师道》）

这是一首具有双重内涵的唐诗精品。在文字层面上,它描写了一位忠于丈夫的妻子,经过思想斗争后终于拒绝了一位多情男子的追求,守住了妇道;在喻义的层面上,它表达了作者忠于朝廷,不被藩镇高官拉拢、收买的决心。

原诗是写节妇的忠贞守节,今人每喜用"还君明珠双泪垂"辞谢难舍难分的感情,用"恨不相逢未嫁时"来惋惜所思慕的异性已婚——相逢恨晚也。

根据记载,唐宪宗时,藩镇割据,平卢节度使李师道拥兵跋扈,勾结朝廷的官吏文人,图谋不轨。李师道也想收买张籍,张籍特写此诗,以节妇的坚贞不二自比,来表示对李师道的拒绝。

古人遇事不便明说,多喜欢借写男女之情表示心意,张籍的《节妇吟》和朱庆馀的《近试上张籍水部》是最有名的两首。

（刘　晏）

诗词与战争

中华民族是热爱和平的民族,也是团结御侮、自强不息的民族。中国又是个多民族的国家,在这片土地上,不同的民族、不同的文化相互冲突,也相互渗透和融合。可以说,历史因战争而分分合合,而战争所带来的影响与思考,也完整地烙印在诗歌的字里行间。

一、以诗歌展现战士英勇气概

最早的诗歌总集《诗经》中,战争就是一个重要的主题,比如《秦风·无衣》就是有关战争的重要篇章,表达同仇敌忾的意志,洋溢着强烈的爱国主义情感。正如《左传》一再主张"以德绥戎""怀远以德"那样,《诗经》写战争,没有描写血腥的战争场面,而是通过铺排军容声威,注重文德教化。

> 操吴戈兮被犀甲,车错毂(gǔ)兮短兵接。
> 旌蔽日兮敌若云,矢交坠兮士争先。
> 凌余阵兮躐(liè)余行,左骖殪(yì)兮右刃伤。
> 霾两轮兮絷(zhí)四马,援玉枹兮击鸣鼓。
> 天时坠兮威灵怒,严杀尽兮弃原野。
> 出不入兮往不反,平原忽兮路超远。
> 带长剑兮挟秦弓,首身离兮心不惩。
> 诚既勇兮又以武,终刚强兮不可凌。
> 身既死兮神以灵,子魂魄兮为鬼雄。

(屈原《九歌·国殇》)

这是一首悼念阵亡沙场英灵的祭歌。上段描写这场我方失利的战争。敌方人数众多,势力强大,战争短兵相接,非常激烈,我方虽然处于劣势,但士兵们依然英勇不屈,最终捐躯沙场。下段从士兵出征叙起,歌颂将士们义无反顾、勇武刚烈的精神,表达诗人对这些为国牺牲的将士的礼赞。此诗格调豪迈雄健,悲壮苍凉,昂扬着英雄主义和爱国主义精神,与屈原的一般作品风格不同。

二、以诗歌抒发诗人投笔从戎的志向

大唐王朝的建立及其强盛的国势,为边塞诗的昂扬奋发构筑了政治基础。朝廷重视人才,除了仕途,还开拓了习武从戎入幕等多种晋升途径,激发了士人的政治热情,战争生活也成为文士的向往。初、盛唐时期的诗人,或游历边疆大漠,或入幕从戎,多少有过一些边塞生活经验,边塞征戍也成为他们诗歌的重要内容。

> 烽火照西京，心中自不平。
> 牙璋辞凤阙，铁骑绕龙城。
> 雪暗凋旗画，风多杂鼓声。
> 宁为百夫长，胜作一书生。

（杨炯《从军行》）

据张鷟《朝野佥载》记述，杨炯词学优长，恃才简倨，不容于时。每见朝官，目为"麒麟楦"，叱骂这些无德而衣朱紫者，与驴覆麟皮者无异。杨炯除了做过两任地方官，主要是在长安、洛阳与这些"麒麟楦"为伍，所以《从军行》末二句"宁为百夫长，胜作一书生"的唱叹，是可以理解的。宁愿入伍从戎，哪怕做个小小的百夫长，也不愿意做刀笔吏，与这些人为伍。稍后祖咏《望蓟门》曰："少小虽非投笔吏，论功还欲请长缨。"王维也歌唱："忘身辞凤阙，报国取龙庭。岂学书生辈，窗间老一经。"（《送赵都督赴代州得青字》）其实，杨炯并没有到过边塞，诗中写的边塞景象，不过是拿一些常见的字面组装在一起而已，却有一种雄姿英发的气概流贯其间，骨气刚健明朗，在初唐宫体诗依然流行的时代里，显得尤具特色。

三、以诗歌展现战争的残酷性和破坏性

以战争题材入诗，除了言志与教化功能，更多的则展现了战争本身的残酷性。如李颀的"年年战骨埋荒外，空见蒲桃入汉家"（《古从军行》），王翰的"醉卧沙场君莫笑，古来征战几人回"（《凉州词》），王之涣的"羌笛何须怨杨柳，春风不度玉门关"（《凉州词》）等，都是对战争意义的怀疑，对战争破坏安定、埋葬生命、制造苦难等问题的质询。

> 和戎诏下十五年，将军不战空临边。
> 朱门沉沉按歌舞，厩马肥死弓断弦！
> 戍楼刁斗催落月，三十从军今白发。
> 笛里谁知壮士心？沙头空照征人骨。
> 中原干戈古亦闻，岂有逆胡传子孙？
> 遗民忍死望恢复，几处今宵垂泪痕！

（陆游《关山月》）

陆游此诗的情况很复杂,既有从戎报国的期盼,又愤慨朝廷议和求安,豪门贵族置国家利益、人民生死于不顾而依然歌舞升平、醉生梦死,同时也表达了对沦陷地区人民惨遭蹂躏的悲惨生活的深切同情。和戎诏下十五年来国家社稷、将军逸乐、遗民涂炭的一切深刻问题,此诗给予了集中的暴露。这样的诗,也可谓之"诗史"。

四、以诗歌推动战争走向

一首优秀的诗歌,往往能够推动战争的走向,甚至决定战争的最终胜负。正如我们在《诗歌与历史》一章中所提及的:重庆谈判不久,国共分裂,内战重开。共产党深得民心,战事节节胜利,国民党由优势转为劣势,士气低落。这时,有人提出"划江而治"的主张,连苏共的领袖斯大林都赞成,并要求中国共产党及早同意。然而,以毛泽东为首的中国共产党却选择了将革命进行到底、解放全中国的道路。毛泽东在《七律·人民解放军占领南京》一诗中表明了共产党人的主张:

宜将剩勇追穷寇,不可沽名学霸王。
天若有情天亦老,人间正道是沧桑。

这几句诗掷地有声,从历史的角度回绝了"划江而治"的主张,同时也鼓舞了广大共产党人以及军队的士气,使中国避免了又一次"南北朝"割据的灾难。可以毫不夸张地说,毛泽东的一首诗,影响国共内战的走向和历史发展的进程。

战争是残酷的,而诗歌却是美好的。诗歌用文字与音律记录战争、鞭挞战争,甚至影响战争。可以说,战争与诗歌,是密不可分的。

(孙　璐)

诗词与改革

中国历史上的封建王朝,由于封建制度本身的痼疾,治乱更替就成了逃脱不了的魔咒。但每当积弊丛生甚至大厦将倾之时,总会有人挺身而出,试图大济生民,力挽狂澜。这些中国历史上的改革家与他们的改革不仅记载于青史之中,也出现在诗歌之中。

在中国历史上,封建王朝的兴盛往往是昙花一现。大治之后接续的往往就是大乱,受害最深的当然就是最底层的百姓。"白骨露于野,千里无鸡鸣"的景象在历史上屡见不鲜。哪怕没有战乱,朝廷的黑暗和吏治的腐败也让人惊心动魄。王安石在他的《感事》中写道:

贱子昔在野,心哀此黔首。丰年不饱食,水旱尚何有。虽无剽盗起,万一且不久。特愁吏之为,十室灾八九。原田败粟麦,欲诉嗟无赇。间关幸见省,笞扑随其后。况是交冬春,老弱就僵仆。州家闭仓庾,县吏鞭租负。乡邻铢两徵,坐逮空南亩。

诗中所反映的是水旱灾害的侵袭,更重要的是官吏的无度盘剥,让百姓在丰年也吃不饱肚子。这可以说是中国历史上衰世的普遍景象。

当此之时,人民期盼改革家的出现,能够救黎民于水火之中。

南登碣石馆,遥望黄金台。丘陵尽乔木,昭王安在哉?霸图今已矣,驱马复归来。

(陈子昂《燕昭王》)

陈子昂在《燕昭王》中对锐意改革强大燕国的燕昭王的追念,就是对改革家期盼的集中体现。

229

面对百姓的苦难,一些有担当的读书人站了出来,试图用改革来拯救百姓,拯救国家。他们改革的方略不仅出现在奏折公文之中,也出现在诗歌之中。例如:

  有客语省兵,兵省非所先。方今将不择,独以兵乘边。前攻已破散,后距方完坚。以众亢彼寡,虽危犹幸全。将既非其才,议又不得专。兵少败孰继,胡来饮秦川。万一虽不尔,省兵当何缘。骄惰习已久,去归岂能田。不田亦不桑,衣食犹兵然。

(王安石《省兵》)

王安石在《省兵》这首诗中,指出了宋朝军事上的弊病:军队数量庞大,士兵骄纵怠惰,如果简单裁汰,早已不习稼穑的他们反而会成为社会的隐患;与此同时,朝廷在将领的选拔上也不辨优劣。在提出问题的同时,王安石的诗中其实也给出了解决的办法:选择优秀将领,对军队加强训练,发展生产,使士兵回家后生活有着落。这样才能提高军队的战斗力,达到省兵的目的。

  古往今来,改革都不是一帆风顺的事情。在封建社会,改革失去了统治阶级的支持,往往会以失败告终。改革者也会遇到反对派的指责和排挤,从人生的高峰跌入低谷,甚至遭受杀身之祸。但我们从这些改革者的诗作中读到的绝不只是悲伤和消沉。

  百亩庭中半是苔,桃花净尽菜花开。
  种桃道士归何处,前度刘郎今又来。

(刘禹锡《再游玄都观》)

  一陂春水绕花身,花影妖娆各占春。
  纵被春风吹作雪,绝胜南陌碾成尘。

(王安石《北陂杏花》)

  刘禹锡是唐代中期王叔文改革集团的核心人物。在改革失败后,刘禹锡长期被贬,虽然中途短暂被召回京城,但前后被贬时间长达二十三年。《再游玄都观》中刘禹锡将打击革新运动的当权者比作"种桃道士",将被反动的当权者扶持起来的新贵比作"桃花"。当年风光无限的当权者及其新贵走狗在短短的时间内就烟消云散,而自己却顽强独立。诗人对这些人投以轻蔑的嘲笑,显示了自己的不屈和乐观。

《北陂杏花》写于王安石变法失败后贬居江宁之时。凝聚了一生心血的变法虽然失败,自己也被迫退出政治舞台,但王安石仍旧坚持自己原有的改革信念和立场。诗中的"北陂杏花"就是诗人刚强耿介、孤芳自赏人格的象征。对于改革,王安石"虽九死其犹未悔"。

面对改革失败后所遭受的屈辱和打击,中国古代的改革者们也会有暂时的悲伤徘徊,但更多的是借助诗歌表达他们对自己对改革的坚信与身陷囹圄而不屈的坚强意志。

时光如过隙白驹,一去不复返。虽然历史上轰轰烈烈的改革会随着时光的流逝渐渐远去,那些改革家们也终会慢慢消失在历史的深处,但是他们为国为民的一片赤忱,会留在所有人的心中,不会消逝。他们也成为古典诗歌记载歌颂的对象。

袍笏(hù)巍然故宅残,入门人自肃衣冠。半生忧国眉犹锁,一诏旌忠骨已寒。恩怨尽时方论定,边疆危日见才难。眼前国是公知否,拜起还宜拭目看。

(王启茂《谒文忠公祠》)

张居正用一往无前的改革挽救了积弊丛生、行将就木的大明王朝,他也为此付出了惨烈的代价。但是他"半生忧国眉犹锁"的为国为民却被后世铭记。"肃衣冠"这一小小举动不仅透露出人们对张居正的崇敬,更是历史对这位改革家的最终评定。

(华 伟)

诗词与生命

时光不断流逝,生命逐渐走向消亡,这是不可抗拒的自然规律。对死亡的恐惧、对生命的眷恋、对命运的困惑、对宇宙的探索,构成了中国古代生命意识的深层基础,而人之生命的短暂和宇宙的永恒是一对永远也无法解决的矛盾,因此,对这一问题的思索和追问也就成了文学作品地老天荒、永无休止的主题。

一、对生死的思考

> 人生无根蒂,飘如陌上尘。
> 分散逐风转,此已非常身。
> 落地为兄弟,何必骨肉亲!
> 得欢当作乐,斗酒聚比邻。
> 盛年不重来,一日难再晨。
> 及时当勉励,岁月不待人。
>
> (陶渊明《杂诗十二首·其一》)

陶渊明《杂诗》共有十二首,此为第一首。

这种关于"人生无常""生命短暂"的喟叹,在《诗经》《楚辞》中已能听到,只是到了汉末魏晋时代,这种悲伤才在更深更广的程度上扩展开来。从《古诗十九首》到"三曹",从"竹林七贤"到"二陆",从刘琨到陶渊明,这种喟叹变得越发凄凉悲怆,越发深厚沉重,以至于成为整个时代的典型音调。这种音调,在我们今天看来不无消极悲观的意味,但在当时特定的社会条件下,却反映了人的觉醒,是时代的进步。

"人生无根蒂"四句意本《古诗十九首》之"人生寄一世,奄忽若飘尘",感叹人生之无常。蒂,即花果与枝茎相连接的部分。人生在世即如无根之木、无蒂之花,没有着落,没有根柢,又好比是大路上随风飘转的尘土。由于命运变幻莫测,人生飘泊不定,种种遭遇和变故不断地改变着人,每一个人都已不再是最初的自我了。这四句诗,语虽寻常,却寓奇崛,将人生比作无根之木、无蒂之花,是为一喻,再比作陌上尘,又是一喻,比中之比,象外之象,直把诗人深刻的人生体验写了出来,透露出至为沉痛的悲怆。陶渊明虽然"少无适俗韵",怀有"猛志逸四海,骞翮思远翥"的宏大抱负,但他生值晋宋易代前后,政治黑暗,战乱频仍,国无宁日,民不聊生。迫于生计,他几度出仕,几度退隐,生活在矛盾痛苦之中,终于在四十一岁时辞官归田,不再出仕。如此世态,如此经历,使他对人生感到渺茫,不可把握。虽然在他的隐逸诗文中,我们可以感受到他的旷达超然之志、平和冲淡之情,但在他的内心深处,蕴藏着的是一种理想破灭的失落,一种人生如幻的绝望。

"落地为兄弟,何必骨肉亲。"承前而来,既然每个人都已不是最初的自我,那又何必在乎骨肉之亲、血缘之情呢?来到这个世界上的都应该成为兄弟,这一层意思出自《论语》:"子夏曰:'君子敬而无失,与人恭而有礼。四海之内,皆兄弟也。君子何患乎无兄弟也?'"这也是陶渊明在战乱年代对和平、泛爱的一种理想渴求。"得欢当作乐,斗酒聚比邻。"阅历的丰富往往使人对人生的悲剧性有更深刻的认识,年龄的增长常常使人更难以寻得生活中的欢乐和激动,处于政治黑暗时期的陶渊明更是如此,这在他的诗中表露得非常明确:"荏苒岁月颓,此心稍已去。值欢无复娱,每每多忧虑。"(《杂诗》)但他毕竟没有完全放弃美好的人生理想,他转向官场宦海之外的自然去寻求美,转向仕途名利之外的村居生活去寻求精神上的欢乐,这种欢乐平淡冲和、明净淳朴。"斗酒聚比邻"正是这种陶渊明式的欢乐的写照,在陶渊明的诗中时有这种场景的描述,如:"过门更相呼,有酒斟酌之。"(《移居》)"日入相与归,壶浆劳近邻。"(《癸卯岁始春怀古田舍》)这是陶渊明式的及时行乐,与"昼短苦夜长,何不秉烛游""不如饮美酒,被服纨(wán)与素""何不策高足,先据要路津"(《古诗十九首》)有着明显的差异,体现了更高的精神境界。

"盛年不重来"四句常被人们引用来勉励年轻人要抓紧时机,珍惜光阴,努力学习,奋发上进。在今天,一般读者若对此四句诗作此理解,也未尝不可。但陶渊明的本意却与此大相径庭,是鼓励人们要及时行乐。既然生命是这么短促,人生是这么不可把握,社会是这么黑暗,欢乐是这么不易寻得,那么,对生活中偶尔还能寻得的一点点欢乐,不要错过,要及时抓住它,尽情享受。这种及时行乐的思想,我们必须放在当时特定的历史条件下加以考察,"它实质上标志着一种人的觉醒,即在怀疑和否定旧有传统标准和信仰价值的条件下,人对自己生命、意义、命运的重新发现、思索、把握和追求。"陶渊明在自然中发现了纯净的美,在村居生活中找到了质朴的人际关系,在田园劳动中得到了自我价值的实现。这首诗起笔即对命运之不可把握发出慨叹,读来使人感到迷惘、沉痛。继而稍稍振起,诗人执着地在生活中寻找着友爱,寻找着欢乐,给人一线希望。终篇慷慨激越,使人为之感奋。全诗用语朴实无华,取譬平常,质如璞玉,然而内蕴却极丰富,波澜跌宕,发人深省。

二、对政治生命的探幽

阮籍生活于魏晋易代之际,政治环境险恶,从正始十年(249年)到甘露五年(260年),在十二年的时间里,司马氏与曹魏两大政治集团之间进行了六次激烈的争权夺利斗争,大批名士被杀戮,空中到处弥漫着血腥味,当时的政治形势就如同一张看不见的"天网",使人无法舒展。面对如此乱世,阮籍忧生切骨,害怕须臾之间横遭不测,陷入生命的悲剧中。阮籍把内心的积愤、郁闷、孤独、忧伤形诸歌咏。

阮籍倍感孤独与寂寞,在内心深处一方面渴望着精神的知己,既以"佳人""佼姬"象征着自己的合道之友,又以"思亲""思友"抒发着真情;另一方面又强烈排斥着现实中的"俗人","岂与乡曲士,携手共言誓"(《咏怀·四十三》),"岂与蓬户士,弹琴诵言誓"(《咏怀·五十八》)。他又时时幻想自己化为飞鸟,逍遥自在。但他又常常将玄鹤、凤凰、鸿鹄、高鸟与学鸠、鸣鸠、鹖晏鸟、燕雀对比,形象地表达自己的矛盾冲突。这种冲突在现实生活中使阮籍既口不臧否人物而又放荡不羁。显然阮籍的生命悲剧在于他生存的个体与社会的对立,在于他自身性格的内在矛盾。他既想屈从于社会规范,实现一个天下大治的礼法社会,又想追求人性自然,以个体为本位,展露生命的本真。

因为"性命有自然",不管是鸾翳,还是一般的飞鸟,不管是身临百丈深渊的射干,还是高可百仞的建木,虽然高下有别,但荣枯之理相同。所以纵使荆棘原野也可以自适自足。阮籍既然把这一切都看作是自然的,那么他也不会再为鸾凤不能冲天一鸣而忧戚沾襟——学鸠虽小,不羡大鹏的天地之游,栖树枝,集蓬艾,游圃篱,也足以自足(《咏怀·四十六》)。这是阮籍在内心极度苦闷之后,一种理性的退缩,从忧生走向安生。而安生又必须以旷达超脱为前提:"谁言万事难?逍遥可终生。临堂翳华树,悠悠念无形。彷徨思亲友,倏忽复至冥。寄言东飞鸟,可用慰我情。"(《咏怀·三十六》)

要逍遥终身,必须排除万事之烦恼,要像"大人"一样能忘掉死生,忘掉是非,做到"恬于生而静于死","与造物同体,天地并生,逍遥浮世,与道俱成,变化散聚,不常其形。"(《大人先生传》)阮籍从华树茂影至夕而冥中,悟出有形终归无形这个道理,对亲友的彷徨思念倏忽之间无牵无挂。但这种逍遥只能在精神世界里实现,而现实中是无法实现的。因为人活在世上就会有思虑、有知识、有欲望,想有所作为,这都是自然而然的。而现在却为了摆脱内心的痛苦,解脱生命的悲剧,硬是逼着自己去思虑、去知识、去情欲,泯灭是非,这其实是违反自然的,也是无法做到的。因此阮籍又重新陷入矛盾痛苦中。

(刘　晏)

诗词与命运

"命运"是人们最关心的话题,也是古代诗歌中吟咏最多的内容。

一、国家的命运

南唐后主李煜"及归朝后,每怀江国,且念嫔妾散落,郁郁不自聊",尝作长短句云:

> 帘外雨潺潺,春意阑珊,罗衾不耐五更寒。梦里不知身是客,一晌贪欢。独自莫凭栏,无限江山,别时容易见时难。流水落花春去也,天上人间。

(李煜《浪淘沙令·帘外雨潺潺》)

这首词情真意切、哀婉动人,深刻地表现了词人的亡国之痛和囚徒之悲,生动地刻画了一个亡国之君的艺术形象。正如李煜后期词反映了他亡国以后面对囚居命运的危苦心情,诗人的命运发生了转折,"眼界始大,感慨遂深"。

> 江南江北旧家乡,三十年来梦一场。吴苑宫闱今冷落,广陵台殿已荒凉。云笼远岫愁千片,雨打归舟泪万行。兄弟四人三百口,不堪闲坐细思量。

(李煜《渡中江望石城泣下》)

这首诗写诗人失国失家后的落魄景象和凄凉心境。山重水尽、绝望无依的兄弟四人,都已不堪愁苦闲坐,再仔细思量,更是令人窒息的绝望。直到国破家亡,李煜才从梦中醒来,才体味到了做俘虏任人宰割的痛苦。梦醒了,国亡了,思量追悔也无济于事了。与北宋誓死抵抗未必能取胜,但总比坐以待毙要强得多。李煜尚拥有南唐半壁江山,如能发愤图强,还不知是谁做一统帝王。可恨的是他没有这种雄心壮志,只能坐在飘舟里"细思量",去为自己家族的处境哀愁了。这是作者真实心情的流露和抒发,不粉饰,不造作,有很强的感染力。

"亡国之音哀以思",含思凄惋,殆不胜情。词作中凝聚着其亡国之后的"哀思",是南唐灭亡之后,李煜对故国的深深的怀念之情。

二、个人的命运

(一)因诗得福

《近试上张籍水部》是唐代诗人朱庆馀在应进士科举前所作的呈给张籍的行卷诗。

> 洞房昨夜停红烛,待晓堂前拜舅姑。
> 妆罢低声问夫婿,画眉深浅入时无?

此诗为唐敬宗宝历年间(825—827年)朱庆馀参加进士考试前夕所作。唐代士子在参加进士考试前,时兴"行卷",即把自己的诗篇呈给名人,以希求其称扬和介绍于主持考试的礼部侍郎。朱庆馀此诗投赠的对象,是时任水部员外郎的张籍。张籍当时以擅长文学又乐于提拔后进而与韩愈齐名。

朱庆馀平日向他行卷,已经得到他的赏识,临到要考试了,还怕自己的作品不一定符合主考官的要求,因此写下此诗,看看是否投合主考官的心意。此诗便是行卷之作。

朱庆馀曾得到张籍的赏识,而张籍又乐于荐拔后辈。因而朱庆馀在临考前作这首诗献给他,借以征求意见。全诗以"入时无"三字为灵魂。新娘打扮得入不入时,能否讨得公婆欢心,最好先问问新郎,如此精心设问寓意自明,令人惊叹。

张籍在《酬朱庆馀》诗中答道:"越女新妆出镜心,自知明艳更沉吟。齐纨未足时人贵,一曲菱歌敌万金。"把朱氏比作越州镜湖的采菱女,不仅长得艳丽动人,而且有绝妙的歌喉,这是身着贵重丝绸的其他越女所不能比拼的。文人相重,酬答俱妙,千古佳话,流誉诗坛。

(二) 因诗得祸

文学史上有两位诗人都因为自己的诗作而失去了功名和仕途,这就是孟浩然和柳永。先说孟浩然——

玄宗开元十六年(728年),时年已经四十岁的诗人孟浩然来到京城长安参加进士考试,却落第了。不用说,他此时的心情极为郁闷。他在湖北襄阳隐居时就曾努力读书写作,三十年来,真可谓拥有了满腹文章。而且他也得到诗人王维和宰相张九龄的大力赞扬,使得其在长安也颇有诗名。但他在应试时竟然失利,不难想象,他内心自然也就更为懊丧了。

早些时候,孟浩然在一次诗人聚会时,因他诗中有一联"微云淡河汉,疏雨滴梧桐",便深深赢得大家的一致赞赏,以为像这样清绝的作品一般人是难以写得出来的。对此,他自然也颇为自负。但命运就是喜欢跟他闹着玩儿,他在这次原以为胜券在握的考试中居然又未能如愿!

他也曾想直接给皇帝上书,要求面试以求取功名,但生性清高的诗人一时又觉得难以启齿。所以,事情就在这样犹犹豫豫中拖着了。然而,假如就这样两手空空地返回老家,那他心里无疑又是很不愿意的,毕竟这次出来的目的还远远未达到。于是,他在好友王维的住处写了一首题为《岁暮归南山》的诗,用以表明自己这种进退维谷的心境。

刚写罢诗,王维就进来了,一眼瞥见孟浩然这首新作写的是:

北阙休上书,南山归敝庐。
不才明主弃,多病故人疏。

　　　　　　白发催年老,青阳逼岁除。
　　　　　　永怀愁不寐,松月满窗虚。

　　刚读一遍,王维便很是欣赏了,但他又不觉极为感叹。他不是不想帮好友的忙,但如今又如何才能帮得上一个真正的大忙呢?正在苦思冥想之际,忽然有小书僮急匆匆地过来向王大人报告:皇上就要驾临了!王维一听,心里不由慌张起来:该怎样把孟浩然推荐出去而又不违背圣旨呢?而此时的孟浩然无疑更为紧张,他想要就此去叩见皇上,只是如今他的身份……

　　正在此时,玄宗的脚步声越发近了,眼看着玄宗就要推门进来,王维遂把孟浩然往他床底下一指并轻轻一推,自己则慌忙出来迎接皇上大驾光临。待玄宗坐定,王维却也不敢隐瞒这房间里还藏有诗人孟浩然,因为他知道万一皇帝知道后,这"欺君之罪"的结果会是什么。

　　玄宗获悉知名诗人孟浩然在此,也很高兴地对王维说道:"此人的诗名朕早就知道了,现在他既然在这里,那就请出来见见何妨!"这样,当下便有诏命孟浩然出来叩见皇上。玄宗和蔼地询问孟浩然:"爱卿带来了诗作吗?"孟浩然急忙奏道:"因来得匆忙,偶然间还没带呢。"玄宗便笑着说:"诗人嘛,能有不当场写作的吗?卿如今当场给朕赋上一首何如?"孟浩然遂把刚刚才写好的诗作以一种抑扬顿挫的语调朗吟起来:"北阙休上书,南山归敝庐。不才明主弃……"

　　当听到"不才明主弃——",还没等到孟浩然把全诗念完,玄宗就极不耐烦了,一挥手便蛮横地叫他停下来,怃然道:"要知道,只是卿不来求官而已!事实上,朕却并未抛弃卿,而卿却居然在诗中要来诬陷朕了?!"说完,他便让孟浩然回归终南山去了。

　　在求官路上碰了一鼻子灰的诗人孟浩然,只得失意地离开了京城长安。但由于他那卓绝的诗才,历来就成为评论家们几乎一致赞赏的对象,这恐怕正是玄宗始料未及的。人生的道路无疑有很多条,所谓"条条道路通罗马",而诗人孟浩然的最终成就也证明了他即便没有做官,也依然能成为我国文学史上事功彪炳的人物之一。这当然绝不是偶然的,而是因为诗人并没有自暴自弃地对待人生!只要做到自重并发愤图强,即便是拥有最高权力的人物,也奈何不了你奋力前行的步伐!

　　再说柳永《鹤冲天》:

黄金榜上,偶失龙头望。明代暂遗贤,如何向?未遂风云便,争不恣狂荡?何须论得丧!才子词人,自是白衣卿相。

　　烟花巷陌,依约丹青屏障。幸有意中人,堪寻访。且恁偎红翠,风流事、平生畅。青春都一饷,忍把浮名,换了浅斟低唱。

　　诗人叹道:"黄金榜上没有我的大名,偶然丧失了当状元的希望。圣明的朝代暂时遗落贤才,我怎么疗治心灵的创伤?既不能大显才华实现风云志向,那就一任自己纵情放荡。更何况管它得与丧!我本才子词人,自应是白衣卿相。就在那烟花巷陌中,隐现艳丽雅致的丹青屏障。幸有知己知音的意中佳人,最值得我寻访。姑且这样偎红依翠,此种风流韵事,足令我平生舒畅。美好的青春那么短促,不过一瞬时光。还是忍着辛酸,把金榜虚名换成及时行乐的小饮清唱!"

　　柳永在仁宗初年的再试,考试成绩本已过关,但由于《鹤冲天》词传到禁中,上达宸听。等到临轩放榜时,仁宗以《鹤冲天》词为口实,说柳永政治上不合格,就把他给黜落了,并批示:"且去浅斟低唱,何要浮名?"(吴曾《能改斋漫录》卷十六)。再度地失败,柳永真的有些愤怒了,他干脆自称"奉旨填词柳三变",从此无所顾忌地纵游妓馆酒楼之间,致力于民间新声和词的艺术创作。官场上的不幸,反倒成全了才子词人柳永,使他的艺术天赋在词的创作领域得到充分的发挥。当时教坊乐工和歌姬每得新腔新调,都请求柳永为之填词,然后才能传世,得到听众的认同。柳永创作的新声曲子词,有很多是跟教坊乐工、歌妓合作的结果。柳永为教坊乐工和歌妓填词,供她们在酒肆歌楼里演唱,常常会得到她们的经济资助,柳永也因此可以流连于坊曲,不至于有太多的衣食之虞。南宋罗烨《醉翁谈录》丙集卷二就说,"耆卿居京华,暇日遍游妓馆。所至,妓者多以金物资给之。"柳永凭借通俗文艺的创作而获得一定的经济收入,表明宋代文学的商品化开始萌芽,为后来"职业"地从事通俗文艺创作的书会才人开了先河。

(刘　晏)

诗词与死亡

死亡观是中国传统文化的重要组成部分。儒家的死亡观是入世的、积极的,它主张通过立功、立德来超越死亡;道家的死亡观是出世的、飘逸的,它主张顺应天理和自然之道,既不悦生,也不恶死。于丹教授说得好:儒家给了我们立根的土地,道家给了我们飞翔的天空。无数诗人在思考死亡的过程中感悟人生、善待人生,使心灵在另一种境界中得以升华。

我认为,不管是哪种死亡观,都应该归到一点上:即使人的自然生命终结,还可以遗有不死的东西在永久延续,即"死而不亡者寿"。但这个"不亡"的东西并不是灵魂仍在,而是留在世上的功德与话语能泽被后人,如用老子的话说,就是"美言可以市尊,美行可以加人"。在文字层面上,与《左传》中概称的"三立",即立德、立功、立言,大体同构。汉代《古诗十九首》中说的"奄忽随物化,荣名以为宝",所求的就是死而不亡的光荣名声。李白说屈原"屈平辞赋悬日月,楚王台榭空山丘",杜甫说李白"千秋万岁名,寂寞身后事",韩愈说"李杜文章在,光焰万丈长",白居易说李白"吟咏留千古,声名动四夷",如此等等,都可以称之为"死而不亡"。

死,有重于泰山,有轻于鸿毛,这要靠诗人用他不朽的诗句去记录,留给后世评说。

操吴戈兮被犀甲,车错毂(gǔ)兮短兵接。
旌蔽日兮敌若云,矢交坠兮士争先。
凌余阵兮躐(liè)余行,左骖殪(cān yì)兮右刃伤。
霾两轮兮絷(zhí)四马,援玉枹兮击鸣鼓。
天时坠兮威灵怒,严杀尽兮弃原野。
出不入兮往不反,平原忽兮路超远。
带长剑兮挟秦弓,首身离兮心不惩。

> 诚既勇兮又以武,终刚强兮不可凌。
> 身既死兮神以灵,子魂魄兮为鬼雄。
>
> (屈原《九歌·国殇》)

《国殇》之作,乃因"怀、襄之世,任谗弃德,背约忘亲,以至天怒神怨,国蹙兵亡,徒使壮士横尸膏野,以快敌人之意。原盖深悲而极痛之"。古代将尚未成年(不足二十岁)而夭折称为殇,也用以指未成丧礼的无主之鬼。按古代葬礼,在战场上"无勇而死"者,照例不能敛以棺椁,葬入墓域,也都是被称为"殇"的无主之鬼。在秦楚战争中,战死疆场的楚国将士因是战败者,故而只能暴尸荒野,无人替这些为国战死者操办丧礼,进行祭祀。正是在这一背景下,放逐之中的屈原创作了这一不朽名篇。

《九歌》是一组祭歌,共十一篇,是屈原据民间祭神乐歌的再创作。《九歌·国殇》取民间"九歌"之祭奠之意,以哀悼死难的爱国将士,追悼和礼赞为国捐躯的楚国将士的亡灵。乐歌分为两节,先是描写在一场短兵相接的战斗中,楚国将士奋死抗敌的壮烈场面,继而颂悼他们为国捐躯的高尚志节。由第一节"旌蔽日兮敌若云"一句可知,这是一场敌众我寡的殊死战斗。当敌人来势汹汹,冲乱楚军的战阵,欲长驱直入时,楚军将士仍个个奋勇争先。但见战阵中有一辆主战车冲出,这辆原有四匹马拉的大车,虽左外侧的骖马已中箭倒毙,右外侧的骖马也被砍伤,但它的主人、楚军统帅仍毫无惧色,他将战车的两个轮子埋进土里,笼住马缰,反而举槌擂响了进军的战鼓。一时战气萧杀,引得苍天也跟着威怒起来。待杀气散尽,战场上只留下一具具尸体,静卧荒野。

作者十分擅长描写场面、渲染气氛。不过十句,已将一场殊死恶战,状写得栩栩如生,极富感染力,以饱含情感的笔触,讴歌死难将士。有感于他们自披上战甲一日起,便不再想全身而返,此一刻他们紧握兵器,安详地、心无怨悔地躺在那里,他简直不能抑止自己的情绪奔涌。他对这些将士满怀敬爱,正如他常用美人香草指代美好的人事一样,在诗篇中,他也同样用一切美好的事物,来修饰笔下的人物。这批神勇的将士,操的是吴地出产的以锋利闻名的戈、秦地出产的以强劲闻名的弓,披的是犀牛皮制的盔甲,拿的是有玉嵌饰的鼓槌,他们生是人杰,死为鬼雄,气贯长虹,英名永存。

死去元知万事空,但悲不见九州同。
王师北定中原日,家祭无忘告乃翁。

(陆游《示儿》)

首句"死去元知万事空",表明诗人即将离开人世,就什么都没有了,万事皆空,用不着牵挂了,从中体会到诗人那种悲哀凄凉之心情。但从诗人的情感流向来看,却有着更加重要的一面:"元知万事空"这话看来平常,但就全诗来说非常重要,它不但表现了诗人生无所恋、死无所畏的生死观,更重要的是为下文的"但悲"起到了有力的反衬作用。"元""空"二字更加强劲有力,反衬出诗人那种"不见九州同"则死不瞑目的心情。

生当作人杰,死亦为鬼雄。
至今思项羽,不肯过江东。

(李清照《夏日绝句》)

这首诗起调高亢,鲜明地提出了人生的价值取向:人活着就要做人中的豪杰,为国家建功立业;死也要为国捐躯,成为鬼中的英雄。爱国激情,溢于言表,在当时确有振聋发聩的作用。但南宋统治者不管百姓死活,只顾自己逃命;抛弃中原河山,但求苟且偷生。因此,诗人想起了项羽。项羽突围到乌江,乌江亭长劝他急速渡江,回到江东,重整旗鼓。项羽自己觉得无脸见江东父老,便回身苦战,杀死敌兵数百,然后自刎。诗人鞭挞南宋当权派的无耻行径,借古讽今,正气凛然。全诗仅二十个字,连用了三个典故,但无堆砌之弊,表达了诗人对生死的心声。如此慷慨雄健、掷地有声的诗篇,出自女性之手,实在是压倒须眉了。

辛苦遭逢起一经,干戈寥落四周星。
山河破碎风飘絮,身世浮沉雨打萍。
惶恐滩头说惶恐,零丁洋里叹零丁。
人生自古谁无死,留取丹心照汗青。

(文天祥《过零丁洋》)

这首诗是文天祥被俘后为誓死明志而作。一、二句诗人回顾平生,但限于篇幅,在写法上是举入仕和兵败一首一尾两件事以概其余。中间四句紧承"干戈寥落",明确表达了作者对当前局势的认识:国家处于风雨飘摇中,亡国的悲剧已不可避免,个人命运就更难以说起。但面对这种巨变,诗人想到的却不是个人的出路和前途,而是深深地遗憾两年前自己未能在军事上取得胜利,从而扭转局面。同时,也为自己的孤立无援感到格外痛心。我们从字里行间不难感受到作者国破家亡的巨痛与自责、自叹相交织的苍凉心绪。末二句则是身陷敌手的诗人对自身命运的一种毫不犹豫的选择。这种面对死亡毫不畏惧的豪气,使得前面的感慨、遗恨平添了一种悲壮激昂的力量和底气,表现出独特的崇高美。

> 悲来乎,悲来乎。主人有酒且莫斟,听我一曲悲来吟。
> 悲来不吟还不笑,天下无人知我心。君有数斗酒,我有三尺琴。
> 琴鸣酒乐两相得,一杯不啻千钧金。
> 悲来乎,悲来乎。天虽长,地虽久,金玉满堂应不守。
> 富贵百年能几何,死生一度人皆有。
> 孤猿坐啼坟上月,且须一尽杯中酒。
> 悲来乎,悲来乎。凤凰不至河无图,微子去之箕子奴。
> 汉帝不忆李将军,楚王放却屈大夫。
> 悲来乎,悲来乎。秦家李斯早追悔,虚名拨向身之外。
> 范子何曾爱五湖,功成名遂身自退。剑是一夫用,书能知姓名。
> 惠施不肯干万乘,卜式未必穷一经。
> 还须黑头取方伯,莫谩白首为儒生。
>
> (李白《悲歌行》)

李白在对待生死问题上明显受到道家思想的影响,生死有命,顺其自然。虽然不否认早年李白也有过追求长生不老的想法,但此时的李白,已经是即将走到生命的尽头了,在看尽了世事变化后,也对生命有了最本质的看法。"死生一度人皆有,孤猿坐啼坟上月",正所谓"古今将相在何方,荒冢一堆草没了"(《红楼梦·好了歌》),不必去穷尽这死生的奥秘,不如"且须一尽杯中酒"来得洒脱快活。这些古人的生死观留给后人的是"向死而生"的启示。

(柴 敏)

诗词与宗教

中国古典诗歌中的宗教主题源远流长、内容丰富,主要表现在以下几个方面:

一、表达对自然的崇拜

自然崇拜及其祭祀活动成为人们与自然沟通的途径,在整个原始社会都被当作普遍真理而受到信奉。这种宗教观念一直影响到后代,周代社会依然有各式各样的自然崇拜。《诗经》中也有较多诗篇反映了当时人们的自然崇拜观念。如《周颂·天作》是周王祭祀岐山所奏的乐歌,《周颂·时迈》是武王克商后巡守诸侯国和祭祀山川百神的诗。

《周颂·般》也是周王巡守祭祀山川的乐歌:

　　於皇时周,陟其高山,隳(tuò)山乔岳,允犹翕河。
　　敷天之下,裒(póu)时之对,时周之命。

《毛诗序》:"《般》,巡守而祀四岳河山也。"整首诗叙写周王率群臣登上高山大川,祈望通过祭祀山林川泽,而取悦讨好山河之神以得到福佑的情景。

二、表达对内心的关照

"诗佛"王维在孤独与寂寞中,宁心静性地观照物象,走进自己最热爱的大自然的山山水水,获得与天地、宇宙最亲密和谐的接触。就在这种禅境之中,宗教体验竟与审美体验很自然地融合在一起,从而诞生了许多既富有哲理深意而又无比优美的艺术意境。

王维在自己的诗中多次写到"闲居净坐"的乐趣。如:

竹径从初地,莲峰出化城。窗中三楚尽,林上九江平。软草承趺坐,长松响梵声。空居法云外,观世得无生。

(《登辨觉寺》)

独坐悲双鬓,空堂欲二更。雨中山果落,灯下草虫鸣。白发终难变,黄金不可成。欲知除老病,唯有学无生。

(《秋夜独坐》)

暮持筇(qióng)竹杖,相待虎豀头。催客闻山响,归房逐水流。野花丛发好,谷鸟一声幽。夜坐空林寂,松风直似秋。

(《过感化寺昙兴上人山院》)

轻阴阁小雨,深院昼慵开。坐看苍苔色,欲上人衣来。

(《书事》)

从上述诗中可以看出,王维的"闲居净坐"一般都带有禅定禅观的目的,但在"净坐"之时,又并非枯寂息念,而是耳有所闻、眼有所见、心有所感、思有所悟的。当然,在更多的时候,王维的禅观修习并非采取净坐的方式,而是如南宗禅师们常说的"行亦禅、坐亦禅,语默动静体安然"(永嘉玄觉《证道歌》),采取的是一种"山林优游禅"的修习方式,就在这种"境静林间独自游"(同上)的生活中,诗人既获得了"心法双忘性即真"(同上)的证语,也获得了无人干扰、心清境静的静美享受,一首首意境优美、含蕴深邃的山水诗也就在这种宗教体验与审美体验的高度融合之中诞生了。

宗教体验与审美体验之所以能在王维这里得到高度融合,除了宗教体验本身就具有审美体验的内涵这一因素之外,还与王维本人对解脱方式的认识有关。他在《叹白发》诗中说:"一生几许伤心事,不向空门何处销?"又在《山中示弟》诗中说:"山林吾丧我。"而在《饭覆釜山僧》诗中更明确地说:"一悟寂为乐,此身闲有余。"可见他是有意将自己一生的烦恼痛苦消除泯灭于佛教这个精神王国和幽寂净静的山林自然境界之中的。换言之,空门、山林、寂静之乐就是他解脱烦恼痛苦的最好方式,这样,他就必然要通过宗教体验与审美体验才能实现自己的目的。

三、表达对挚爱的怀念

苏轼的妾朝云早年皈依于泗上比丘义冲门下,后随苏轼至惠州,以念佛为课。绍圣三年弥留之际,朝云诵《金刚经》偈颂而终。苏轼与朝云在患难

中凝聚起深厚的爱情,朝云去世,东坡深怀"狂风卷朝霞""孤光挂天涯"之痛,他用一首《悼朝云》寄托自己对朝云深挚的怀念:

> 苗而不秀岂其天,不使童乌与我玄。
> 驻景恨无千岁药,赠行惟有小乘禅。
> 伤心一念偿前债,弹指三生断后缘。
> 归卧竹根无远近,夜灯勤礼塔中仙。

整首诗字字流泪,句句辛酸,充满深情厚谊和无限怀念。诗中既有道家意象"千岁药""塔中仙",也有佛家术语"小乘禅""偿前债""三生缘",他把思念与悲痛诉诸宗教,因为,只有宗教才能让他悲痛而疲惫的身心得到慰藉,也只有在宗教的力量下才能实现他与朝云灵魂的永恒合一。"夜灯勤礼塔中仙",苏轼将自己全部的爱和思念给了仙逝了的朝云,晚年东坡鳏居终老,未曾再娶。

这首诗歌在道教和佛教意象的共同孕育下道出了诗人对亡者的哀悼。苏轼在浓厚的道家情境设置中显示现世场景,借助宗教来实现自己的现世希望,在爱情诗歌中营造宗教的氛围,以增添爱情的圣洁与神秘。

四、表达对人世的参悟

唐代诗僧王梵志的诗,语言浅近,诙谐通俗,意味隽永,广泛流传于民间,并经常为禅师上堂时引用。他的诗大多像佛家的五言偈语,主要描写民间疾苦,宣传佛教行善积德等思想。

> 观影元非有,观身一是空。
> 如采水底月,似捉树头风。
> 揽之不可见,寻之不可穷。
> 众生随业转,恰似梦寐中!
>
> (王梵志《观影元非有》)

王梵志的诗向以通俗著称,然而在浅俗的形式中往往蕴含着诗人对世事的深刻理解。这首诗也正是如此。

"观影元非有,观身一是空。"人的影子是虚幻不实的,这是众所周知的道理,但作者的看法不停留于此,而是更进一步:观看这个影子所赖以产生的身体吧,它本来也是空的!为什么呢?佛教认为人是由"四大"(地、水、火、风)、"五蕴"(色、受、想、行、识)构成的,因而所谓的有生死的"我"的实体并不真正存在,这就是"无我"。《四十二章经》卷二十说:"佛言:当念身中四大,各自有名,都无我者。"《圆觉经》则说得更彻底:"恒作此念:我今此身四大和合,所谓毛发爪齿、皮肉筋骨、髓脑垢色,皆归于地;唾涕脓血、津液涎沫、痰泪精气、大小便利,皆归于水;暖气归于火;动转归于风。四大各离,今者妄身当在何处?"

"如采水底月,似捉树头风。"这两句是对上诗的形象化说明。佛教常以"水中月"比喻事物没有实体性。《大智度论》卷六说:"解了诸法,如幻、如焰、如水中月……如镜中像,如化。"水中月即镜中像,也就是影子。这个"影"是"元非有"的,当然"采"不得了。"树头风"同样是虚幻不实的象征。风掠过的地方,只见树梢摆动,风的特性是流动的,形体是虚无的,一旦你"捉"住了它,它也就不成其"风"了。所以人们永远无法捉住树头风,正像无法主宰自己的身体一样。

既然这个影、这个身都是"空",那么,以空的眼光来看,影就是身,身也就是影了。这样就水到渠成地引出下两句:"揽之不可见,寻之不可穷。"两句互文见义,"揽"与"寻"同义,即上两句的"采""捉"。"见",得到;"穷",穷尽,在这里意同"得到"。这两句是上两句所描述的动作的结果,也是上两句的潜台词。然而这潜台词的本身又隐藏着自身的潜台词:既然世间一切事物皆空,我们永远无法把握,应该持什么样的态度呢?答案是,以不变应万变!"四大"合成我们的"身",名誉、地位、金钱、美色则是这个"身"的"影",连身体都是空的,又何况身外之影!"且夫天地之间,物各有主,苟非吾之所有,虽一毫而莫取!"我们如去刻意求取那原本不属于我们的东西,到头来只能得到一种永久的虚空罢了。因此,对天地万物,都不能执着贪取,这样便可超出美丑、善恶、是非曲直的二元对立的观念,而进入澄明的禅悟之境。可事实上,众生——一切有情识、凭借众缘而合成的人——又是怎样的呢?

"众生随业转,恰似梦寐中!"众生愚痴,作茧自缚。他们以愚痴为父、贪爱为母,由此产生了一切烦恼恶业。"业"是梵语的意译,它包括行动、语言、思想三个方面,分别称身业、口业、意业。业有善有恶,一般偏指恶业,所谓

"由心有痴爱,痴爱乃有业"(释德洪《狱中暴寒冻损呻吟》)。佛教认为众生在六道生死轮回,是由业决定的。"随业",即一切众生因其善业、恶业而招致的种种结果。敦煌写本《庐山远公话》云:"随业受之,任他所配。或居地狱,或在天堂,或为畜生,或为饿鬼。六道轮回,无有休期。""随业转",也就是《法华经·序品》"六道众生,生死所趣"之意。"梦寐",佛家喻虚幻不实。《维摩经》说:"是身如梦,为虚妄起;是身如梦,为虚妄见。"《大智度论》卷六云:"如梦者,如梦中无实事谓之为实,觉已知而还自笑,人亦如是。"众生由于不明影空、身空的道理,采水底月,捉树头风,便永远轮回于六道之中:"譬如机关由业转,地水火风共成身。随彼因缘招异果,同在一处相违害,如四毒蛇居一箧。"(《最胜王经》)众生的悲哀,在于他们身在梦中而不知其为梦,那么何日是他们觉醒之时呢? 在这一点上,禅风大盛的宋代诗人的认识倒比较清醒:"人生孰非梦,安有昏旦异? 心知目所见,历历皆虚伪。"(释德洪《大雪晚睡梦李德修》)"是身已作梦幻想,肯复经营此身外?"(《次韵思禹思晦见寄》);"窗外尘尘事,窗中梦梦身。既知身是梦,一任事如尘。"(范成大《十月二十六日三偈·其三》)然而这种声音在王梵志的时代,在"众生"中毕竟是太少了。

这首诗在艺术上也颇有特点。首先,前六句为三组排比句,如骏马注坡,气势壮阔,醒出后两句,有振聋发聩、当头棒喝之效。其次,诗中虽然用了排比句,表达意思时却并没有一泻无余,而是在排比句结束处作一停顿,留下了一个想象空间,让读者去解"其中意"。末二句冷峭警拔,蕴含着作者无限的悲哀。其三,哲理、形象、情感水乳交融。这首诗所要说明的是万物皆空,人们应以禅的态度来生活这样一种哲理,但诗中却用了"影、身、水底月、树头风、梦寐"等形象,且与之联系的动词"观、采、捉、揽、寻"等,也具有很强的形象性。这就使得"非有""空"这些形而上的概念,容易为一般人所知晓,且加深其理解。在整首诗的字里行间,都激荡着诗人悲天悯人的情感。

可见,通俗只是王梵志诗的外壳,隽永、深沉才是它的内核。

(刘　晏)